振兴，振兴

让青春之花绽放在田间地头

冯剑鸣◎著

江西人民出版社
Jiangxi People's Publishing House
全国百佳出版社

图书在版编目（CIP）数据

振兴，振兴：让青春之花绽放在田间地头 / 冯剑鸣著 . — 南昌：江西人民出版社，2021.4

ISBN 978-7-210-13027-7

Ⅰ . ①振… Ⅱ . ①冯… Ⅲ . ①长篇小说－中国－当代 Ⅳ . ① I247.5

中国版本图书馆 CIP 数据核字 (2021) 第 075452 号

振兴，振兴：让青春之花绽放在田间地头

冯剑鸣　著

责任编辑：吴艺文

插　　图：李伟光

封面设计：同异文化传媒

出　　版：江西人民出版社

发　　行：各地新华书店

地　　址：江西省南昌市三经路 47 号附 1 号（邮编：330006）

编辑部电话：0791—86898470

发行部电话：0791—86898893

网　　址：www.jxpph.com

版　　次：2021 年 4 月第 1 版

印　　次：2021 年 4 月第 1 次印刷

开　　本：787 毫米 × 1092 毫米　1/16

印　　张：15.75

字　　数：260 千

ISBN 978-7-210-13027-7

赣版权登字—01—2021—155

定　　价：36.00 元

承印厂：南昌市红星印刷有限公司

01

天高地阔，万里平畴。五月的平原除了绿还是绿，深深浅浅的绿，层层叠叠的绿。绿浪在风里翻滚着，向着远方的地平线奔涌而去，吞吐而来，激荡在天地间。夕照长河，万顷镕金，历史的长河在这片土地上延绵不息，源远流长。

这里是长江以南，田垸平原，深处再深处。田家兴站在南堤上，举目远眺，顿觉自己渺小如浮尘。

“你们这里真是浩瀚如海、美不胜收呀！”范劲斌出生在山区，极少见到湖乡平原风光，他一扫连续开车好些个小时的疲倦，由衷地赞叹起来。田家兴却一言不发，转身走下堤去。

“装什么高冷！”范劲斌耸肩，不舍地随之下堤，开动小车。田家兴依旧沉默着，凝视着车窗外那快速倒退的田野。此时，他仿如穿越了一条长长的时光隧道。

很快就要到花凼村了。

同这平原上许多平凡得不能再平凡的村庄一样，花凼村除了田还是田。田陌沟渠纵横交错，大井字里划小井字。形成这样规整的格局，是历经数代移民开荒、刀耕火种、筑堤挖渠，以愚公之力与天斗、与地斗的结果。土地宽厚无私，也多灾多难，大旱大涝在历史上不计其数。这里祖祖辈辈面朝黄土背朝天，土里刨食，看天吃饭。到如今，一茬又一茬的年轻人为了改变贫穷劳累的命运，后脚跟前脚奔向他乡。

田家兴的沉默似有千钧重，使范劲斌怪不自在，不由得戏谑道："哦，我知道什么是近乡情更怯了，就是你这种，像别人欠了你几千万不还的样子。"

田家兴勉强笑了一下，笑比哭难看。是呀，心里满满的怯意，这怯之中还有太多辨不明的滋味，使他这些年来甘作浮萍。

范劲斌继续嚷嚷："这有马没？搞两匹来骑骑，咱也跟电视里一样策马扬鞭。想想就带劲！这真是梦中的草原，梦中的河！"

"喂，你有病吧，这哪里是草原，是田野，希望的田野！"

"你别以为我五谷不分，你自己看嘛，这周围不都是草么？"

田家兴让范劲斌停车，走下水泥公路，踏上一条田埂，向着田里撒了一泡"牛尿"。小时候跟着爷爷田德贵放牛，尿急了，屎胀了，都得忍着，走到田边上，才可以卸货。尤其是屙屎，实在忍不住，也得用瓜叶把屎包着，扔到田里。如果不这样，爷爷必会有番训示："谷养了人，人要晓得报恩，粪比尿素强，晓得啵？"那时，田家兴没少背着嘀咕："老固执！"没想时隔多年，回到老家，这小时养成的习惯仍旧根深蒂固。

田家兴看到，接受他报恩的不是稗子就是田草，确实是良田成了荒原。爷、娘常在电话里唠叨："如今，没几个人愿意作田，田都荒了，你们以后呀，要吃进口粮喽。再过得几年，我们这些老家伙一蹬腿，你们连门槛都找不到了。"田家兴听着，心里也长草，轻叹："忽起故园想，泠然归梦长。"当时只是叹，现在故园荒芜的景象摆在眼前，竟像是被迎头一棒。

一想到爷娘，田家兴心急如焚。这次，他是接到田东升的电话，才马不停蹄地赶回老家花凼村的。

田东升在电话里喊了一声："崽伢！"接着顿了一顿。田家兴立马有不祥的预感，急忙问道："爷老子，有么子事？"田东升这才说道："怕是要把你娘接到省里去检查一下。"

"娘哪里不舒服？"田家兴的心一沉。

"你娘这两年老闹肚子疼，要她去医院又不肯，作惜那几块钱！这两天我霸蛮扯着她到镇医院照了个片，医生说肠子上有阴影。"

田家兴的手一抖，手机掉到了桌上。他慌忙捡起来，深吸了一口气，把嘴角

扬了上去，对爷老子说：“肯定不是瘤子，灵官镇上的医院，我还不晓得，活马都能看成死马，看不准的，看不准的……”

田家兴不敢多想，催促范劲斌快点开。

转瞬，车子行驶到了花凼村尾上。田家兴猛然喊道：“停车，快停车！”

范劲斌莫名其妙地问：“不是急着回去么？”

“别问，也别跟着！”田家兴拉开车门，拨开种在尾上的苎麻，往里边走去。在这里，村与村搭界的地方，往往会有一条河渠将两村的田土隔开。渠岸相对要高一点、宽一些，这在花凼村被称作“尾上”，那意思好像是田的尾巴一样。

范劲斌觉着田家兴样子过于反常，便也拨开苎麻，跟上去。刚进苎麻地，他便叫起来：“你到这鬼地方干吗？这东西弄得人又痒又疼，你到底要干什么？”一开始，他还能看到田家兴的头在苎麻尖上急促地晃动，转眼间就被淹没了。

“这个人怎么回事，到了自家地盘，怎么变得颠三倒四的。”范劲斌不断地拨开迎面而来的苎麻，简直苦不堪言。身上出了汗，又沾了苎麻的毛絮，奇痒无比。时不时还有几条色泽鲜艳的摇脑壳虫在向他致意，让这个大男人都头皮发麻。田家兴早就不见身影，没办法，他硬着头皮往里钻。

当他拨开最后一丛苎麻，走进一块荒地，这才看到田家兴蹲在一个土堆旁，默默地扯着上面的杂草。只见他小心翼翼地一根一根扯着，像是怕弄疼了什么。扯完了杂草，他又到四周摘了一把五颜六色的野花，折下几枝柳条，细细地编起花环来。

范劲斌觉得诧异，但见田家兴神情哀穆，不像是玩笑事，便一声不吭地站在一旁。但他实在是想打破这凝固的气氛，忍不住笑道：“哟，看不出呀，一个大男人还有这小姑娘的巧手……”

笑到一半，范劲斌便笑不出来了。他看到田家兴屈膝跪下，把编织好的花环小心地放在土堆上，嘴唇颤抖着，脸色异常苍白。他们一同从小职员做到一家农产品贸易集团的部门经理，从愣头青混到人模狗样，吃了多少苦，流过多少汗，几时见他这样？范劲斌这才意识到，这里面葬着的人在田家兴心里地位很不一般。只见田家兴嘴里喃喃念道：“娟子，我来看你了。”

良久，一只布谷鸟掠过田野上空，在苍茫的大地上留下一串哀鸣：“不哭，不哭……”

02

花凼村村舍屋檐挨屋檐，沿东西向的幸福河排开去，如同驶在平原上的两条轨道。幸福河还是当年移民建村时人工修建，河面十来米宽，当真是老歌里唱的："门前的那条小河。"过去村民煮饭洗衣浇灌田地等等，都靠这条河。双抢时节，细伢们拌完禾，一个个赤条条地跃进幸福河，煮饺子似的在河里嬉戏打闹。后来，后生、妹子们都出去了，幸福河便越发地孤寂了。

儿时的记忆随着幸福河流淌，不觉间，车子已接近田家所在组。远远地，田家兴便瞧见，一帮乡邻正朝这边不停地挥手。

"嘿，难怪你总说起你们村子，老乡们对你不错，人还没到，就有这么多人来迎接你，蛮有面子呀。"范劲斌笑着说。田家兴也没想到，他没当大老板，算不上衣锦还乡，动身前也只给爷老子和发小贺千岁打过电话，这场面可没预料到。

田家兴立马下车。发小贺千岁伸手迎了上来。田家兴弯腰紧紧拥抱了贺千岁一下，又拍了拍他的驼背，笑道："你还是老样子，长不大。"贺千岁本名贺俊杰，但这似乎成了一个反讽的修辞。原因是他背上天生长了个驼峰，身材矮小，脑袋也细细的，眼睛却像双牛眼，又大又圆。田家兴并不觉得

这个发小像人们说的那么丑，反而有赤子般的可爱。贺俊杰打小被人唤作贺千岁，这说来话长。

"'小先生'，别笑我了，你拿我取乐还少吗？"贺千岁跟小时一样，伸脚佯装要踢田家兴。

"怎么还叫我'小先生'，都老了，快奔四了。"田家兴惭愧摇头。

"家兴是我们看着长大的，几多好的后生子，我们村第一个重本高才生呀，不管你多大，都是我们眼里那个知书达礼的'小先生'。"彭支书呵呵笑道，眉眼弯成了两道括号，身宽体胖，跟个弥勒佛似的。

"彭支书硬是要跟着我出来迎你，大伙也都跟着来了。家兴，虽然你这么多年不回来看看，但大家可没忘了你呀。"贺千岁忙说道。

"惭愧，惭愧，我这受不起，受不起呀。"田家兴心里湿润了，走上去，一一和乡邻握手。见到彭支书，田家兴想："前任牛罗锅下台了，花凼村的风气应该好了不少吧？"

"这是我兄弟范劲斌，我雷急火急往家赶，多亏了他一路陪着。"田家兴笑着介绍道。大家一一握手。

"走，别磨叽了，快回去，你爷娘怕等得心急了呢。"贺千岁的爷老子贺国立连声催促着，他的气色竟比年轻时还红润，跟千岁一样，小脑袋大眼睛，只是年岁老些，没有驼背。

众人拥着田家兴，众星捧月似的往家去。

青砖老屋前的禾堂上，田家兴的爷老子田东升手搭在额前，眯起眼睛正张望着。老屋是一座青砖黑瓦的平房，堂屋居正中，灶屋和卧房分居堂屋两厕。房前有个晒谷坪，在这里叫禾堂。禾堂的四周，有木槿矮篱围着，篱上缀满了或蓝或粉的花朵。

田东升连忙打开篱笆正中的竹门，迎众人进来。他胡须抖了又抖，才喊了声："兴伢子！"田东升老了，脸上的皱纹如密布的河流，令人心惊，只是他身上的倔气仿似被时光淘去了不少，神情变得平和。这些年，田家兴和田东升两父子越来越相像，都是浓眉大眼、国字脸，加上身材高大，很是有堂堂正正的气派。只是田东升的身板似乎小了一号，而田家兴的眼角纹也已四处蔓延。田家兴知道，这都是岁月。

田东升指着灶屋说："你娘在做饭，老早就在忙，准备你爱吃的菜。"

灶屋里微尘浮游，海碗大的光柱子，从屋顶的天窗射下来，落在娘老子陈爱莲的脸上。陈爱莲脸色蜡黄，明显消瘦憔悴了不少。年轻时那对垂肩大黑辫子早不见了，留下一头明显稀疏了的齐耳白发。田家兴鼻子一酸差点掉泪，强忍住了。不孝子呀不孝子，如果不是爷老子打电话说娘生病了，自己仍旧不会回来的。

陈爱莲正在炒菜，正是田家兴心心念念的坛子菜炒肉。她猛一回头，看到了崽伢站在身后，"哎哟"了一声，脸就笑成了一朵花，嚷道："刚还站在门口望着，怕菜被烧糊，就进来了。"陈爱莲好像没看够一般，伸手把田家兴翻过来，又翻过去。田家兴说："娘老子，你这是翻南瓜粑粑吧。"陈爱莲这才不好意思地笑着骂道："鬼崽。"笑着，又捞起衣襟擦滚出眼角的泪。她朝窗后菜园子喊："钰慧妹子，扯几蔸菜要咯久，你老弟都回来了。一屋的客，快来帮忙。"

田家兴出了灶屋，过门廊，又来到堂屋。老婆婆老嗲嗲们颤颤巍巍地说："知道'小先生'要回来，我们都高兴呢。多少年不见了，该回喽。"

没多久，田家兴的姐姐田钰慧端出一盘冒着热气的豆子芝麻茶，一杯一杯递到乡邻手上。田钰慧是陈爱莲的年轻版，圆脸庞子，弯眉秀眼，很有湖乡女子的特点。乡邻们接过茶来，"呼哧呼哧"地喝着，粗声大气地说着，笑声快要把屋顶掀翻了。茶香四溢，裹挟着灶屋里飘来的饭菜香。田家兴吸了吸鼻子，这个味道在异乡的梦里，出现过无数次！

03

夜幕降临前的田野，宁静又热闹。太白星仍然像小时候一样，早早地等候在天际。一弯淡淡的月影，像嵌在淡蓝镜中的一抹微笑，纯净得直透人心扉。田野间，蛙鸣阵阵，草虫叽叽，或高亢雄浑，或低吟浅唱，好比在演奏一支多声部的田园交响曲。

娘老子做的饭菜就是好吃，菜园里扯的、坛子里腌的经她一弄，比山珍海味还香。田家兴是想惨了，一个劲地往嘴里塞。范劲斌的饭碗里菜堆得冒尖，吃不赢，这里好客的礼数就是一个劲地往客人碗里夹菜。两个人把肚皮吃成了大箩筐，只好捧着肚子，到田野里散步消食，正好范劲斌也可以好好欣赏一下这里的田园风光。

田家兴和范劲斌来到了田野中的稻香亭。稻香亭是一座青石砌的古亭，六角飞檐如翼，脚下青石泛着幽幽光泽。这亭子由过去的乡贤捐钱所建，供来往路人歇憩。打小时起，这稻香亭就在这田野中间了，田家兴自然见惯不怪。范劲斌却惊奇不已："没想到，你们这地方还有这样古色古香的建筑，瞬间档次就不一样了。"

"什么地方？穷乡僻壤？什么档次？"田家兴连声反问。

"别，别，我没别的意思，我是说这里好，好得很。你看看，这飞檐，这石柱，多好，柱上还刻着诗呢：‘一径寻村渡碧溪，稻花香泽水千畦。’意境好，意境好！”范劲斌忙夸赞。

“这还差不多。”田家兴表示满意。

范劲斌站亭内四处眺望，一贯夸张地说道：“啊，我这奔涌的诗情如长江之水滔滔不绝，必须得作几首诗。”

“作吧，奉上我的耳朵，配合你的表演。”田家兴笑道。

范劲斌张开双臂，咏叹道：“啊，大地。啊，自然——”

田家兴不动声色，说：“继续，继续，我不怕肉麻。”

范劲斌迸出几个字：“真他妈美！”

田家兴笑惨了，肚子疼，说道：“好诗！惊天地、泣鬼神呀！”

范劲斌也笑，笑完，抑制不住自己的好奇，小心翼翼地试探道：“该讲讲你的青梅竹马，你的娟子了吧。你这些年不近女色，我还以为你要出家当和尚。公司里的人怎么说，你不知道吧？”

“怎么说？”

“好听点，就说是禁欲系男神，不好听的，就是某无能、同志。别怪别人瞎想，连我都无法理解你。身材高大，相貌堂堂，跟天安门前站岗的军人一样，从里到外带着正能量，怎么就是不正常地娶妻生子，生活上也正能量呢？现在我终于知道了，有结，大大的结？是什么，这你非得跟我说说，说开了，也许结就解了。”

天上的星子多起来，月的笑影更加生动。那多像娟子的笑呀，田家兴凝望着，陷入沉默。白纱似的雾在田野上缓缓流动，缥缥缈缈，一首曲子从时光深处传来……

娟子头发湿漉漉的，随意地披在肩膀上，散发着青春洗发膏的香味。田野空旷无边，月光落在娟子清澈的眼睛里。田家兴望着娟子，心里热了，差点就低头吻向她的脸。但是他没有，他不敢轻易去冒犯娟子，他要等上完大学，再向全世界宣布，他和娟子将永远在一起。田家兴觉得他对娟子的信念，和娟子对他的信念一样，将来他们是一定要在一起的，没有什么能够阻挡。想到这儿，田家兴幸福得笑出声来，大声咏叹：“前无古人，后无来者，念天地之悠悠，独田家兴与娟子也。”

田野空旷无边，月光落在娟子清澈的眼睛里。田家兴望着娟子，心里热了，差点就低头吻向她的脸。

“兴哥哥，考上了大学，你最想实现什么？”娟子歪头问道。

田家兴轻轻刮了一下娟子的鼻子，问道：“娟子，你知道谷清嗲嗲给我取这个名字的意思么？”

“不知道，你告诉我呗，‘小先生’。”娟子俏皮地眨了眨眼。

“田家，是什么？”

“哟，刚考上大学就卖弄学识了。别以为我不知道，‘田家无闲月，五月人倍忙’，‘田家汩汩流水浑，一树高花明远村。’这些诗我还记得呢，就是农民、作田人呗。”娟子佯装嗔道。

“不错，那田家——兴呢？”

“是……我不知道，‘小先生’你说呢？”娟子双目紧盯着田家兴说。

田家兴伸出手指轻轻点了一下娟子的额头，说道，“谷清嗲嗲给我取的这个名字，是花凼村祖祖辈辈最大的念想，也是我的梦。我要让花凼村兴旺、富裕、幸福起来，让我们的爷、娘再也不用累死累活地天天背犁，农村人也像城里人一样，生活得体面，有尊严。”

娟子满眼的小星星，崇拜地看着她的兴哥哥。突然她将双手握在胸前，闭着双眼许起愿来，原来是天空中划过了一道流星。

田家兴问：“许的什么愿？”

娟子头一歪：“不告诉你。”

“嘿嘿，你不告诉我，我也知道。”

两人甜蜜地相视一笑，对未来充满无限憧憬。田家兴又赖着要听娟子唱地花鼓。娟子眉目轻扬，声音婉转，一支地花鼓调滚轻快地荡漾开来：

一件红衣莲湖里媚啊，
小妹妹采莲把船催。
鲜红的太阳篙尖子上挂咧，
悠悠哟南风衣角子上牵；
篙尖子上一点莲湖里的水呀，
满天哟云霞湖面堆。
满湖的美景装也装不下哟，

放倒那篙子美景里偎……

“哎，在想什么呢？跟丢了魂魄一样。不愿说就不愿说嘛，嗨，算了算了，我不拷问你的灵魂了，你就在回忆里过一生吧。”范劲斌的话打断了田家兴的回忆。

“哪一颗星星是她呢？”田家兴仰头遥望。

04

暮色越来越沉。在机耕道的那头，隐隐约约，有两个人向这边施施而行。等他们走近来，才看清是一个妇人挎着提篮，牵着一个老倌子。老倌子矮胖，拄着拐杖，好像中过风，一步一移。田家兴霎时绷紧了脸，冷冷地瞧着。真是冤家路窄！此时，他最不愿意碰到的人就是他们。

范劲斌一向自来熟，上前就喊："老乡。"

"别动，闭嘴！"田家兴立马钳住他的手，喝道。

妇人头发花白、凌乱，遮住半张尖削的脸，露出一只眼睛，眼神阴鸷，直勾勾地望着田家兴，好像要剜掉他一块肉。而那老倌子，挥舞着拐杖，嘴里呜呜呀呀口齿不清地咆哮着。

田家兴拉着范劲斌退让在一旁。这时，妇人一口浓痰"噗——"地吐过来，幸好范劲斌眼疾手快，迅速把他拖开，痰落在路边杂草上。

"喂，你这老婆子怎么这样！"

妇人龇牙骂道："剁脑壳的！不得好死！"

范劲斌气不打一处出，正想破口大骂。田家兴一手死死地拽住范劲斌，另一只手握成了拳头。等妇人和男人过去，范劲斌抽了一口凉气，说道："这画风好惊悚！"

"你运气好，见识到了我们村里最泼辣、最霸道的两个人。"

“难道还怕他们不成，家兴，你怎么这么怕惹他们。他们是谁，你犯得着怕他们么？”范劲斌奇怪田家兴的表现。

“被撤职的上任村支书两公婆，牛罗锅和姜翠花。”

“下了台的村支书，有什么好威风的，不能惯着，还以为自己是土皇帝呢。”

田家兴往田埂上一坐，沉默了一阵，说道：“劲斌，陪我坐一会。”

“行，咱也接接地气。”范劲斌顺势把手往田家兴肩膀上一搭，坐了下来。

田家兴张口，却没有声音，有些事尘封太久了，不敢触碰，却又在某一刻想要打开一道闸门。范劲斌再次催促：“说呀，有什么不能说的。”

“那一夜，花凼村下着很大的雪。”田家兴终于开了口，却像是讲一个跟自己无关的故事。停顿片刻，他才继续说道：“天地间只听见雪簌簌而下的声音，偶尔传来几声狗吠。一个男伢儿正含着娘的乳头，惬意地酣睡。突然，一串鞭炮声震醒了整个村子，接着，一个伢儿撕心裂肺的啼哭响彻云霄。男伢儿也被鞭炮声吓醒，大哭起来。两个伢儿的哭声一个赛一个地响，乡亲们都披衣出门，一看究竟。人们终于发现，牛家大门口摆着一个箩筐，里面用被褥包裹着一个伢儿。伢儿小脸出奇地清秀，一看就知是女伢。乡亲们都明白，是有人送子来了。在湖区，这种事常有发生。有意送子的人往往托中间人暗暗打探，看哪个好人家有收养的意思，再由中间人暗中送子。中间人得了钱物，送子这回事便永生烂在肚子里，亲生父母也不得探问，这是送子的规矩。”

“牛家光养了几个崽，没女伢儿，曾有人打趣姜翠花说：‘收个女伢子，将来老了也好有个端屎端尿的。’大概姜翠花当时也起了心，说过要收养的话，让有心人听了去。没想，果然有人送了个女伢来。送子人趁夜放下毛毛，放挂鞭炮，便隐去再也不现身。但谁晓得，事到临头，姜翠花却犹疑不决，觉得替人养女，吃亏了。左邻右舍极力劝说，姜翠花暗暗拨了一把算盘子，才把女伢给抱了起来。在女伢的襁褓中，姜翠花发现了一块手绢，手绢上绣着一只鸳鸯。奇了怪了，谁绣鸳鸯只绣一只？鸳鸯一生一世成双成对，其中一只若死了，另一只也不会独活。手绢上还有用毛笔写的一些字，姜翠花请村里学问先生谷清嗲嗲看。谷清嗲嗲研究了一番，告诉姜翠花，两个大字念‘涓然’，应该是这女伢的爷或者娘给她取的名字，旁边的小字记着生辰八字。”

“哦，我猜，女伢儿是娟子，男伢儿就是你，是不？那——牛罗锅和姜翠花

就是娟子的养父母。怪不得，怪不得！”范劲斌恍然大悟，仍旧满是好奇，问道，“你对那时候的事怎么这么清楚，投胎时没喝孟婆汤？”

田家兴不回答，只幽幽地叙说着："这个女伢儿和这个男伢儿一同慢慢地长大了，谁会料到呢，两个伢儿心有灵犀，天意一般地亲近。男伢儿总是格外地关注女伢儿，照看她，护着她。他娘要是做了什么好吃的，他总会悄悄地想方设法地给女伢儿送一份。”

“姜翠花虽然收下了女伢儿，却始终摆脱不了非亲生这个狭隘心理。她把女伢儿当免费保姆使唤，还把她当摇钱树摆弄。女伢从四岁起，就被姜翠花逼着学地花鼓戏，稍稍不如意就非打即骂。长到六岁，女伢便每逢正月或农闲时跟随花鼓戏班子走村串巷，唱地花鼓。当着外人说起来，姜翠花把自己说得像救苦救难的观世音菩萨，如来佛祖知道了都会表扬她。旁人的眼睛却是雪亮的，个个都说姜翠花不知是哪世修来的福，能捡到几多乖（漂亮）的一个女伢，比谁家的妹子都勤快，小小年纪就能唱地花鼓，给牛家挣了多少酒肉钱。”

“有一年正月，女伢儿穿着薄薄的水绸衣裳一家家唱戏挣红包钱，男伢和一大群伢子追赶着龙灯花鼓跑出老远。男伢看到女伢唱戏时身子有些颤抖，似乎很难受。主家端出豆子芝麻茶招待大家的时候，女伢喉咙里吞着口水，很想吃的样子。姜翠花却怕她把口红弄没了，不准她吃。男伢偷偷问她：‘你怎么啦？’女伢哭丧着脸说：‘大清早被我娘催得急，早饭没吃就出来了，这阵子饿得头晕眼花，快唱不下去了，肯定又要被我娘骂了。’男伢便趁姜翠花不注意，拉着女伢儿来到屋背后。他从裤兜里掏出一把油炸丸子，塞给女伢。女伢喜滋滋地往嘴里塞，对他说：‘你真好，哪来的？’男伢狡黠地笑道：‘供桌上偷的，你赶快吃吧。’女伢正大口吃丸子的时候，姜翠花找过来了，伸手就给了女伢一巴掌，嘴里骂着：‘你这个小娼妇，前世没吃过吗，几个油炸丸子就能把你拐走。’姜翠花扯过女伢就走，嘴里仍在不干不净地骂：‘小不要脸的，这么小就知道要流氓，下次让我看到，腿都打折你的。’两个伢子都被骂得眼泪巴巴，涨红着脸走开了。”

“此后，为了躲避姜翠花的毒骂，每每男伢来找女伢时，都得偷偷地潜在菜园边的墙根下，等人不注意时，学狗叫。女伢是听到了，就会学猫叫。叫两声，表示能出来，叫三声，就是不能出来。两个伢子心巴巴地欢喜到一起玩耍，只要逮住机会，就凑到一块，一起上学，一起放学，偷偷去划船、打莲蓬，到芦苇丛里赶水鸟……只是可惜，因姜翠花舍不得出学费，女伢只读到高一就被迫辍学了。女伢的聪慧，是没人能比的。他心里替她遗憾，向她保证说，将来他考上大学，找了工作，就要供女伢去考大学。她总是巴心巴肺地信他，崇拜他。他们一同憧憬着未来，一辈子永远都不分开……”

田家兴突然埋下了头，全身抖动着，他到底还是不能当讲别人的故事一般再讲下去。范劲斌拍了拍他的背，他没想到，田家兴心里隐藏着这么多秘密。虽然没讲完，但他不再问。

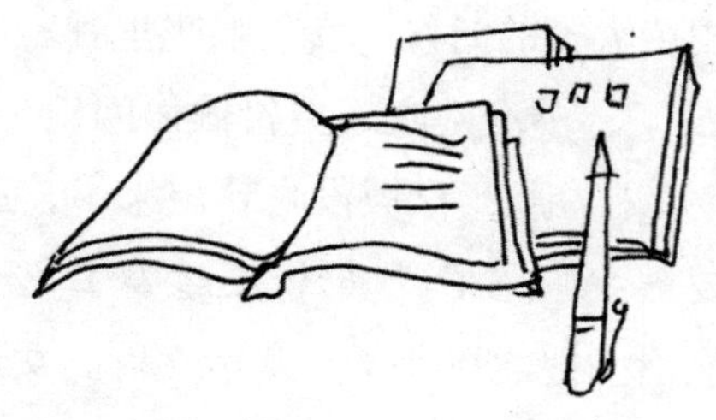

05

夜幕完全拉下来了，幸福河两岸的人家大部分门户紧闭，只有稀拉拉的几点灯光，竟让人感觉不到烟火之气，跟田野里勃勃的生机完全不一样。过去在这样的时节，一路走过去，每个人家的禾堂里老老少少围坐在一起，乘凉、扯淡。细伢子们躺在凉板上数星星，或者听嗲嗲娭毑讲故事，找牛郎星和织女星，去瓜架下偷听牛郎织女的情话。如今，依然有月光有星子有蛙鸣，却是一片死寂笼罩着村庄，说不出的压抑。

从机耕道上返回的田家兴和范劲斌，又沿幸福河走了一会。范劲斌不禁说道："说实话哈，到这里休假是惬意的，但真要长期住在这乡村，我觉得我还是受不了，太没人气了，生活会很乏味的。"

"就知道你这种花花肠子，一天不进 KTV、酒吧、餐厅，你就不知道生活了，庸俗！"田家兴反驳，虽然他自己多年不回乡，却硬是听不惯别人讲乡村不好，这大概就叫敝帚自珍吧。

"农耕文明只适合出现在诗歌里，我们这些人，早已被城市文明教化了，所以虽然城市容不下我们的灵魂，但乡村也留不住我们的肉身呀，我们注定是没根的浮萍。"

"谁说的，没根没根，你树丫里结的啊。"田家兴抢白道。

"你别自欺欺人，年轻人走出去了，都往城市里挤，老人更老了，即将化成泥土，我们的下一代对乡土更没概念，田地荒芜、乡村衰落是必然的事。你看看，你自己看看，眼见为实嘛。你内心在震动，在无可奈何，别以为我看不出。”

“你，你……”田家兴被噎住了，气鼓鼓地甩头就走。

“好大的气性，说着玩，就当真了。”范劲斌摇头笑道，紧跟上田家兴。他哪知道，一句玩笑话戳中了田家兴的隐痛。

两人回到田家禾堂，看到千岁一家坐在凉板上等着他们，赶忙上前打招呼。千岁指着身旁的女人介绍道：“这是玲花。”

“千岁福气好呀。”田家兴早知道千岁交了女朋友，是个贵州女人，但从未见过。堂屋里透出的灯光恰好照在玲花的脸上，田家兴感觉她肤色虽较黑但长相还是比较秀气。

玲花拿着一个青橘往嘴里塞，田家兴看着都涌出一口酸水。都说贵州女人能吃辣，把辣椒当零食，哪想吃酸也这么厉害。

田钰慧到里屋抽了条长凳来，招呼他们坐。她看到玲花吃了一个青橘又咬开另一个，嚷道：“哎呀，玲花，酸儿辣女，你怀的一定是个‘建设银行’。”

“千岁，你就等着当爷吧。这下国立老弟放心了吧，再也不用告状了。”坐在桌旁的田东升大笑。刚刚全家在禾堂里豁敞地吃晚饭，桌子都还没搬进去。

“告什么状？”贺千岁纳闷地问。

众人都笑，这个事，全村都知，唯独千岁不知。田家兴听娘老子在电话里讲过，村里有个特别的典故，叫国立老子上坟——告状。

贺千岁一出生，他娘就死了，都说是因为他天生驼背给丑死的，实际上是得了产后褥。因为他一出生就把娘祸害死了，他父亲就叫他祸坨子。这么叫其实也不是嫌他，长得再丑也是儿，只是一种叹息罢了，抑或是更深的爱。但祸坨子这名就这么叫开了。后来又因为这里有句俗语：祸坨子一千岁，意思是祸多的人生命力强，便有人文雅地延伸开来，叫他贺千岁。这也算是一种善意吧，农村里往往是通过各种诙谐幽默来与现实进行和解的。

贺千岁因常被同学羞辱，刚读完初中就早早辍了学，摸着一把特制的锄头跟着他父亲作田。有什么办法呢，命运生来是不公平的，但贺千岁不服命运。二十世纪九十年代，花凼村连年遭受洪灾，许多人家穷得连饭都吃不上了，为了生计，一拨一拨的青年背起被褥，扒火车，南下到沿海发达城市，成为盲流，后来又有个新名词，叫农民工。贺千岁偷偷尾随同村人出去闯荡。但他这个样子没地方愿意接收，还差点被人流踩死在深圳火车站。幸运的是，他被熟人撞见，带了回来。这大概也印证了“祸坨子一千岁”吧。

大家都把贺千岁当残疾人，但田家兴知道，他心里不残疾，甚至“心较比干多一窍”。为什么这么说呢？当年，贺千岁虽然早早退了学，但他却特别喜欢写诗。他不知从哪里弄了一本《汪国真诗集》，前前后后也不知看了多少遍。熟读汪诗三百首，不会作诗也会吟。有一天他拿了一首小诗给田家兴看：

穿过卑微的人群，
向着远方，艰难蠕行
当伤疤再次流出鲜血
那一抹红
是不屈的灵魂为残缺的躯体
戴上高贵的花环

一首看完，接着他送上一沓，全是用钢笔写的长短句。田家兴当时就震撼了，甚至在这个残疾的发小面前有点心虚。

但发生了差点被踩死在火车站的事故后，贺国立便死死看着他，不准他再出去，哪怕一辈子养着他，一辈子再没女人上门，也不能让他客死异乡。他娘死的时候，久久不肯闭眼，就是放不下这个丑儿呀。但贺千岁不甘平庸，屡次离家出走。他爷老子气得没法，就到他亡妻坟上哭诉：“你养的好崽呀，我是管不住了呀，要么你把我接了去，我眼不见为净呀、可是我死了，你这个驼背崽又怎么活呀，你出来管管他呀……”一个大男人在坟头呼天喊地，次数多了，乡邻可怜又好笑，于是有了一个特殊的典故，国立老子哭坟——告状。

贺千岁最后一次出走，终让他在城里寻了一个饭碗。他进了一个残疾人表演艺术团，凭的是一个拿手绝活——配乐朗诵他自己写的诗歌。据说，这个节目还很受欢迎，甚至他的朗诵能让涌进城打工的外乡人涕泪交流，毫不吝惜地往爱心箱里扔钱。

贺千岁残缺的身体里藏着一头狮子。那些年，他跟着残疾人表演团漂流，风餐露宿受尽各种眼光之余，还开了新浪微博，取名“隐形的翅膀”。只要有空，他就会为残疾人写诗，发到微博上。这种特殊群体的故事本身就特别能吸引人的目光，加上贺千岁写得有血有肉，微博人气水涨船高。许多人等着他的微博更新，追着他的诗文读。因为微博积攒的人气，他还出了书。有人被他感动，有人施以怜悯，不管怎样，他靠卖书赚了一些钱。只是，后来贺千岁怎么回乡作田，怎么讨到了堂客，田家兴还不清楚，得空要问问这个家伙。

“别问，问什么问，都是你东升伯爱开笑话。”贺国立不想让崽知道他哭坟的事，连忙打马虎眼。

“是你没带着玲花回来时，他一生气就到我这儿告你的状。现在好了，你回来了，他天天合不拢嘴，再也不告了，好得很，好得很呢。”田东升会意，忙替这国立老弟圆话。

贺千岁便不再问，跟田家兴他们聊天。

田家兴问：“千岁，我一直想问你，你怎么回老家了？真就打算在家里作田了？”

“唉，我自己也没想到，怕是土地神召回来的。”

“不仅你没想到，我们大家伙都没想到。千岁领着玲花回来，惊得满村人的眼瞪成了牛眼，嘴张成了个大簸箕。”这时彭太安特意到田家来串门，听了千岁的话，哈哈大笑道。

“他爷老子乐得在堂屋里神龛前连点了三炷香，还要千岁带着玲花去给他娘上坟，万子鞭在田中间响了好久呢。”田东升补充道。

“该的，该的，我还嫌放少了呢，我就是要让全村人都听见。”贺国立得意了。

“跟姐姐说说，爱人到底怎么到手的？”田钰慧凑拢来问道。

贺千岁卖关子，避而不谈：“慧姐姐，我这是撞到手的。”玲花伸手打了他脸一下，那哪里是打，那就是轻轻一摸，赤裸裸地秀恩爱。

大家由衷地替他感到欣慰，取笑道：“千岁，如今玲花肚子里有伢子了，悠着点。”

“千岁，你作了多少田？”田家兴又问。

“除了自己家的，就近租了六十亩。前不久，我买了旋耕机、插秧机、收割机，兼营农机出租。”

彭太安竖起大拇指，感慨地说道：“千岁，我要给你点赞！我老家伙就喜欢你们年轻人回乡干事。我到乡里开会，会上次次都要传达习总书记乡村振兴的精神，说要搞好产业振兴、人才振兴、文化振兴、生态振兴、组织振兴。我呀，讲不起话，脸挂不住，我们花凼村田荒了，人快走光了，死气沉沉，我是盼星星盼月亮盼你们回来呀。”彭太安把热切的眼神投向田家兴，田家兴心虚，躲开了。

“千岁，你晓得作田不，作田可不是好玩的，锄头把摸得牢不？现在是八零后不愿种田，九零后不会种田，零零后不谈种田。千岁你是八零还是九零后？”范劲斌调笑道。刚彭支书讲的，正印证了他“乡村衰落”的观点，颇有些得意。

“你们在城里待久了，眼光还这么老，现在作田不靠锄头，靠政策、靠先进的科学技术。虽然交了点学费，但运气蛮好，没亏，还赚了点，不比城里差。”千岁不服气地说道。

“最欢喜的是他爷老子，天天新时代老农把歌唱。”彭太安补充说。

“呵呵，国立叔，你都唱了些么子？唱来听听。”田家兴饶有兴致地问。

“好，我唱给你听听。”贺国立真就站了起来，顺手拿起桌上的一根筷子、一只碗碟，眉开眼笑地边敲边唱：“农税改革都知道，种粮不用把税缴。田补种补农机补，农业技术送到户。惠农政策像‘保姆’，农民伯伯当‘地主’！”

田家兴记得小时候，常听国立叔敲碗碟唱曲，这是国立叔的一大爱好。说来好笑，过去村里遇天灾闹饥荒，老辈人就会敲着碗碟唱着小曲四处讨米，不少人竟成了敲碗碟唱曲的里手。后来，人们渐渐淡忘了这种特殊年代的把戏，偏国立叔依然爱好，有事没事乐和乐和村里人。

“唱得好，国立叔是我们村的资深文艺人才，把党的好政策唱出韵味来了。”大家拍起了手板。

“你国立叔呀，真个是睡着能笑醒，媳妇有了，孙伢子也有了，那还不是万事都足了。”田东升羡慕地说。

“你也一样，快了的，撒泡尿的功夫，家兴加把劲！”贺国立连忙安慰。

田家兴装作没听见。瞧着千岁意气风发的样子，他心里有种说不出的钦佩和羡慕。

他抬头看了看，天上繁星密布。星光指引过先人的路，也将照亮将来的人们，这光里能有他的一份吗？

06

陈爱莲端了一盘豆子芝麻茶出来，香气扑鼻。她嗔怪田钰慧道："这么多客，也不晓得泡茶。"

"水没开嘛，刚听国立叔唱得有味，忘了这事了。"田钰慧连忙站起来帮忙端茶。

"伯娘真是贤惠了一辈子，在我们这里，豆子芝麻茶是招待贵客的。她老人家不怕麻烦，四时都备着盐姜、炒豆子、炒芝麻，不管老的小的，哪个来了，硬是要一杯热茶送到手上。尤其是我，茶也好，饭也好，从小到大那就跟吃自己屋里的一样，伯娘从来不嫌弃。还有，她老人家呀，哪怕是过去住的茅屋子，屋里屋外都收拾得熨熨帖帖，没得一点儿灰。"贺千岁细细地对玲花说道。

玲花听了，赶忙起身给陈爱莲让座。陈爱莲按着玲花，不准她起来，嗔怪道："哪有叫大肚婆让座的，你只管坐，莫听千岁的，喝杯茶算么子，讲出这么多客套话。"

"爱莲嫂子，你算得上是千岁大半个娘，千岁记着是应该的。你确实是个贤惠人，是个好榜样，该受人敬重。过去没饭吃的时候，豆子芝麻茶那就是金贵物。如今呢，是不算么子，但你待人接物的礼数，那就是让人舒服得不得了。东升伢子，你是福气好。"贺国立附和道，把田东升的小名都叫出来了。

陈爱莲挨田钰慧坐下，忽然眉头皱了下，肚子又隐隐作痛，但忍着没作声。

“娘，你肚子是不是又痛起来了。”田家兴注意到了，知道娘有什么都喜欢苦捱着，就怕让崽女担心。

“没有呢，痛么子痛。”陈爱莲连忙掩饰。

“我明天一定要带你去省里大医院看看，检查了没事，我们才放心。”田家兴对娘说。

贺千岁连忙说道：“我明天送你们去。”

这正中其怀，田家兴也懒得客套，说：“公司有急事，劲斌要开我车回公司，我正想着要借你那辆‘五菱宏光’用用。”

“去么子去，哪里有这么金贵，一点老毛病死不了，都是你爷老子鬼喊鬼叫。你们莫乱安排，我反正是不去的，好生生地把钱丢到医院里，我是不依你们的。兴伢子回来了，我就什么病都没了。”陈爱莲连连摇头摆手，装出生气的样子，左讲右讲就是不同意去省医院看病。

“娘老子，你莫跟个细伢子一样，你以为我和老弟请个假回来就跟喝蛋汤一样容易？不去不去，你要真有么子毛病，叫我们何得安生？”田钰慧劝得口干，失了耐心，转而又对着田东升发躁气：“就是你老人家，要你莫这样舍死舍命，好了伤疤忘了痛。那时候天天面朝黄土背朝天，还穷得补巴连屁股都兜不住，一辈子就想哪天不作田就好了。现在要你不作田了，你老人家却霸蛮要作，害得娘老子跟着你受累，这病是累出来的。”

田钰慧讲这个话是有原因的。田东升老了老了，却种了三十多亩田。种稻如养崽，一年到头操劳不停，可他却乐此不疲。陈爱莲背地里告诉田家兴：“你爷老子牛皮吹得天响，讲如果再年轻一点，莫说二三十亩，八十亩、一百亩都要种。喝起酒来，报告能做两个小时，习大大开了么子会，讲了么子话，么子精准扶贫啦，么子乡村振兴啦，讲得唾沫星子直泛。”田家兴感慨，爷老子这一辈子真是从地下到了天上。

“怎么怪起了我，不作田，要我们在屋里混吃等死呀。你这个妹子，就是个冲天炮，我看你就是怕耽误赚钱。”田东升受不得自己女儿的气，夹枪带棒的话对着田钰慧扔。

“我怕耽误挣钱！我还不是被你们急的，你们，你们……我懒得管你们！”

田钰慧抹起了眼泪。

“你这个老家伙，也真的是，妹子已经够苦了，你还乱讲话。红兵去年跑运输出车祸，到现在都还做不了事，你那两个外孙丹丹和胖胖都要读书，你妹子不出去多赚几个钱，何哩盘得一屋人活？”陈爱莲心疼女儿，拉着她的手劝她，“莫听你爷的混账话，都是娘老子不好，娘老子没用，拖累你们了。你们都回去上班，娘没事，莫挂念。”

“你们俩老子，顾崽顾女顾到心尖子上去了，莫说娘老子有病，就算没病，崽女回来看爷娘那也是应该的，怎么反倒怪自己没用呢。”禾堂竹篱边，隐隐约约站着一个人，声音不怒自威，那是谷清嗲嗲。

谷清嗲嗲住在西头，隔田东升家四五个屋檐，是本姓的长辈。谷清嗲嗲刚在屋里读老书，眼睛痛，出来走走，听到这一家子说着说着起了高腔，便侧起耳朵听，忍不住插了话。

谷清嗲嗲喜欢穿对襟褂子，个高身板瘦，脸长如削，时常戴着一副老花镜看老书。那眼镜脚都掉了一个，还得用一只手扶着。他早年丧妻，留下一个蠢子崽和一个聪明崽。他和堂客是表兄妹结亲，据说表兄妹结亲生下的崽不是异常聪明便是异常蠢笨。他的聪明崽在田家兴考上大学那年就死了。怎么死的？累死的，倒在田里就没起来了。后来，媳妇带着孙女改了嫁。说来也是早年丧妻，老年丧子，一生辛酸，但他也不怨天怨地，说生死在命，富贵在天，每天只管摇头摆脑地唱读老书。田家兴记得小时，谷清嗲嗲常会读：“君子务本，本立而道生。孝悌也者，其为仁之本与！”

说来，谷清嗲嗲算是田家兴的启蒙老师，因为小时田家兴在谷清嗲嗲那读的书比在课堂上读的书不会少。田家兴赶忙起身，打开竹篱门，搀了谷清嗲嗲进来，恭恭敬敬地扶他坐下，自己一旁站着。

“家兴呀，你从小就喜欢读书，思想也好，忠厚实在，尊老爱幼，样子也文质彬彬的，蛮像个先生，我们都叫你‘小先生’。村里的细伢子里头，我最喜欢你。祖上留下来的书是我的命根子，哪个都摸不得，但有回你和千岁到我屋里偷书看，我冇打你们，从那时起我还尽着你们看，你记得啵？”

“记得、记得，哪里记不得呢，我在你屋里看了好多书，我还记得书名呢，有《杨家将》《岳飞传》《史记》……好多好多。”田家兴连忙道。

“是的，是的。”贺千岁也连忙附和。

“哦，你讲的田老先生就是这位老人家哦，总算对上人了。家兴一讲起故乡人故乡事，那少不得讲他们偷书看的糗事。”范劲斌插话道。

“嗲嗲，其实那回是我霸蛮扯着家兴去偷书。家兴晓得那书是你老的命根子，被你老人家捉着了，少不得挨餐打。他怕我这驼背子不经打，硬是一口咬定是他一个人偷的。”贺千岁不好意思地说道。

“你以为我不晓得，我只是冇拆穿你们。家兴哪，我那时觉得你确实喜欢读书，不会糟蹋书。但如今，我看你还是糟蹋你读的书了。”谷清嗲嗲有学问，德行好，颇有乡儒的风度，受人尊敬，他讲的话没人敢反驳。田家兴腰弯得更厉害，只有俯首帖耳的份。

谷清嗲嗲喝了口茶，继续说道：“你娘对你，那比岳飞的娘老子不得差。为你吃了多少苦？为了让你读出去，那是天天在土里刨。土里刨得几个钱？土里刨了，还要天天起早贪黑打豆腐卖。还有那年，你闯了祸，你娘为你受了多少罪？可是，你读出去了，到花花世界去了，就不记得爷娘了，不记得花凼了，这么多年你回来了几回？你爷娘常年四季守着老屋，送你读书白送了。”

田家兴低着个头，跟个犯了错的小学生一样，羞愧得恨不能钻进地里去。

“嗲嗲呃，你莫讲，莫讲哒，兴伢子心里有苦衷，我这个做娘的晓得。他接我们到城里去住，带我们看时新把戏，是我们住不惯跳起脚要回来的。再说，他不是每月寄钱给我们么？”陈爱莲心疼田家兴，连忙替他向谷清嗲嗲讨饶。

“是的呢，人生得贱，一到城里面，刚开始还蛮新鲜，住了没几天，就一身不舒服，跟那水稻秧子遭了干一样，蔫哩叭叽的，这里痛那里痛。”田东升也附和道。

“拿这两老没办法呢，作这么多田，舍不得用舍不得吃，我晓得他们是想给我老弟存结婚钱，盼孙伢子盼了好多年，嘴上却一句都不敢说。我这个弟就是两老的命根子。”田钰慧当年至死不渝要考大学，但最终因为田家兴而放弃了理想，如今跟村里许多女人一样，打工挣钱，盘大儿女，为生活奔忙。当年那个一脸明媚的学生妹子，如今成了粗声大气、脚底一阵风、身板向前倾的农村嫂嫂。想来，她总是有些不甘心的。

田家兴无言以对，愧对呀，愧对父母、愧对姐姐，愧对乡亲。他转身就朝陈爱莲跪下，恳求道：“娘，是我对不住你们，让你们受苦了，您老要是不去检查，我就跪着不起来。”

“崽伢，我去，去要得不？快起来，我晓得，你是好崽，是好崽。娘不怪你，娘只要你们都好。”陈爱莲扶起田家兴，抹起了眼泪。

07

晨光熹微，鸡打鸣，狗零碎地吠，花凼村一片生机盎然，空气清新得像是琼浆玉液在流动。天边的地平线上，太阳一点一点往上拱，终于拱出了头，刹那间，阳光万道，云蒸霞蔚，花凼村笼罩在一片金色的光中。

田家兴和范劲斌站在手摇井旁，一边洗漱一边用脚逗一条大黄狗,成了两个不更事的少年。田东升和陈爱莲进进出出，准备土鸡和土鸡蛋，还有陈爱莲做的坛子腌桃肉、坛子豆角、坛子米粉肉、红曲鱼等等，装了满满一后备厢。

“好东西呀，发财了，发财了，我这是打抢来了。”范劲斌说着，拈了一块腌桃肉放进嘴里，表情陶醉，直嚷，“太好吃了，这比商场买的爽口多了，我老婆肯定爱吃。”

“这个腌桃肉，可是我娘老子的独创，放了紫苏和甘草，别的地方那是吃不到的。”田家兴笑道。

田东升见范劲斌欢喜，得意了，花白胡子翘起来了，连声说：“下次再来，下次再来，这回你太性急了，刚来就走，好多东西都没准备。”

“田爸爸，我下次一定还来，下次开个大点的车来装。”范劲斌高兴地道。

“你还真不客气，我这车都成农贸市场了。好啦，要走就早点走，中途自己注意休息。”田家兴嘱咐道。

准备得差不多时，贺千岁开着他新买的“五菱宏光”来了。虽然他身材瘦小，还顶着个“驼峰”，但整个人精气神十足。田家兴把准备好的东西放上去，转身来扶娘老子上车。

忽然听喊叫声：“兴伢子、千岁……”，禾堂前的公路上，村东头的亮婶子趿拉着一双拖鞋，双手张舞，神情比步伐焦急。

亮婶子比过去瘦了许多，头发凌乱得像风中的芦荻花。她喘了几喘，才对田家兴和千岁说道：“兴伢子、千岁，婶子求你们个事。你把我屋里那要死不落气的鬼捎带到省里，行不？”

“你是说亮东叔？他怎么啦？”

“那死鬼闹腾几年了，最近我看他面相发黑，眼眶发青，走一步路要喘三口气，一阵风就吹得倒，怕真有了毛病。前段时间，我跟我大崽海洋打了电话，他一直没抽空回来。昨天，我在电话里说起你们要去省里看病，他就想要我来说说，看能不能把他爷一起捎带到医院，他直接去医院会合，省得来回跑。他这想的便宜主意，我都没脸讲。”

“什么没脸有脸的，千岁的车长，座位多。只是亮叔身子精壮得很的，如今怎么就这么虚了呢？”田家兴忙说道。

亮婶子叹了口气，似乎一言难尽。

“乡里乡亲，能搭上的肯定搭上。”千岁忙一口应下。

千岁开车搭着亮婶子回家，先去把田亮东接过来。大家便站在禾堂里等着。陈爱莲叹着气说：“你亮叔原来也是条好汉啊，做起事来风风火火，哪晓得就这么几年时间，变了个人呢。”

“他这病是心病。他满崽地球，名字取得太大，国都出不了，还地球，我就说名字不能取得太大嘛。三兄弟都在同一个电镀厂上班，地球好好的就得了癌，治不了，死了，你亮叔一下就垮了。大崽海洋、二崽亚洲等地球出了事，才想起可能是电镀车间有毒引发的癌症。他们找厂里闹，厂里不仅不管，还把他们开除了。”田东升接着说道。

大家都咂着舌子惋惜。范劲斌讲：“这样的事不少见，一个个都只往城里跑，但城里也不是天堂，农民出去打工，还是弱势得多。”

“打工也不是什么好出路，农民真正想要过好日子，还得是在自家地盘上。”田家兴感叹道。

田东升又说：“你亮叔气不过，就去上访，人家厂子隔起天远，人生地不熟的，还告得倒人家？告诉你，像你亮叔这样的，我是帮忙上过访的，要不是我，他还得不到政府的信访救助金呢，多少也是钱嘛。”田家兴听了，哭笑不得，爷老子怕以为别人想不起他那段上访钉子户的历史了。

千岁接了田亮东过来。田亮东已经瘦成了一把骨头，亮婶子扶着他半躺着占了中间两座。田家兴便把娘老子扶往后面座位坐着。

亮婶子刚坐好，突又想起什么事，从口袋里翻出一片钥匙递给田东升，嘱咐道：“老弟，钥匙放你手上，我叫我那大孙子和小孙子放学后到你这拿。”

“你们走了，哪个管他们？”陈爱莲问道。

“有么子办法，爷娘不管，他们爷爷又这个样子，没得办法，大的拖小的，自己管自己。”亮婶子无可奈何地说道。

“造孽，你们放心去吧，我帮你们看着点，晚上就到我屋里来吃和睡。”田东升站在车窗外说道。

“那多谢你老弟了，还是老邻居好，菩萨保佑你。”亮婶子双手合十。

田钰慧坐到副驾驶位，笑贺千岁道：“好家伙，你这成老病送医专车了。”

“唉，老头子我就是个麻烦，还不如让我早点到那边去陪地球。”田亮东像个风箱似的边喘边说。这老头子性情大变，当真古怪了。众人忙安慰。

田东升留在屋里照看田土，嘱咐田家兴有什么事就打电话。范劲斌跟大家打招呼告了别。两辆车同时出发，到清江县城分道而行。

贺千岁把他们送到省城附二医院时，田亮东的大崽海洋已等在那里。田家兴执意让贺千岁开车先回去，因为他有六十亩田要照看，堂客玲花也怀着孕。之后，两家分头看病。

08

田家兴和田钰慧带着陈爱莲在医院详细检查，检查结果一出，姐弟俩就懵了，田钰慧一屁股墩在地上，号啕大哭起来。

医生就嚷："哭么子哭，话还没讲完呢。算是早期，肠癌不像其他癌那么容易扩散，切除了的话，是没问题的。"田家兴听了，恨不得捶这个医生一顿，又恨不得抱着亲一口。这人真是，何哩不一口气讲完呢？还可以切除，幸亏发现得早啊，要不然……田家兴不敢往下想，甚至连"癌"这个字也不敢说，这年头谁不是闻癌色变。

姐弟俩商量一阵，决定不告诉陈爱莲，只说肠黏膜发炎溃烂，有一段必须切掉，得动个小手术。陈爱莲说："在这大医院那得多少钱喔。"田家兴忙宽慰："没事，现在有新农合呢，有报销的，用不了多少钱。"

这是一个吓人的手术，陈爱莲因麻醉过敏差点没醒过来。姐弟俩乱了方寸，从不求菩萨的田家兴祷告着、祈求着："土地神啊，你要保佑我娘，让我娘多活些年头，我还没好好孝敬她呀！"

陈爱莲从鬼门关打了个转，还是回来了，全身插满了管，整个脱了形。田钰慧和田家兴衣不解带，日夜守护，不敢有半点疏忽。

康复还有一个漫长的过程，除了伤口的恢复，还要进行巩固治疗。陈爱莲从昏迷中醒来，稍感好过一点，讲话还不利索，就开始疼惜崽女、埋怨医院："讲了，不要到医院来，一个好人都会诊坏去。肠子发炎，喝点酒消个炎就要得了，硬要动手术，把你们磨伤了。住两天就回去，在这里烧钱呢。"田家兴和田钰慧背着相视苦笑，娘老子还不晓得她的病多吓人。

陈爱莲能打屁，能吃流食，又能慢慢翻身了，姐弟俩的心才松缓一些。田家兴要田钰慧赶紧回厂上班。田钰慧放心不下，不同意。田家兴便说："过去是你和娘顾着我，这回我应该担起这个担子来。你放心，娘老子没事。"

田钰慧又问："你呢，难道你不用上班吗？你老板不扣工资罚奖金么？搞不好会炒鱿鱼的。"

"没事的，我十多年的老员工了。"田家兴自信地道。

田钰慧犹豫了一阵，想着家里那么多张口，便含着泪跟娘老子道了别，叫她好生保重，一步三回头地走了。田家兴看着姐姐被重担压弯了腰的身影消失在走廊，不由得一阵心酸。

"要想办法让姐姐走出生活的窘境，让两个外甥不当留守儿童才好呀。"田家兴满心愧疚。

田钰慧一走，田家兴就给范劲斌打了电话，他把娘老子的情况仔细讲了一下，然后说："兄弟，这个假怕要请长一些了。"

范劲斌当然也理解，但他还是提醒田家兴："一个重要岗位长期缺人，怕不太好跟上面交代。公司的竞争很激烈的，你获得这个位置也不容易。你多考虑一下，要么请个护工吧。"

"这怎么可以，不行，我不能再丢下我娘了。多险啊，要是我娘有个三长两短，我想死的心都有。养儿防老，养儿防老，可是我却除了让他们挂念，没为他们做过什么。谷清嗲嗲骂得对啊，我是糟蹋我读的书了。"田家兴打定主意，不管公司什么意见，他都要陪伴在娘的身边，直到她病好。

娘老子逐渐好转后，田家兴去心脏科探望亮东叔。亮东叔查出患有风湿性心脏病，医生建议保守治疗。亮婶子抹着泪说："再住两天就准备回了，回去将养。在这医院，扔钱就像石头扔水里，连个泡都不冒，折腾不起。这病也是他自己瞎闹出来的，地球得癌走了，他过不去，动不动就哭，一哭就在地上打滚。每日半夜三更不睡觉，一睡觉就听到地球喊痛，地球是痛死的。”

田家兴曾听娘讲过，农村人一生三大件：盖房、娶亲和生病，这都是事关伦常的要事。如今，盖房娶亲先不论，但一旦生了大病，本地医院技术不行，只能往大城市的医院送。花费不小，而且崽女一个个都在外边，回来照看不方便，牵扯的事太多，简直是弄得鸡飞狗跳。所以，农村的留守老人都不敢病，病了指望不了自己，也不敢指望崽女。

田家兴心里直堵，赶忙回到娘老子的病房，紧紧地握住娘老子的手，把头埋在娘的手上，心里才平复下来。田家兴一直感到后怕，如果娘的病不是早发现，跟亮叔白发人送黑发人相反，他这是子欲养而亲不在。田家兴陪着娘老子经历了生死一线，自己的内心仿佛也经历了一番洗礼。生死无常，人生苦短，绝不能再留遗憾！

陈爱莲病稍好转，就满脸堆笑。幸福啊，这种儿子守在跟前的日子，她都不记得有多久没享受过了，她甚至想，这场病没白病！可怜天下父母心，做崽女的给点阳光就灿烂！

到七月初，陈爱莲基本痊愈。出院那天，贺千岁开车来接他们母子。

“家兴，辛苦了。这下，爱莲伯娘看崽看饱了吧？”千岁笑着问。

“那是。孝顺呢，你们都是好崽。”陈爱莲气色好了不少，一脸的骄傲，眼睛都笑没了。田家兴看母亲那样，也笑道：“在娘老子眼里，崽是坨屎都香。”

回村时，田家兴看到了幸福河上的熟悉孝义桥。这是一座三孔石桥，一孔大两孔小，用方正条石砌成。桥栏中间嵌有碑记：“孝子某，外湖渔猎，贴补家用。闻母病欲返乡。忽恶龙作妖，风蔽日月，水涨波涌。孝子驾舟搏于风浪，船沉，尸体随水漂回，知母无恙，方闭眼。后人感其孝心，遂建此桥。”桥面青石供来往行人踩踏，不知已有多少年，泛着被岁月打磨的幽幽光泽。石栏生满青苔，斑斑驳驳，石柱上刻着的对联却清晰在目：富贵出心田，伦常多乐地。

田家兴念着这副对联，觉得沉。人真正的富贵是心里富足，花凼村人的心富足了吗？如今，这村子老无所依，幼无所养，还会是“伦常多乐地”么？

09

从省城回来，稻子已经黄了，但不是无数次在田家兴梦里出现的情景。在梦里，一望无垠的稻子与阳光交相辉映，村庄被包围在金色的海洋里。他和娟子像两只快乐的精灵鸟，嬉戏在这金色的海上，唱着一支古老的歌谣：

骨木石陶，种植水稻，猪狗水牛，定居不移；
骨木石陶，种植水稻，猪狗水牛，定居不移……

可是眼前，没有娟子，没有歌谣，也没有金色的海。稻田这里一块，那里一块，像剃了癞子头。大片大片的田地荒芜了，像空度光阴的汉子，胡子拉碴，颓废不已。幸福河两岸的房子，好多门窗上结了蛛网，人去楼空，麻雀钻进钻出，白色的鸟屎糊在大门上。行动不便的老人坐在大门口或墙根下，看日头从东走到西，掰着手指数日子，等着将另一只脚收进坟墓。田家兴一触到那种空洞的眼神，心便被刺得生疼。如今，似乎没有什么能阻止青壮年外出的脚步。

“能租出去就租出去，没人租就敷衍一下，洒一些一季稻种子，死、活不管。那杂牌军完全占领了正规军嘛，产量是乱弹琴了。”田东升站在屋背后，手搭凉棚眺望着，唠叨着。

“毛主席说，人多才力量大，没人嘛，老的老、小的小。老的都累得跟个苦楝子树一样，到底比不得年轻时，不中用。要是你爷爷还在世，看到田里这么个样，会放肆骂娘。他在世时，田埂上没一根草。”田东升点了一支旱烟，吧嗒吧嗒地抽起来，烟雾罩着他的脸。这是花凼村最后一代忧心土地的老农么？田家兴瞧着瞧着，觉得这种画面如此熟悉，像极了记忆中爷爷田德贵的脸。

对土地的感情是血脉相承的，出生在这片土地上，每个人的骨血里便有了与生俱来的深情和眷念。爷爷田德贵说过：“我们是这里的土地神召唤来的。土地神最讲理，你种什么它就会给你长出什么，人勤地不懒，踏踏实实地侍奉土地，才能安安心心吃饭睡觉。”每年，在二月初二土地神任职和八月十五土地神生日这两天，爷爷都会领着全村的人到田野中间的土地庙上香祭拜。在这里，细伢出生要拜土地神，老人死了也要报土地庙，有灾荒疾病也要祈求土地神。对土地神的敬奉，就是对土地的信仰、对土地的眷念，这才是乡土啊。可是如今，大家都往外面走，这片土地越来越颓废了，乡土的血脉就要断了。若干年后，还能随着一年又一年的稻子，生长出蓬勃不息的乡愁吗？

“你有什么资格想这些呢，这不是一百步笑五十步么？你是背离得最远的那一个，你连回来一次都下不了决心，你连自己都不能救赎，你还能为这片土地做点什么呢？”田家兴自嘲道。

“做点什么？做点什么……”可这句话如同响鼓回音一样，落在田家兴心里，让田家兴心烦意乱。田家兴想走了，跟回来时一样迫切。不想了，不想了，走吧，眼不见为净！

田家兴收拾自己的行李，也催爷娘收拾行李，无论如何，这次他要把爷娘都带走。

田东升不乐意：“你不用管我们，我们还能自己管自己。临到老了，莫把我关到水泥笼子里去。”

“崽伢，你去上班，莫挂欠我们。都是娘不好，让你上班都不安心。我们以后餐餐把伙食搞好些，天天那什么脖子扭扭，屁股扭扭，身体呀什么……超级棒。”陈爱莲心里两难，舍不得崽，也舍不得这生活大半辈子的老屋，眼圈发红，嘴上却宽慰田家兴。

“你们叫我怎么办，顾不得两头，你们就忍心让别个戳我的脊梁骨，说我是

个不孝子！”田家兴发了躁气。

“要去，你们娘俩去，我不去。你那套间屁大点地方，住着心里堵得慌。”田东升也犟起来，一方面确实不想去，一方面也不想给崽添麻烦，但就是不好好说。

田家兴见讲不通，心里越发上火：“你不去就不去，娘老子我带走。有么子事，你莫怪我。”

陈爱莲左也不是，右也不是，吧嗒吧嗒掉眼泪。

“哟嗬，一屋人唱嘴巴子戏！一个个烂着个脸，是爷得罪崽，还是崽得罪爷了？”支书彭太安走进田家堂屋，高声调笑道，后面跟着贺千岁。

当年，上任支书牛罗锅被查出贪污、乱摊派等一系列问题被撤去职务，村里重新竞选支书。田东升带头举荐老好人彭太安，凭三寸不烂之舌宣扬选能不如选德。那时，花凼村的人被牛罗锅的铁腕手段压怕了，大多数都有这种想法，老好人彭太安便成了一匹黑马。因为这个缘故，彭太安对田东升一直心怀感念，两家也走得比较近。

“拿这两老没办法，要他们到城里去，好打照应，口都讲干了，不去。”

“家兴，人老了，都只想叶落归根，不愿意背井离乡了。我还不是一样，我那满崽志明接我到城里，住了两天，我就浑身长刺。”彭支书感同身受。顿了顿，他突然大声说道：“要解决这个两难，我有个很好的想法。”

“什么想法？”田家兴问。

“回——乡——干——事——业——”彭支书一字一顿，这五个字在田家兴耳中如同平地响惊雷，惊起了那个遥远的梦。

在那个晚上，在月光下的田野，他曾对娟子说过，要让花凼村兴旺、富裕、幸福！让爷娘再也不用背犁，像城里人一样生活。那时候，他豪情壮志，一身书生意气，恨不能指点江山挥斥方遒。一个时代有一个时代的梦，但追求幸福的梦永远没有变过。如今，生活富裕了不少，可村子却空了，田地荒芜了，变成了老人村、空巢村。娟子走了，他的梦想也随她碎了。现在的他，没有理想，只有生存，在大城市挣车挣房、随波逐流地生存。

贺千岁也说道：“今天彭支书一早就找到我，讲了他的想法。支书他是诚心实意想要留你在家乡创业，说只要你愿意回来，他鞍前马后为你效劳。”

“太安叔，惭愧惭愧，我真不敢当呀，您是支书，怎么能这么说呢？”田家兴心里深受感动，他看得出彭支书的胸怀和诚意。但，他心里有过不去的坎。

彭太安今年已经六十，这些年，他自己弄了个养猪场。猪场在哪呢？在花凼小学。小学早废了，既招不到老师也招不到学生，教室就那么空着。空着也是空着，彭太安便拿点租金交公，用来养猪了。猪市还算红火，彭太安天天有酒喝有肉吃，小富即安，赛过神仙。但作为村支书，看到花凼村越来越空空荡荡，除了几个摸麻将的鬼打死人，不景气，没人气，心里便也常常冒出一股伤感气。最不好受的，到上面开会尽受窝囊气。原因在哪？有为才有位，无为自然无位，花凼村不景气，自然没谁把他村支书放在眼里。可他也没有好的思路，觉得力不从心，只能这么过着，饿不死人也说不上好，整个村子一潭死水。乡里开会时，讲了几个回乡创业的典型。他便在心里盘算开了，把村里出去的年轻人过了一个遍，最后锁定了田家兴。现在，田家兴回来了，他就毫不犹豫地来当说客了。

"家兴，我不是随便说说的，你是学农的高才生，从小就勤奋实在，我看好你。打完精准扶贫的胜仗，乡村振兴的号角已经吹响，时势造英雄，乘政策的东风才有作为呀。其实花凼村不是没资源，你看看，到哪去找这么好的土地？可是，现在都荒废了，政府罚款都没用，让人心疼呀。毛主席说，农村天地广阔，大有作为，家兴，你有学识，又在外边涨了见识，我相信，你回来干事那就是江猪子游在长江里。"

彭太安接着自我解嘲地说："人老了，脑筋不比年轻人，太死板，除了腿巴子勤快和不搞鬼名堂这两点好处，干事我还差了一点。要是有家兴、千岁你们这样的活脑筋回来带头创业，我保证全力支持。你们带头闯出一片新天地，一个领一个，把花凼村的人气带起来，这乡下的日子也就活了。"

"家兴，我觉得这是一个好主意。时代真的是在推着我们走，原来我也觉得自己死也不会回来的，打死也不做农民，没想到，没得几年，我自己屁颠屁颠地跑回来了。现在看来，也不错嘛。"

"你这是新型农民，是国家大力扶持的对象。我每次去镇里开会学习，会上都这么讲，要振兴农村，要培养搞农业的能人，要把饭碗端在自己手里，确保粮食供给侧安全。千岁，眼光不错，跟着党走有饭吃。"彭太安双手竖起大拇指。

"家兴，你好好考虑下，兴许农村别有一番天地呢。"彭太安又"揪"住田家兴不放。

“莫出这馊主意，我和他娘当年送他读书，还不是为了‘鲤鱼跳农门’，如今又跑回来蹲在农村，他这面子往哪搁？”田东升头摇得像货郎鼓。

“是哩，读书十多年，还不是为了读出去。我呀，只要兴伢子下回领个媳妇、抱个孙子回来，我就知足了。讨媳妇的钱、孙伢子的奶粉钱，我和他爷老子年年都在存，存了好多年了。”陈爱莲的心事被触动，眼圈红了。

“娘，怪不得姐埋怨你们舍不得吃舍不得穿，老了老了还要作田，我不要你们管，我有工资。”田家兴气急，嗔道。

“我讲句公道话，哪个爷娘不为崽好，哪个爷娘不想儿孙绕膝，尽享天伦之乐，兴伢子！”彭太安重重地喊了声田家兴的小名。

最后，带爷娘去深圳的事不了了之。田家兴想，先回公司上班再说，到时候，山人自有妙计，只说病了，这两老子必定屁颠屁颠跑到深圳来的。田家兴拿定了主意，网上订好高铁票，只等启程。

可不知怎么了，彭太安、贺千岁的那些话盘在田家兴脑子里，怎么也挥不去。

10

天擦黑，蛙鸣阵阵，空气中有稻子的香味。田家兴想起了过去的情景：稻花香里说丰年，听取蛙声一片。

田家兴被一种莫名的惆怅缠绕着，心里总不熨帖。他提了些黑牛麦片、香蕉、苹果等，去探望几个长辈。

到了田亮东家，田亮东拉风箱似的喘，见到田家兴就呜呜呀呀地哭。亮婶子说："他呀，来一个看他的人，就哭。唉，久病床前无孝子，海洋和亚洲都不敢回来看他了，就怕他哭。兴伢子，你倒来看他。你呀，没变，还是那个心思好、实诚的'小先生'。"

"亮婶，看你，爱讲客气话，我看亮叔是应该的。小时候，亮叔最喜欢抱起我们细伢子往天上抛，逗我们快活，我们都喜欢跟他闹的。"田家兴忙说。

"话说，病秧子万万年，虽然他天天这个样子，饭倒一餐吃得半碗。我怕熬不过他呀。"亮婶子的话里满是糟心和不耐，唉，也怪不得她，照顾老又看着小，最受磨的还是她。

田家兴坐了一会儿就走，又去了另外几个长辈家，拉了拉家常，就走了。他不是为完成任务，而是见不得老人颤颤巍巍守着空屋等死一样过日子，而他又无能为力。

最后，田家兴才往让他又敬又怕的谷清嗲嗲家走。在路上，

田家兴不由得想起了那份请愿书。那份请愿书压在深圳住所的床头柜里，不敢轻易去触摸。多少年了啊，一些事刻意藏着掖着，但只要回来，就躲不过去，一幕一幕，冷不丁地就蹦了出来。

奔赴南方上大学前夕，娘老子把请愿书郑重地交给了他，对他说："兴伢子，好生收着，娘不要你记仇，要你记教训、记恩情。花凼村父老乡亲的恩情，你要记住呀！"

"打死我都不会忘记的，娘，你放心！"十八岁的田家兴当着娘的面发了誓。

田家兴甩了甩脑壳，脑壳胀痛。唉，不想了，不想了。他轻轻地拨开了田家院子的院门。

谷清嗲嗲住的老屋是花凼有名的"田家老屋"。田家老屋隔左右邻舍距离较远，相较而言，独门独栋，不言自威。田家兴清楚地记得，鳞甲般的屋瓦灰中发白，马头墙、檐脊、墙角的线条映在碧蓝的天空里，肃穆又充满美感。院中有棵大树，疏疏朗朗遮盖着屋脊。鸟衔来的草籽落在瓦缝，瓦里生出各种花草来。木头的门楼、窗棂都雕着花鸟的图样，连青墙上都刻着好看的云纹。小时候，田家兴最喜欢到田家屋里捉迷藏，但多半会被谷清嗲嗲骂。谷清嗲嗲对祖上留下的老屋，爱惜得很。

院中大树遮住了大半个院落，老屋正中的堂屋亮着昏黄的灯。大门没关，谷清嗲嗲正坐在堂屋"天地国亲师位"神龛下的香案旁，案上香炉里点着香，摆着供果。屋里没他那蠢子崽"满妹叽"的声响，大概早睡了。谷清嗲嗲扶着老花镜，读一本线装老书，书已经卷边泛黄。田家兴看到封面上有毛笔写的四个大字：花凼村志。

见田家兴来了，谷清嗲嗲起身让座。田家兴连忙扶住他，把提着的东西放在桌上，恭恭敬敬在谷清嗲嗲对面的板凳上坐下。刚坐下，他又记起了什么，从裤口袋里拿出一个眼镜盒，打开来，取出里面崭新的老花镜，双手递给谷清嗲嗲。"谷清嗲嗲，我在省里新买的，您老人家戴上试试。"谷清嗲嗲已上八十，脸清瘦，不爱笑，但神色清明。他拿过新眼镜戴上，连连点头："嗯，蛮好，蛮好。"

"兴伢子，上次老家伙多嘴，说话不好听，莫见怪！"谷清嗲嗲说道。

"那哪能呢，您批评得是，是对不住我爷娘，对不住乡亲呀！"田家兴诚恳地道，"谷清嗲嗲，这么多年，你也没打算找个伴？"

“不想这个，不想这个。我有这些老书做伴，不寂寞，再说，我还有我的事要做。”

“做么子事？要我帮忙不？”

“这几册《花凼村志》，你外嫁爷田善人传给了你爷爷田德贵，你爷爷又传给了你爷老子。前些年你爷老子成天上访，不看重这个，丢在你家神龛上生灰。我看到了，可惜得很，这里面可是记载着我们花凼的根脉渊源，是祖宗们一个字一个字亲手写下的呀。这在过去可是镇村之宝，后人们却不敬重，撕的撕了页，沾的沾了污秽，这真是对祖宗不住。我呀，就是想把这村志好好重修一次。”谷清嗲嗲一脸肃穆地说道。

“哦，这是好事呀，功德无量，谷清嗲嗲，给我看看。”田家兴把村志拿过来，粗略地翻看着。首页文字墨色已淡，但依稀可辨：

相传田氏先祖茂公因山土贫瘠，食难果腹，遂携五子迁徙。梦中有仙人授记：“循低处而行，笼破鸡飞，见梦花即止。”茂公行至此处，见水凼无数，草丰茂，上生花，其茎如藤，其花黄白。一时，所携鸡禽均啄笼而出，茂公始认定此花为仙人所授梦花，遂就地定居。又见水凼生花，实如花凼，始名花凼。又传，此处梦花，有梦失记者，纽之即晤。

田氏先人披荆斩棘，结茅而居，数代以后，瓜瓞蕃衍，耕者、渔者、樵者、靡不安居乐业。后又有牛姓、张姓、陈姓等姓氏族群迁徙至此，婚丧嫁穑，群聚于此。食既果腹，遂重人文教化，乡贤修馆办学。田氏先祖文公曾高中进士，官至知县，后告老还乡，携回典籍数卷，传以后人。

……

这村志，田家兴从来没有在意过。这回拿在手上，才晓得分量不轻。这里面所有记载都是用毛笔书写，一律小楷。虽同为小楷，但前前后后分明有多人字迹，这是先祖们前仆后继的心血所制啊。因为年久，字迹模糊，加上老字多，田家兴认读吃力，但内心不断受到震撼。田家兴从不知道花凼村名字的由来，这回终于弄明白了，顿觉花凼这两字还蛮美。他忍不住又问：“谷清嗲嗲，你就是田姓进士的那一支后代吧？怪不得你们家有那么多老书呢。”

“咳，传是这么传的，我猜后来是被我老爷爷打牌押宝败光了家产，家丑不好外扬，我爷老子忌讳得很，难得讲一句半句，所以我也不太晓得。好在，还留了些老书没败掉。”

“谷清嗲嗲，这书里讲的梦花，是什么花？‘纽之即晤’是真的？真的能记起忘了的梦？”田家兴不由自主地又想起当年对娟子说的那个梦。

“我也不知道是哪种花，有些事已经说不清了。可能是心里想成哪样就是哪样吧。”谷清嗲嗲说。

田家兴继续往后翻，择条看一些村史记载：

★年，大肚子病，死百余人……

★年，田氏子从军吃粮，到东北打仗，初有信回，后音信无……

★年，大旱，田、牛两姓争水械斗，各有伤亡数人，两姓始结怨……

★年，湖水暴涨，没村一丈，花凼成泽国，水去，横尸遍野，幸存者亦多饿死……

这比历史书更有血肉更鲜活啊！田家兴越翻越忍不住感叹。

“谷清嗲嗲，我们这里要么是水祸，要么就是旱灾，这一辈一辈作田，当真跟当牛做马差不多。”

“是啊，农民就是这么过来的，想想，如今的人那就是掉在蜜罐里啊。过去，作田要收税，现在作田不收税还有钱补。过去，作田全靠两双手，现在，作田有机器，比一双手快了不晓得有多少倍。家兴，人生一世，短短一秋，但那也是喊变就变的呀，干事要趁年少呀。”

“嗯，嗯。”田家兴边点头，边接着问，“从前，田姓和牛姓就是为着争水这些事结的仇么？”

“嗯呀，人活得难也活得愚蛮，么子话讲不清呢，都是血肉之躯，好生生地硬要白刀子进红刀子出。一代传一代，恩恩怨怨扯不清。最可惜的，到新社会了，还连累你和……造孽啊。”

田家兴便不语了，接着往后翻，翻着翻着，没想到那年的记载赫然入目：

★年水患，军民同心，合力抗洪，保下华丰垸堤坝，花凼亦幸未没于洪流。然田土受涝，收成大减，各家口粮均难保证。

田东升子田家兴高考中榜，为本村第一个重点本科高才生。花凼人俱欢喜，为田家子披红戴花，骑牛游村；

村支书牛国栋强行入农户缴粮，引众怒，生口角以致群殴，田东升子田家兴误伤牛国栋，被抓。村民顶香请愿，祈求法外开恩。

这些字迹是最新色的，田家兴知道，是谷清嗲嗲记下的。田家兴悲哀地看到，自己成了村志上的一个笑话。他似乎看到先祖的眼睛在凝视着自己，而自己却心虚得不敢与他们对视。他不敢再看，把村志合拢双手递给谷清嗲嗲，说："谷清嗲嗲，您好生保重。"

"你这又是要走了吧？你虽回来得少，但每次走，都要到我这打个转，道个别。其实我晓得，你还是那个实诚的伢子。"

"唉，在外边做事，没办法，要不该多看看您老。"

"走吧，走吧，花凼留不住你们了。不过，伢子，无论你到了哪，都不要忘了根忘了本，不要忘了你是花凼的子孙。"

"我记住了，谷清嗲嗲。"田家兴逃也似的离开谷清嗲嗲家。

身后，谷清嗲嗲的叹息重重传来："唉，就算把这《花凼村志》修好了，也再没后人续下去喽！"

身后，谷清嗲嗲的叹息重重传来：“唉，就算把这《花凼村志》修好了，也再没后人续下去喽！”

11

天上星子密密匝匝的。每一颗星子都闪烁着属于自己的光芒。光芒相接，星光交映，便渐渐地让人有了一种错觉，那仿佛是一条浩瀚无垠的星河。田家兴仿佛漂流在这无垠的星河，任星光的浪花拍打着此刻的灵魂。

从田家老屋回来，夜已深。田家兴和爷娘聊了几句，就上床躺下了。他似乎很累，却又翻来覆去睡不着，直到整个村庄都沉沉睡去了，还在那里翻烧饼。睡不着，索性起来。他不敢惊动爷娘，要不，他们两老也别想睡了。他提着鞋打着赤脚，轻轻地打开堂屋门，一个人躺在禾堂的凉板上。静谧中，田家兴似乎仍旧听得见谷清嗲嗲的叹息，往事历历在目。

田家老屋神龛前，谷清嗲嗲泼墨挥毫，写下一纸请愿书：请求灵官镇政府和派出所领导法外开恩，释放花凼村第一个重本高才生田家兴，全村感念不尽，跪谢等等。写完，谷清嗲嗲将请愿书呈给围坐一堂的各姓族老，当然，牛姓除外。族老们纷纷拿过请愿书，过了目，点头称是。这些族老都是谷清嗲嗲上门请来的。他多话不讲，只一句："救人前途同于救人性命，救人性命胜造七级浮屠！"说完，他当着众族老面在请愿书上签下大名，接着竟举起右手食指，一口咬破。鲜红的血滴洇出，谷清嗲嗲顺势就往签名上按下了血手印。

这阵势，震住了众人。陈姓、彭姓等姓氏族老们一个个跟着签上了大名，按下血手印。有的签了名之后，还写上句话："田家兴是好伢子，请领导手下留情！"或者是："兴伢子思想好，学习好，请领导高抬贵手！"众人签完，又由谷清嗲嗲领着每家每户登门联合村民签。请愿书上附着的签名密密麻麻，一页不够，两页，三页……

当天下午，谷清嗲嗲领着上百个村民浩浩荡荡到了灵官镇政府，递请愿书，顶香请愿。这阵式，只有过去向龙王祈雨或求退水时，才有过。

田家兴没法平静，满天的星子似乎照见了被尘封的信仰和理想。他又想起了霓虹闪烁、车水马龙的深圳，这个繁华的大城市，多少人向往着，跻身于它。可是这么多年，田家兴却觉得自己像是一滴油花浮在水面，从来就没有真正融入过。回到故乡，这里的一切不停地撞击着他的心灵，使他重新审视现在的自己。难道活着就是为了生存，为了逃避吗？如果疼痛，那是因为深爱，难道真的想一辈子当躲避现实的懦夫，不敢去追梦，也不敢再去深爱？田家兴不停地问自己。

在浩瀚星河中，田家兴有了时空穿梭的感觉，过去的那一幕一幕重又清晰地向他涌来……

12

阳光“哗哗”地泼着，流淌着，喷溅着，跳跃着。稻子与阳光交相辉映，掀起一浪一浪碎金细银。四野寂静，稻谷成熟的清香，泥土的腥，以及青草的涩，弥漫了整个花凼村。

田家兴躺在后屋檐下的竹板床上，枕着田野特有的气息午睡。他朦朦胧胧地想着昨晚的月下，他和娟子手牵着手坐在草垛上，娟子的眼睛像沉涵着水晶，温柔的笑容就像是拂动一汪清澈的湖水。一想到很快就可以光明正大地和娟子谈恋爱了，田家兴的心就兴奋得一阵一阵发抖。

姐姐田钰慧却坐在竹板床另一端，一会发呆，一会抚弄已成一把盐菜的英语书。高考落榜让她大哭了一场，现在还时不时地唉声叹气。田钰慧已经咬紧牙关复读了两届，每次落榜均只离高考分数线一两分，着实怄人！娘老子陈爱莲没一句重话，拉着女伢的手默默陪她坐一阵，仍然是那句话：“只要你读，娘砸锅卖铁也供！”田钰慧的心里，便有了定海神针，做好了再次复读的思想准备。

好在，田家兴一路开直升机，从小学、初中、高中，直飞到重点大学的殿门。这一年，他的高考总分名列清江县前茅。花凼村从二十世纪八十年代开始，隔两三年才能出一个中专生，大学生是凤毛麟角。他这一开挂，就仿佛成了花凼村的凤凰，全村人对他格外爱护。

屋里，爷老子田东升大声喊：“陈爱莲，来帮忙，把扮桶抬出去，扔到鱼塘里泡泡，吃吃水。”抬完扮桶，田东升又往柴油机里灌满柴油，再用摇手使劲摇，摇得青筋暴起大汗淋漓，柴油机就“突突”地发动了。熄了火，他坐到后门槛，点上一支旱烟，吐出呛人的烟子，然后眼神空洞地望向屋后那片等待收割的稻子，骂了句：“狗日的天！”

陈爱莲把去镇上批发的新镰刀摊在堂屋地上，皱着眉头点数。每年双抢前，她都会骑着家里那辆喜欢掉链条的单车，暴晒着走村串巷，售卖镰刀。她在努力攒崽女们的学费，但手头上的钱还是捉襟见肘，她既骄傲，又满含忧愁，眼睛不由得也往屋后的田野望了望，重重地叹了口气。

田东升没她这么忧心，搬了两条长板凳并排放在后门口，躺上去睡南风觉。他晚上要去防汛，趁这时垫垫底。田东升的鼾声很快响起，忽高忽低，一下子如同海啸般排山倒海，一下子只有一尖锐的细声部升上半空打住多时，再自由落体，音律感好得不行，使每一个人都有了昏昏欲睡的感觉。

这时，天空投下一片云的阴影，从屋前迅速移到屋后，往田野上方去了。太阳阴了一会儿，像是天空做了一个鬼脸，隐隐地让人不安。

13

花囱村的广播忽然咳嗽了几声，接着一阵尖厉的声音刮擦着人们的耳膜。平常发广播通知前总要放一阵“社会主义好，社会主义好……”，一直唱到“全国人民得解放，掀起了社会主义建设高潮，建设高潮——”，在“高潮”这戛然而止。然而这一天，村支书牛罗锅直接就开始咳嗽了，他敲烂罗锅似的嗓音响起：“各家各户，各家各户，注意了，注意了，准备扎排了，准备扎排了！长江关不住哒，外河水位涨起天高哒，随时会出现险情哪，随时会决堤哪！为了大家的安全，政府有令，政府有令，各家各户自行扎排，自行扎排！夜里不要到床铺里睡觉，做好应急准备。今夜里防汛队员都要上堤，不许缺勤，出了问题是要负责要坐牢的哪，莫怪我冇提醒哪。”

田东升睡得一脑门汗，被牛罗锅又密又重的“哪”字尾音惊醒，抖了一下，差点滚下板凳，他打着呵欠爬起来，骂道：“妈妈咯厮，烂罗锅敲个不歇气，吵冤，觉都没睡好。”

牛罗锅，大名牛国栋，因为上身胖，屁股大，像扣着一面罗锅，加之他说话粗声大气，像敲罗锅，很是刮擦人的耳朵，便有个外号叫“罗锅”，人们当面叫牛支书，背后就叫牛罗锅。牛罗锅家与田东升家，相隔七八个屋檐，算是近邻了，但两家之间的嫌隙却不止七八个屋檐远，严重点说几辈的恩怨可以演上十集电视连续剧。正因为这，田家兴与娟子随田野里雨露花草自然滋长的情意，变得更为甜蜜和珍贵。

“扎排，扎排，莫又是装鬼吓人。”田东升鼻子哼气。前两年广播里喊大家扎排时，家家户户连夜扎排，眼都不敢合拢，但扎好了排，水又退了，大家的胆就练出来了。

但田东升哼气归哼气，想着堤坝外通天的大水，想着昨晚防汛时四处堵堤眼，想着家里一双崽女，不敢掉以轻心。“花凼，花凼，屁，堤高垸子低，这地势就是个大水凼，年年发水，年年提心吊胆！”田东升边发牢骚，边动身着手扎排。

田东升喊田家兴起来，父子俩合力把长长短短的杉树从梁上卸下，扔到禾堂里。田东升拿出一堆马钉，开始“呯呯呯呯”地钉起来。扎排是这里的传统手艺，既可用来进行渔猎，又可防水患。像田东升那已成田老大人、田老玉人的双亲，扎排下湖都是里手。大湖边的麻雀子，手上没点功夫，是经不得大风大浪的。

田东升这里钉马钉的声音刚响起来，村里各处“呯呯呯”的响声就不甘示弱地此起彼伏了。花凼村的屋舍廊檐相接，一家有响动，很快就会传到一个村。看来，这年的水患，谁都看到了厉害，大意不得。

邻居谷清嗲嗲踱着步，后面跟着他的蠢子崽“满妹叽”，正嘻嘻笑着。谷清嗲嗲问：“东升伢子，你说那堤真的会垮么？如今的水位比得上五四年大水呢！”谷清嗲嗲出生在解放前，他们这种年纪的人，对发大水的记忆那是入骨入髓。

“您老莫怕，有排呢。”田东升忙说。

“怕倒是不怕，上了六十就算保了本，只是村里又要遭难呢。你今天也要去防汛么？我大崽还在堤上没回，你们夜里要好生注意呢。”谷清嗲嗲叹息着，嘱咐着，坐下来看田东升扎排，又喊：“多钉几个马钉，钉牢一些，都用杉木，莫用杨树，杨树不经搞。”

这会子，有几个没动手扎排的邻居围了上来，插科打诨道：

“华丰垸这么大的垸子，好几个镇的地界，未必真的会淹掉，莫不是吓人吧？”

“我看是吓人的，再说政府会开冲锋船来救的，怕么子？”

“真的扎排啊，命还是蛮要紧哪——”

“要发大水快点发，正好省得搞双抢，又要脱掉一层皮。”

谷清嗲嗲见他们讲凉快话，便开始翻陈年老黄历：“你们莫不晓得厉害，这不是好玩的，水来了跑都跑不赢。五四年发大水，死了多少人，跑不赢的被水冲得尸都找不到，到处是死人。树上爬满了蛇，老鼠子跟人一样争着往堤上跑，密密麻麻，直往人身上爬。你就闭着眼想想，看你怕不。水退了，屋里只有一摊泥了。闹了水祸闹饥荒，一个个操着根讨米棍四处讨米，能活下来的都是阎王爷格外开恩。这不是好耍的，不是好耍的，快去扎排，快去扎排，莫讲卵谈了。”谷清嗲嗲连声催促。

大概是被谷清嗲嗲讲怕了，几个不怕死的也回了自家屋里，“砰砰砰砰”的声音又一次激烈起来。

14

屋后稻田里，表面黄澄澄的，其实稻子下面蓄着深深的田水。低洼的地方，已只能瞧见禾尖子了。外河水已经与堤岸齐平，巨浪滔天随时可能决堤。防汛军民日日夜夜装沙袋，堵堤眼，加高加固堤坝，县里、省里、中央领导都下来视察、指挥抗洪了。

虽然花凼村的人们插科打诨，看似不急不躁，但其实谁心里都压了一座大山。扮桶早泡好了，箩筐、撮箕该补的都补了，但人们依然只能眼鼓鼓的你望我，我望你，不能立马开抢。

抢，抢什么呢？当然是双抢。

抢收抢种，抢两季的收成。那漫延到天边的稻穗缀着沉甸甸的谷子，看着再喜人，没有收进自家粮仓，那都是不作数的，所以它们总是垂头做出谦卑的样子。它们自己知道，收成收成，得收才成。铺天盖地的稻子，需一蔸一蔸、一垄一垄、一丘一丘地割翻，挥镰得快成一道一道闪电，禾把子排得像沙场点兵。然而战斗的武器却只是一方小小的扮桶和打谷机。一家子多的八九个人，少的三五个人，实在不行就邻里兑工搭伙，搂禾把，喂禾，出谷，担谷，晒谷，抢时抢工，绝不能耽误工夫。收割完了，立马犁田平地扯秧插田。人们长久保持弯腰撅屁股火急火燎的姿势，再次划出一道一道闪电，一蔸一蔸、一垄一垄、一丘一丘把晚稻给插上。天大地大，平畴万里，气势足够雄浑，却不能大动干戈，只能小米加步枪打持久战，形容更准确一点，是愚公移山，毛主席说过的，要有愚公移山的精神。立秋前，务必将晚稻插上，生产的节气、秩序丝毫不能被耽误，否则减产甚至绝收，每家的生计将被打乱，婚丧嫁娶、生老病死等件件大事都会失去支撑。当然，还有一件顶顶重要的大事，不能误了交国家粮，交粮光荣。

形势紧迫,节气提着鞭子在赶。鸡叫头遍时本想数一数散架了的骨头还在不,侧耳听到隔壁邻舍那不要命的已轻悄悄地打开后门往田里去了,便立马翻身起来。起早像做贼，各家各户暗暗地较着劲呢，好叫后头出工的邻居大吃一惊，羞愧地想：这么舍得死，到时别人家跷起二郎腿吹起南风子时，我屋里还拱着屁股在当后进分子,活活被人笑死。鸡叫二遍,基本上就都出动了,不用做成贼出窝的样子。鸡叫三遍还不翻身的话，那必然就有女人尖利的骂声传来：这个猪婆子，或者这个猪公子，比贼还懒，一身懒筋怕是不剥掉几根不行了。这种抢的日子里，每个人的头永远伸在身子前，脚板子打得田塍啪啪响，拉坨屎都只能喘一口气。

累死也好，累活也罢，有双抢可抢，那说明一年至少平安过来了，大致称得上风调雨顺，再累也还有丰收的祈望。但若年头不好，大多是这样的情景：

禾苗返青该下雨时，偏却星点子雨都不见，各家抢着用柴油机子、水泵从村里那条幸福河往自家田边小渠里抽，再由小渠往田里抽，实在水的分量不好意思劳驾水泵了，就背起家里小水车用手工车，碗口大的水都给抽得干干净净。平常好得像一个娘胎里出来的邻里，可以为了争水而大打出手，头可破血可流，水不能不抢。再后来，等到稻子扬花，雨又像个厌物似的赖着不走了。雨影响授粉，将来谷子晒干了，用风车一吹，秕谷子悠扬，风车声特别好听，气得人想哭！每一棵稻子看着云淡风轻，与天地融为一体，澄明开阔得像是风雨不惊，实际上都是经历了九死一生。稻子终于快黄了,好,汛期来了,家家出工防汛不说,涨水了,田涝了，所有的稻子成了待宰的羔羊。这会子又争着排涝，排涝的争斗就不是单打了，脑壳打爆的都有。总之一句话，靠天吃饭，就由天管，人间多少事，都是天惹的。

田家兴小时累得受不住了，就会偷一会懒，躺田埂上睡觉。一睡觉就做梦，梦见有仙人看到这里的农民这么苦，广袖一挥，农民的田就全插上了，再一挥，稻谷就收了。乡邻们围着这个仙人，又唱又跳，高兴坏了。这样的梦种到田家兴心里，延伸到现实里，那就是：减轻农民负担，让农民不再累死累活，过上城里人一样的好日子。田家兴的梦想之花，一开始就是从这片多灾多难的土地上发芽生长的。

喊扎排的这一天晚上，忽地又刮起了大风。这平原上的风跟北方的戈壁滩有得一比。每每大风一来，必定电光一闪，停电了，真个是，不仅大风肆虐，还要夺去光明。大家两眼一抹黑，好似有一道黑影扑过来，正在关门关窗的人一哆嗦，门窗也关不利索了。风呜呜直叫唤，好像千万敌军奔踏而来，窗框被摇得“啪啪”响。同时，外面“咔咔”数声，不知哪些不得劲的杨柳树被风吹断了。莫说杨柳之类，即使是木质极好的水杉树，都能被刮弯折断。紧接着，雷声滚滚，暴雨接踵而至。雷声、雨声、风声咆哮着，闪电似利剑劈着大地。每个人不管坐着躺着，都直着脖子，心怦怦跳着，听外面的暴风雨肆意撕扯着这片土地。

陈爱莲点上了煤油灯，手里提着潲桶准备和猪食，中途却忘了动作，就那么侧耳听着外面。田东升去防汛了，乌七墨黑的，又下这么大的雨，谁不担心有危险呢，会不会决堤呢？田家兴望着窗外，沉默了，他在想，娟子会不会害怕，他真想去看看她。

第二天一早，天麻麻亮，雨稍歇息了一阵。谁家大门“嘎吱”一声，“嘎吱”声从这家传到那家，千门万门依次开了。人们都看到屋前的幸福河水已经越过卵石路，漫上了禾堂，直逼堂屋。于是后门也不约而同依次打开，一双双眼睛朝屋后的田地远远望去，阴沉沉的天空下，一片白花花的水，禾尖尖已经瞧不见了，辛苦种出的稻子，这会儿彻底泡在了水里。

“这何得了喔，眼望着就要双抢了，这鬼天，烂了！”于是这家人朝那家人，那家人朝这家人，互相发牢骚，但更多的是望水兴叹。牢骚年年发，今年简直连牢骚都发不利索了。

然暴雨又下了起来，一连又是三天。水逼近门槛，屋前屋后一片汪洋，房子在河里漂，村子成了一片孤岛。陈爱莲每天在神龛前点一炷香，早晚磕头跪拜，请菩萨行行好，体恤农民老实辛苦，不要发大水，战战兢兢地等待菩萨的怜悯。牛罗锅在广播里喊了又喊，叫大家加紧收拾东西，做好迎接洪水的准备。陈爱莲搜出各种蛇皮袋子，吩咐田钰慧和田家兴帮忙清理被子衣服。

此刻，不仅花凼村，整个华丰垸都在瑟瑟发抖。猛然间，不知是哪里传来喊声：

"发大水了！发大水了！"处于紧张中的人们无暇辨别，顿时，叫的叫喊的喊哭的哭跑的跑，一个个跟着喊："发大水了，发大水了！"这喊声多米诺骨牌似的一家家传了去，整个垸子慌了。家家抢着往排上搬东西，有的搭起楼梯就往屋顶上爬。大家想象着堤坝被冲开那一刹那，洪水将有如钱塘江大潮奔涌而来，吞没华丰垸所有的村庄，一个个紧张得不敢大声出气。可左等右等，大家那口气都松懈下来了，还没有出现想象中的悲壮情景，才突然想起追究到底是谁发出第一声"发大水了"。等大家捋清了线头，才明白是谷清嗲嗲的蠢子崽"满妹叽"喊出来的。大家哭笑不得，想不清这个蠢子这天怎么聪明到能喊出"发大水了"。大家只好骂骂咧咧地从屋顶上爬下来，怪只怪自己被自己吓破了胆。

这样一个插曲倒是在惶恐的气氛中添加了一些欢乐。据说谁屎还只拉出半截，听到喊声，边跑边提裤子，另外半截就掉在了裤裆里。有个五保老汉听到喊声后，竟然一把举起他们家新买的小牛，撒腿就跑，问他往哪去，他说去堤上，去堤上有七八里，他不活该跑死么。还有谁谁尿了一裤裆。说到好笑的地方，都把人笑岔了气。后来，灵官镇还派人来查谁放出的谣言，说要抓到派出所关着，因为这谣言飞速传播到了别村，使别村也产生了不可控制的局面。最后上面查清放谣言的是个蠢子，也就只能不了了之。

这个插曲的第三天，惶惶不可终日的人们欣喜地看到，禾堂上的水退下去了，露出被洗得干干净净的卵石路。后来，终于有消息传来，华丰垸可确保没事，华丰垸没事，花凼当然也就没事了。原因是，政府最终决定丢卒保车，连夜安置外河对面碗碗洲所有居民，在碗碗洲那面炸开了堤，泄了洪峰，以小洲保大垸。听到这个消息，人们都说，还是政府有远见，华丰垸这么大的垸子倒了，损失得有多大啊。

15

水一时半会退不下去，成熟的稻子依然被浸泡着，整个平原如同汪洋。落难的是它们，要的却是农民的命，好比自己养的崽女命悬一线，滴血揪心呀。等了几天，想着稻子再泡下去就真个颗粒无收了，大家不得不想办法行动起来。

“双抢喽！”这一声双抢喊得无可奈何，却又无比坚定，农民的生命坚硬得就像是一坨锤不烂的铁。

这一年双抢，第一镰开在水下。

农民驾着小船或者木板扎的筏子，划向自家责任田。然后，从水下一把一把地捞割稻谷。水齐到人的腰子，一弯腰肚子就都浸到水里，而背部被久雨后显得格外毒辣的太阳炙烤着，真个叫作冰火两重天。农村人苦里行乐的精神，在这会子表现得淋漓尽致。没船驾的碰到驾船的，必有人大唱：“妹妹你坐船头，哥哥我水里走。”谁谁接过来，大吼一声：“恩恩爱爱，纤绳荡悠悠……”田里的人便都笑了起来。

陈爱莲带着田家兴两姊弟摸索着从水下捞割稻穗，一把一把放到筏子里，再由田东升一趟一趟运回去，担上岸摊开在禾堂里。到了晚上，田东升租来小型脱粒机。这种脱粒机过于简易，脱出来的谷子稻叶毛灰太多，陈爱莲只好在大门上吊一个大竹筛盘，把谷一点一点筛出来。一家人每天忙到十二点后

才不得不收工，连澡都不想洗了，身子还没躺下，头还没挨着枕头，就都死过去了。每天如此，家家如此，许多人都因老浸在水里而拉稀了，肚子总叽里咕噜造反。此时，乡邻们碰了面，不是问：吃了没？问的是：拉了没？

这样的日子像是没有尽头。这不是双抢，这是双磨，磨人身磨人心。想想，一把一把从水下捞着，这可不是一亩两亩。一家人几十亩，一个村上千亩，一个垸子上万亩。人渺小得跟一粒尘埃没有什么区别，以尘埃之力去应对天和地，这是一个悲壮的生命史程。

水好不容易退下去了，浸泡已久的稻子匍匐在烂泥上，需得一蔸蔸割下。日子拖久了，稻穗已经长出了芽子。芽子谷那也是要收上来的。烂泥没到了膝盖，想要往前行走，先得费一番力气将一只脚从泥里抽出来，迈一步，又深陷入前面的烂泥里，再把另一只脚抽出来，再迈一步，再陷入烂泥里。一陷一拉，一陷一拉，好比在腿上绑了好几十斤的沙袋，而且还要连轴转地搂禾把、扮禾、出谷、担谷。加之三伏天的太阳，威力一日比一日强悍，"沙袋"越来越重，越来越重，到后来人们将身子拽动都感到万分艰难，跟上了酷刑一样，劳累超出极限。人们的火气都大了，忍不住骂骂咧咧："狗日的，人都搞伤了，下辈子托生当个混吃等死的猪都比做农民好，至少能过上几天吃了睡、睡了吃的猪日子。"

农民的嘴里常会蹦出这么一句话：累死在田里。这句话有时是嘲笑别人干活不怕死。譬如："狗日的，你准备累死在田里呀！"有时是自嘲一辈子的劳碌命："狗日的，老子这一世怕是要累死在田里！"那一年，田家兴真正体会到，田确实是能累死人的。

谷清嗲嗲的大崽田秋成正割着禾，忽然自觉受不住了，破天荒地跑去麻地里休息。他躺下去就没有再起来，直挺挺地累死在田里，都晒得快发臭了，才被人发现。田秋成本来身体壮得很，是个出了名的农把式，一挑担子两百斤不在话下，担起担来还打起飞脚跑。因为谷清嗲嗲是个爱看古书的书呆子，当家的事老早就交给了这个聪明崽，老老小小、里里外外都靠他。村里谁提起田家大崽都要咂舌："这个田秋成，着实厉害，那当得九条牛！"然这个双抢，当得九头牛的田秋成性子急，白天夜里舍了命地劳碌，生生累至猝死。那两天，谷清嗲嗲亲自唱起了夜歌子，悲凉的调子缠绕在村庄上空：

哎！我双手呀，上呀，香。

红漆的桌子，摆一呀，张。

黑漆的板凳呀，排两呀，旁。

请端起这杯酒呀，干。

骑了他的宝都海马哟，风起云长。

哎，哎，哎咳哎咳——

大鹰呀，在天上哟，旋。

大蛇呀，在河边哟，盘。

我尊贵的巫师哟，要渡呀，河。

请把我呀，把我呀，渡。

夜歌子哀哀叹叹，听的人眼泪涟涟。响器敲了两天两夜后，队上的人就帮忙草草埋了。大崽累死了，媳妇带着孙子转背就回了娘家，永生不想再踏进这个地方半步。谷清嗲嗲瘦成了一道风，仍一声不响地拿起镰刀，担起箩筐，带着“嘻嘻”笑着的蠢子崽，投入到田中那一摊烂泥。不管怎么样，悲痛的事年年演，生活依然年年继续。

16

新插的秧苗泛黄发蔫，整个田野衰败、羸弱。搞完双抢的人们，跟那尚未转青的秧苗一样，根基浅，底子虚，一个个成了病秧子。不管老的少的，腰都佝偻了不少，个个都扶着个腰，吃饭没有力气，味同嚼蜡。这个时候，人们需要吃餐饱肉补一下。但在连口粮都不能保证的灾年,屠夫都不敢杀猪卖肉。那真个是，梦里心里都是肉，却不能饱亲肉泽。

身子虚了,心也虚了。连年洪涝使农民变得像踩棉花一般，越来越不那么踏实。这段时间，陈爱莲仍旧被晒谷这些事给磨着，早晒晚收，板耙、筛耙子不离手，翻了这里翻那里，但部分谷子因为泡得太久，没能及时晒干，第二天又有新的谷要晒，好不容易收上来的湿谷又发了芽。想个颗粒归仓怎么就这么难呢？唐僧师徒九九八十一难，也有个完的时候，还能取了真经成佛，农民在这土地上又岂止有八十一难。但农民成不了佛，他们才是众生，是众生就要吃饭，连饭都没得吃，有些秩序便会被打乱。

牛罗锅命村里冯会计在电线杆子上刷上标语：交粮光荣，不交粮可耻。广播里,牛罗锅雷打不动的咳嗽声早晚都会响起。咳嗽声一完，他就开始嚷："各家各户，各家各户，交粮了，交粮了，交粮光荣，不交粮可耻！碗碗洲都炸了，华丰垸这个大粮仓能保下，离不开人民解放军的保家卫国，离不开政府和老百姓手拉手心连心！现在是我们发扬风格的时候了，尤其是我们花凼村的人民绝不能拖后腿，丢灵官镇的脸……”

牛罗锅无数次叫嚷着传达镇里的指令，要求农民积极上交国家粮。往年通知一发，不少农民认为，反正要交迟交不如早交，老早就开始行动了，但今年，农民该做什么照样做什么，装作没听见，只是在扎堆歇凉扯淡的时候，互相问：“你交不？”

“不交，交了吃什么？粮食大减产，谷又发了芽子，上头不晓得么？”

“要交先把我脑壳砍了去，牛罗锅这个猪压的，年成这个样子，他不积极向上面反映情况，催粮倒是比哪个都厉害，这不是把人往死里逼么？”

“你算算，这个三提五统、教育附加、水利建设、乡村道路、生猪屠宰什么什么的，摸脑壳不清。一亩田一年上交五六百块钱还有多，一个禾蔸对半分都不止，累死累活，粮食全交上去都还少了，吃什么？”

“头两年，牛罗锅说‘要发家，种棉花’，作死的要大家种爱国棉，一亩棉田就要交一百斤籽棉。棉花娇贵又磨死人，干不得湿不得，掐尖打苗培土施肥除草，伺候得跟个祖宗似的。棉花是开得惹人爱，棉桃也结得喜人，一到夏涝就全涝死，一朵棉都收不到，爱国棉照样要交。交不齐牛罗锅就按现钱折算，算进摊派款里面，又是一笔数。”

“税款交不齐，狗日的牛罗锅又要争先进，前两年用村里名义向人借高利贷还税款，利息又摊派到各家各户。”

“要图积极他自己去交，年年催魂一样！牛罗锅就是想方设法搞政绩，不顾我们老百姓的实际情况，只图他往上面爬，这个狗日的！”

这当口，随便到哪，田家兴都能听到一箩筐的牢骚，唾沫星子跟下雷阵雨一样，喷得你满头满脸。

要说小时候，田家兴是最盼着交国家粮的。交粮那天，田东升请来拖拉机，往拖拉机上上粮食。拖拉机车厢四周还得上钢筋栅栏，否则不够装。一袋袋粮食耸起天高，一趟不够跑两趟。田家兴和姐姐每次都争着去粮站送粮，雄赳赳气昂昂地坐在谷堆上向南堤粮站进发。这时田东升还会哼起一支《催马扬鞭送粮忙》，一副喜气洋洋的样子。到了粮站，真个就是电视里新闻播报的情形：农民排队争

交国家粮。交完粮，在那里用稻谷换两个斗大的西瓜，田东升当场一拳砸开一个，由着田家兴他们敞开肚子吃。田家兴也搞不懂，为什么在粮站吃的西瓜就格外的甜，西瓜吃完了，自己也变成了西瓜，每次都只能滚着回去。

当农民的都知道，出生在农村，作田、交国家粮，这是与生俱来的。多少年来，他们实实诚诚地脚踩泥土头顶青天，耕耘收获，一部分给地方给国家，一部分给自己，平安温饱便已满足。但天不给温饱，生命多难，土地多灾，奈若我何？

灵官镇政府下来了不少人，到各村督促缴纳国家粮，缴粮是灵官镇政府每年的重点任务之一。缴粮工作并不顺利，累死累活收进仓里的那点可怜粮食，谁愿意主动交出来呢？所以每到一家，都同打仗一般，软硬兼施，嘴皮子磨薄一层。

花凼村的缴粮工作却仍如往年一般，名列灵官镇先进。这离不开牛罗锅的铁腕手段。讲政策不行，他便拿出了他一贯的作风，弄来一辆大货车，领着村干部强行从农户谷仓里搬粮食，然后一货车拉到粮站去。搬的搬，拖的拖，叫的叫，嚷的嚷，一时间，花凼村鸡飞狗跳，终日不宁。无论是被缴粮的，还是正观望的，一个个心里都窝着一只炮仗，恨不得点燃了往牛罗锅裤裆里扔。

17

“叮铃铃、叮铃铃……”

牛罗锅强行缴粮的第三天，刚过半晌，清脆的单车铃声打破了花凼村嘈杂沉闷的气氛。铃声落在了田东升家的禾堂上，穿绿衣裳的邮差大声喊道：“田家兴，谁是田家兴，邮件！”

喊声才一刚落，邻居们便围满了禾堂，所有人的脖子长了几厘米。邮差递给陈爱莲一个蓝色的纸袋，纸袋用封条封着。其实田家兴一看就知道，是录取通知书来了。他的心脏突突跳着，快把胸口厚厚的补丁给捅破了。但他却故作不知，听凭娘老子左看右看，小心翼翼不敢下手。田东升鄙夷地抢过去，一把撕开。烫金的红纸好比一轮太阳喷薄而出，接着又落在了地上。陈爱莲捡起，展开来，然后声音就颤抖了，脸滚烫了，眼泪也滚下来。田东升的下巴抬高了半尺，接着笑声提高了两个八度，两只汗手在屁股上擦了又擦。田家兴松了一口气，自己填的第一志愿如愿了！那是南方一所重点农业大学，那是他圆梦的门槛石啊。

没多久，乡邻们闹喜来了。花凼村历来有闹喜的风俗，无论结婚还是做寿，闹一闹，越闹越喜。知道田家兴已经拿到大学通知书，就连刚经历了丧子之痛的谷清嗲嗲也来了。花凼村民一个个在泥巴里滚了一世，但大多还是信奉：万般皆下品，

唯有读书高。他们不知从哪弄来一匹红绸，扎成大红花，不由分说就给田家兴给戴上。谷清嗲嗲的老白牛给牵来了，披着一床大红团花床单。大家伙抬起田家兴就往牛背上耸，说要戴花游村。田家兴哪敢这么张扬，大叫着："叔，伯，不敢当，不敢当！爷，娘，快把我弄下来！"田家兴急得大叫，向爷娘求救。田东升和陈爱莲只管笑，闹喜闹喜，越闹越喜，看得起才会来闹，哪能阻止。尤其田东升，正要借此扬眉吐气一回。

田家兴没法，只能端坐在牛背上，任由田家叔伯们敲锣打鼓簇拥着游村。在前头领路的谷清嗲嗲敲一下锣，就喊一句："金榜题名，文星耀祖，报效家国，可喜可贺！"不少乡邻走出屋来，拱手接口道："可喜可贺！可喜可贺！"人群中，娟子掩饰不住地笑着，偷偷地对着他做鬼脸，张着嘴形在说着什么。田家兴知道，她是说："兴哥哥，祝贺你。"田家兴一阵甜蜜，眼神热切地望着娟子。

当然，也有讲酸话的，那大多是牛姓人家。

"现在又不包分配了，书读得再多，还不是出去打工，看着是皮鞋配衬衣，蛮体面，实际还不如做泥工的。"

"好不容易考个大学，还报个农业大学。农业大学要读么子，老子读了一世的农业大学了，哈哈……"

谷清嗲嗲一行不管他们，昂首挺胸地过孝义桥，到了花凼小学旁边的文星阁。这文星阁是一座两层亭阁，过去的老乡绅修建。亭阁旁有惜字炉，炉亦为青石所砌。过去，写过字的纸是不允许用来擦屁股的，必须放到惜字炉里烧掉，以表示对学问的尊敬。谷清嗲嗲领着田家兴焚香拜阁，告慰先人。田家兴不由得也肃穆起来，恭敬地拜着。

游村回来，女人们已经做好了饭菜。这次，陈爱莲打开她那锁得铁紧的贴己箱子，拿出几张压箱底的钱，砍两斤肉，打几斤散装稻谷酒，招待乡邻。

田东升招呼老班子们落座吃酒，连田家兴也被拉入了酒席中。一时间，推杯换盏，闹声喧天。田东升眯着酒，看看田家兴，甚是欣慰。崽伢吃"草"的时候居多，但还是用短短几年的时间，从一条瘦弱的小牛犊迅速蹿成一头健壮漂亮的牛牯子。身胚相貌摆在那嘛，在村里绝对可以拍着胸脯说数一数二的。嘿嘿，这么多年，还是靠崽伢给自己长了脸。田东升得意地大声招呼："兴伢子，给长辈们敬酒。"以前，田家兴读书时，陈爱莲看得紧，那是不准他沾酒的。这会子，她也不能反对了。田家兴见父亲兴致好，长辈们情意又这么浓，不得不一一敬了酒。没喝过酒的人，不知深浅，一圈下来，稻谷酒的烈性辣得他直咳嗽，眼泪都出来了，头晕眼花，迅速败下阵。田东升喝了酒，就自觉英雄盖世，对儿子的表现极为不满，又给田家兴倒了一杯，说："酒量海量前途无量，你这跟新媳妇似的，将来在前途上要吃亏。来，练练，练练。"陈爱莲过来，见田家兴已这样，不由得心疼了，啐道："当爷没个爷相，教崽女哪是这么教的，尽讲歪门邪道了。"她把田家兴扶进去，嘱他好好睡一下，别出洋相了。田家兴摊在床上，傻笑着睡了过去。

堂屋里，一桌子人喝得兴起。田东升被众人敬着，一杯又一杯往嘴里倒，在酒精的刺激下口若悬河，滔滔不绝，上知天文地理，下晓五行八卦，天上地下无所不知无所不能，引得大家哄堂大笑。一顿酒断断续续吃了近两个小时。喝着喝着，不知怎么，一桌人乘着酒劲，又开始拍起桌子骂："狗日的牛罗锅，一屋屋打抢，这个狗日的，没良心。"田东升舌子像在搅水泥，已经不知道天高地厚，胸脯更是拍得震天响，大骂道："这些个猪压的，敢到我屋里来，我就拿耙头挖，来一个挖死一个。"陈爱莲听得心惊肉跳，边骂这些酒醉癫子，边心疼那几斤稻花酒已经一滴不剩。

18

斜阳红似猪血，对着大地泼了巨大的一盆。花凼村，浸在一片红里。天气依然炎热，知了嘶哑地叫着。

下午快五点钟了，牛罗锅带着镇里的干部开着大货车到了田东升家的禾堂。他已在村东缴了几车粮了，听说了田家兴骑牛挂红游村的事，他带队直接就到了田东升家。明眼人都知道，他这是要压压田东升的得意。

牛罗锅一行来时，田东升扛起一把耙头正要去田里看水。他酒后在凉板床上山呼海啸了两个多小时，被陈爱莲摇醒。陈爱莲喊："清早用水泵灌好的一丘田，现在就干了，怕是哪里田塍漏水，快去看看！"田东升被惊醒，一个鲤鱼打挺翻身坐起，笔挺坐着，鼾声却气势未减，身板摇摇欲坠。陈爱莲提高声贝，在田东升耳边再一次重申事情的严重性。田东升再一次被惊醒,终于听清了陈爱莲的报告。他虽然喝酒时难免糊涂些，作田却是兢兢业业，一丝不苟，一听情况，当即就把自己从凉板上拔了起来，去杂屋里拿了一把耙头。田东升抵御酒精的能力向来还行，中午已经喝得从凳子上直接平移到桌子底下，舌子翻脸不认它兄弟牙齿。一觉醒来之后，齿舌就基本相安无事了，只是口音略为含混，情绪也显然还没有冷却到一般水平。

他刚出大门口，看到牛罗锅带着这么一群人，拿箩的拿箩，拿撮箕的拿撮箕，架势很不好看，有点要抄家底的样子。趁着酒性，又加之今天扬了眉吐了气，他那往日还要压抑三分的火气腾地就烧起来了。他顺手就把耙头靠墙放着，扎步立在大门前的台阶上，左脚扫过来一条板凳，右脚一抬一踏，横眉厉声道："谁敢到我屋里搬谷，要么从我胯下爬过去，要么从我尸体上踩过去！"这话已经说得吓人了，田东升又随手拿起门边一根尖利的草叉一扬，喊道："谁上老子就一草叉叉出他的肠子！"陈爱莲和田钰慧吓得赶忙来拉扯他，却都被发了横一身蛮力的他给甩开了。

此事一出，非同凡响。本来就在观望的村里人以瞬间移动的速度，在田东升家的禾堂上围了一个大圈，将牛罗锅及镇上一行人围在中间，形成合围包抄的形势。被这么多人围着，田东升英雄气概陡涨，昂首挺胸，剑眉倒竖，脸涨得通红，好比关公，只恨脚下踩的板凳不是赤兔马，手上拿的草叉不是青龙偃月刀。

粮仓被搬空的村民心里那根炮仗，不，现在不能算炮仗了，而是枪，是炮，只等一个导火索。如今有田东升这个仗着酒劲撒疯的人出头，这把火就算是点起来了。村里人你一句我一句，开始骂娘。缴粮干部的脸绿了，群众和干部之间越逼越近，火气越来越旺，开始有了肢体的接触，有了推搡的动作。

牛罗锅看到自己管理的村在镇领导面前出现这种场面，不由得气急败坏，喝道："田东升，你好大的胆，你要横，你不看看你胯里几条卵！"

"我胯里就你这条卵！"

"你骂人呢，猪压的。"

"我就骂你这猪压的，怎么啦？"

"你再骂，你再骂试试。"牛罗锅手指着田东升的鼻子，逼了上去，"我看你这猪压的有好厉害。"

田东升炸了，一个嘴巴子甩过去，打得牛罗锅脑壳晃了几晃，眼睛眨巴了几十下。牛罗锅回过神来，立马像狼一样龇牙扑过来，和田东升扭打在一起。

为执行缴粮任务已经下村好些天的干部，太轻视农民心里的那团火了，他们没有息事宁人，而是怒声斥道："无法无天了，抓起来，抓到镇政府关死个猪压的！"带头干部手一挥，余下人就涌了上去，准备要抓田东升。

这时，村民们涌了上来，迅速拦住了镇上干部。人越来越多，推搡的动作幅度越来越大，人们就像筛豆子似的滚向这边又滚向那边。一个戴眼镜的年轻干部，

舞着双手使劲嘶喊："同志们，冷静，冷静，不要打架，不要打架，有话好好说！"但这样一个小喽啰的话，很快就淹没在越来越大的人声中，连他自己也站不住脚了，被推搡着四处滚动。这时，刚被强缴了粮的田亮东、田建国等几个田姓农民爬上货车，准备将交了的粮又重新抢回去。人群立马又像潮水似的涌向货车，爬的爬拖的拖，场面就这样混乱了，火上浇了把油一般，村民和乡上干部之间，混打成一团。你想想，农民经历了这一个多月人不像人鬼不像鬼的双抢后，窝了多少火，埋藏了多少压抑？火一点起，就一发不可收拾，这群干部正好成了他们的出气筒。

没有谁再顾得上来扯开牛罗锅和田东升。牛罗锅大儿子牛虎初闻声赶来，做出一副拉架的样子，嘴里喊："别打了，别打了！"实际上，他却抱住田东升的腰，使田东升动弹不得。田东升吃了牛罗锅不少拳脚，很快便鼻青脸肿。田钰慧上前去扯架，被撞翻在地，陈爱莲慌忙将她扶起拉开，大叫大嚷，却只见她嘴巴一开一合，声音同样被人群的叫嚷声所淹没。田钰慧、陈爱莲又妄图去拖开牛虎初，这就好比是螳臂挡车，毫无撼动之力，只能一时交缠着。

田家兴本来因喝了酒而睡死过去，也被这大动静给闹醒了。他半迷糊着，从屋里走了出来。牛罗锅正狠狠地挥起手，眼看着就要扇上了田东升的脸，田家兴来不及细想，本能地操起屋檐下的一根木棍，朝牛罗锅肩上劈过去。爷老子的脸大过于天！这一年，田家兴已经满了十八岁，在高中三年的时间里，个子身胚如田东升所得意的，蹿得比田东升还要高大，手臂上的肌肉比父亲还要结实。所以，田家兴这一棍早已不是小孩子之间打仗了。牛罗锅闷头挨了一棍，身子明显晃了两晃，才立住。田家兴吓了一大跳，手上的棍子脱落在地上，往后退了几步。牛罗锅转过身来看到是田家兴，大骂道："妈的，狗崽子，敢打老子。"他抡起拳头扑过来。十八岁的田家兴看到他那惯有的凶狠、霸道，全身血一热，眼睛通红，迅速偏头躲过牛罗锅的一拳，疯牛似的用头顶了过去。牛罗锅趔趄着连连后退，一脚踩到田家兴扔下的那根棍子，脚下一滑，直挺挺地往后倒下去。田东升之前靠在墙边的那把耙头，不知道什么时候被人撞倒了，耙齿向上立着……

19

东方已经亮出了鱼肚白，启明星挂在天边。田家兴就这样，枕着双臂，对着满天星子，陷在回忆里整整一宿。如果这一切都没有发生，娟子就不会离去。如果这一切都没有发生，那他和娟子现在一定幸福地相守在一起。如果这一切都没有发生，也许，他曾有过的梦想就不会断翅。可是，没有如果了，一切都不可逆转。

田家兴陷在一片迷惘当中，他感到了一个人身在这天地间的渺小，梦与现实隔着鸿沟，生离死别无法掌控。他不能被救赎，不能原谅自己。可是逃避就能得到安宁么？那些曾有过的梦想，那些对自己抱着无限期待的人们，就都置之不顾了么？人到底应该以什么样的姿态完成这短短的一生？他拍打着脑袋，头痛欲裂。

田东升到手摇井旁拿着摇手摇了几下，井水哗哗流出。他捧了几捧，用冰凉的井水浇头洗脸，冷静一下被扰乱的心神。这时，陈爱莲起来打开了大门。

“兴伢子，怎么这么早就起来了？眼怎么肿了？没睡好？哪里不舒服？心里有事？”陈爱莲急切地一连串问下来。

“娘，没什么事，几个蚊子给我唱了一夜的歌。”家兴望着娘老子手术后更加单薄的身子，撒了个谎，他不敢让娘担心。

“这伢子，不晓得喊我给你点个蚊香。”陈爱莲嗔道，接着又问：“早上想吃么子，娘给你做。”

“娘，您老动完手术还没多久，不能太劳累，要好好注意身体。买的补品都要记得吃，别舍不得。有么子事，第一时间就给我打电话。”

“伢子，你要走了吧，公司催你了吧？也该走了，莫挂念，娘好得很。”知子莫若娘，陈爱莲一听田家兴说话，便知这崽伢要走了。

这时，田东升听到响动，也起来了。他一边走一边捶背，直嚷：“这身子骨就跟个老树蔸一样硬了。”

“他爷，崽伢要走了，去捞条财鱼，我给崽伢做餐财鱼打片。”陈爱莲说完，眼圈就红了，怕崽伢看见，转背朝灶屋里走。有崽伢在家的日子习惯了，突然说要走，田东升心里也愣了一下，但他马上就打起哈哈：“赖在屋里这么久，要我是老板早该开除你了，要走早走！呵，想吃财鱼还不简单，网子一捞就行了，尽饱的吃。”他立即穿起水裤，到塘里捞鱼去了。

爷和娘心里明明舍不得，却都不敢表露，只为不让田家兴担心。田家兴不忍心看，甚至不忍心说出口，鼻子酸得很。

田家兴在走之前，准备去找贺千岁，一是向他告个别，二是交代一些事。

清晨的田野清新怡人，露珠挂在稻穗和草叶尖上，闪闪发亮。东方云蒸霞蔚，足足铺满了半边天空，云霞被镶上了一道道金边，如重峦叠嶂，又如海市蜃楼，绚烂壮观。太阳慢慢地冒出了地平线，一瞬间，晨曦万丈，整个田野被笼罩在一片金色的光中。

贺千岁坐在收割机驾驶室里，背上的驼峰依然高高耸立着，头依然着急地向前抻着，但这些丝毫没有妨碍他灵活操纵收割机。驾驶室两面各竖着一杆旗子迎风飞扬，一面是国旗，一面是印有农机商标的红旗，商标下还写着一排大字：振兴乡村，全面小康。收割机一垄一垄飞快地卷进稻子，再从一个管道吹出碎叶稻草，谷子则流入收割机的斗中。这个过程就像小时候的神话，可是曾经的神话都实现了，时代的进步谁能不承认呢？时代都进步了，难道你还停留在过去么？田家兴忽然有些理解父亲为什么要贪婪地种田，这种贪婪是因为对过去遗憾的弥补，是时代与时代之间的和解。

贺千岁很快收割完一丘田，然后他把收割机停在田垄边，很敏捷地跳下驾驶室。他向田家兴走来，很有种小大人大步流星的感觉。

“挺神气，不错。今年收成怎么样？”田家兴问。

“今年前段时间雨水比较多，加之虫害产生了一点影响，但还过得去。”

“这两年还遭田涝？”

“那年洪水之后，政府就开始加固堤坝，兴修水利，都是按百年一遇的标准修的，发大水的可能性已经很小了。在这方面政府还是花了钱下了功夫的，淹一次就回到解放前，老百姓怕，国家也怕。不过，天气对作田来讲，还是一个重大因素。”

“那是，不过我相信你，千岁，好好干。其实我知道，今时不同往日，虽然说农村正面临衰败的气象，但同时蕴藏着巨大的机遇。人活一张嘴，吃是一宗最大的生意，粮食安全关系到全国人民的饭碗，关系到国家安全，国家绝对不会容许田荒下去的。这些年的中央一号文件我都关注了，国家高度重视农业规模经营和新型经营主体的发展，各地都在出台政策进行培育、扶持，并在大力促进可持续发展。这是一个指南针，你跟着国家的政策走，总之是不会差的。你和玲花在这里安居乐业，我心里替你们高兴。”

“家兴，没想到你对现在的农业政策这么关注和了解，我还以为你真的对农村一点兴趣都没有呢。”

“嗨，我一个学农的，端的饭碗也跟农产品有关，这点认识还是有的。”

“家兴，你就真的不愿回来么？要是你能回来，那咱们兄弟联手，进行规模化经营，把那些抛荒田、低产田、改作他用的田全部租赁到手，办农业合作社，干出点事业来，不比你在外听人使唤强？”贺千岁激动了，驼峰一耸一耸，机关枪一样，把他的想法说了出来。

“千岁，你好好干，一定能把花凼振兴起来的。”田家兴望着这个具有诗人气质的发小，感受着他精神与体魄之间的巨大反差，心里敬佩不已。

“你都不参与，说这么些大话，给我戴高帽呢，没劲。”

“千岁。我今天得去深圳。我爷老子的田，还请你帮忙收一下，两老也要请你帮忙照看照看。”

“害我白激动了一回，爱莲伯娘和东升伯伯你自己管，我懒得理你。”贺千岁没好气地说道，“读书人，就是脑筋拧不过来。”

贺千岁返回驾驶室，拿了一本厚厚的诗集送给田家兴，说是他出的。田家兴翻开来，扉页上贺千岁用艾青的诗作为题记：为什么我的眼里常含泪水，因为我爱这土地爱得深沉。一股热流从田家兴心里涌出，眼角泛起了泪。田家兴慌忙掩饰，开起了玩笑："妈呀，天不怕，地不怕，就怕农民有文化！以后就叫农民诗人。"

"你这人，不地道，就是会笑话人。"贺千岁踢了他一脚，"走，收工，上你家吃早饭去，然后送你去镇上搭车。"

"还是从小一起穿开裆裤的贴心，走。"田家兴笑道。

田东升在陈爱莲的指导下，准备了一桌子饭菜。陈爱莲则拖着手术后的身子，给田家兴整理好了行李，另外还准备了一大袋吃食。想崽伢多提点，又怕崽伢难提，她这拿进拿出不知有多少回。两老坐在一旁，自己吃得少，一个劲地给崽伢和千岁夹菜。田家兴一宿没睡，没有胃口，为了娘高兴，他大口大口咽着。

吃了饭，贺千岁回家开着他的"五菱宏光"来了，田家兴坐上车。这时，谷清嗲嗲牵着满妹叽、亮婶子扶着亮东叔……大家都围拢来，一个个向田家兴告别，叫他保重。田家兴趴在窗子上，同样嘱咐爷娘、嘱咐老乡邻多保重。田东升挥了挥手："走，走，莫耽误了工夫。"车子发动，陈爱莲终于抹起了泪，往前紧追了几步，田东升拉住了她。田家兴从后视镜看到两老花白的头发、佝偻的身影和不舍的眼神，看到乡邻们伫立目送他离开，看到他们在镜中渐渐远去、缩小……田家兴心里一痛，两行泪从他眼里流下来。

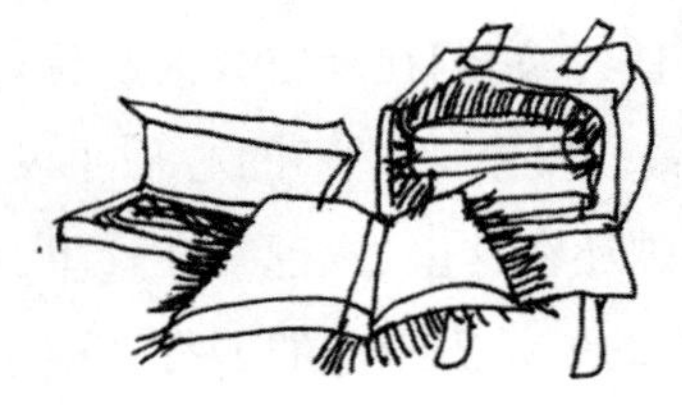

20

坟上开满了黄的白的花，藤状的茎脉匍匐蔓延生长，覆盖了整个坟冢。那黄的白的花朵，张着裙裾似的细长花瓣和凤尾似的花蕊，向着阳光挤挤密密地开放着。

田家兴腿一软，蹲了下来，手颤抖着轻抚那些花朵。什么时候有这些花的？回来的时候都没有呀？真像是在做梦。对，梦花！这不就是《花凼村志》上描述的么？“其茎如藤，其花黄白”，真的有这种花？一定是娟子，是娟子，她知道我回来了！

田家兴坐在娟子的坟前，心也颤抖着。十多年了，生死两茫茫，无法割舍又遥不可及，可现在，冥冥中有什么感应一样，生和死相通了。田家兴再也抑制不住，在娟子的坟前大哭起来。男人不哭就不哭，一哭就是号啕大哭，哭得惊天动地，像是要把这些年的孤独和漂泊全部哭出来，吐出来。哭声惊飞了田间的一对大白鸟，它们在天空久久盘旋着，鸣叫着，一呼一应。

哭过后，田家兴碎了的心似乎又完整了。是啊，娟子不会消失的，她还在这里，永远都在这里，成了田野上的花朵野草，成了田野上的风，田野上的云霞，成了这里的一切一切。田家兴似乎安静了许多。

“梦花，有梦失记者，纽之即晤。”身后的千岁一直默默地站着，等田家兴安静下来后，方念道。

“你也知道梦花？你怎么知道？”田家兴问。

“就你会看书，我不会看啊。我回来这么久，没事时就跟谷清嗲嗲聊聊天，翻翻村志。真不可思议呀！不过，我觉得，先祖记载下来的东西，总是有几分依据的。其实这种花我们小时候都见过，只是没留意呢。”

“两个月前，我回来的时候，这坟上只有草，没有花。现在竟然开满了。”田家兴喃喃道。

“唉，这些年，你总不情愿回花凼村，娟子也想你呢。”贺千岁在娟子坟上折了一根花茎，缠在田家兴的手腕上。

“我没脸见她，我不仅没保护好她，还害了她呀。”田家兴内心的悔恨从未消除过。

“家兴，你是一个重感情的人，临到要走了，仍旧放不下，还是要来看看娟子。但是家兴，娟子那么善良，你要是总走不出来，娟子也不会安息的。你看看你手上的梦花，那是娟子冥冥中为你开放的。她想让你有梦想地活着，顶天立地地活着，高高兴兴地活着。我把花缠在你的手上，你一路带着，把你的梦找回来吧。”贺千岁拍着田家兴的肩膀，安慰着。

田家兴的泪又流了下来，他趴在坟堆上，张开双臂，像是紧紧抱住了娟子。他喃喃地说着：“娟子，我不会让你一个人在这儿的。”

21

骄阳似火，田野里热浪翻滚。一台收割机前，贺千岁正满头大汗地拿着扳手左拧又拧，看来是机器产生故障了。一个人在他身后踢了他屁股两下，贺千岁头也不回："别闹别闹，没见我正忙着。"可那人又连着踢了他两脚，贺千岁扔了扳手，起身来笑着骂道："还闹，看你男人不把你撂倒在田里。"

一转身，贺千岁愣了，喊道："哎哟，我的妈呀，你，你，我以为是……"贺千岁连话都讲不利索了。

那人抖着腿，挤眉弄眼地笑着："不好意思，让你失望了，想撂倒你家玲花，上屋里撂去。"

贺千岁上前就给了那人一拳，兴奋得在田里转起圈来，呵呵笑道："我就知道，你会回来的，你会回来的。只是，没想到这么快，读书先生终于痛快了一回。"

是呀，田家兴没想到自己这事办得这么利索。到深圳的第二天，他就把一纸辞呈递给了公司。等范劲斌反应过来，他已经快刀斩乱麻，把离职手续办得妥妥帖帖了。

"兄弟，我辞职了。"田家兴平静地对范劲斌放了一颗炸弹。

"疯了！这人回去一趟，就疯了！"范劲斌眼瞪成了铜铃。

"对不起，我怕你劝我，所以干脆事先没告诉你。"田家兴抱歉地说，"这么多年的兄弟，要撇下你走了。"

“你，你……”范劲斌手指了指他，又放下来，无可奈何。他知道田家兴拿定了主意，九头牛都拉不回。

“你不是想听故事吗？晚上，你有酒的话，我便有故事。”田家兴上前拍了拍范劲斌，然后开始收拾东西。田家兴做这一切，完全是破釜沉舟，他没给自己任何犹豫的余地。连他自己都吃惊了，做这一切，完全像预谋好了的。也许，自己潜意识里早就想这样做了。

晚上，田家兴和范劲斌选了一个静吧喝酒。几杯酒下肚，田家兴讲了花凼村的过去和现在，讲了当年的缴粮打斗事件，讲了村里人为了救他按血手印、顶香请愿的恩情。最后，他讲了梦花、讲了娟子。

“当年，我伤了牛罗锅，牛罗锅被救治清醒后，怎么都不肯原谅我，扬言不判我个十年八年绝不罢休。如果那时，我真被判了刑的话，大学就读不成了，我的人生将完全改写。我娘跪在牛罗锅面前，苦苦哀求，但牛罗锅丝毫不为所动。开学的日子越来越近，就在我一家快要急疯的时候，牛罗锅却突然松了口，同意只要我家多赔钱，他可以撤诉。”

“是娟子帮了你么？”范劲斌问道。

“如果可以重来，我宁肯不去读大学。如果这世上有后悔药，我想吃死自己。”田家兴低头沉默良久，才端起酒杯，一饮而尽，接着说了下去。

“当年，我们镇上联防队的队长外号叫南霸天，是当时镇长的儿子，在乡里可谓趾高气扬，耀武扬威。这个南霸天和牛罗锅的大崽牛虎初是同学，他在牛罗锅家看到娟子后，就一直纠缠娟子。娟子不搭理他，他就死皮赖脸地找各种机会出入牛罗锅家。牛罗锅自然是求之不得，能攀上镇长的儿子，在他看来，那祖宗坟上冒青烟。他隔三岔五就张罗野味，叫牛虎初请南霸天到家里吃喝，巴结得跟个祖宗似的。他这村支书为什么当得这么无法无天？牛虎初为什么能进联防队？这都是他们巴结和耍阴谋的结果。他们得到了好处，就更是一心想逼娟子嫁给南霸天，好换他们家的发达。”

“我猜想，是娟子答应嫁给南霸天，才救了你，要不，你哪能轻易从看守所出来。可是娟子怎么会——？”

“娟子这短短一生，似乎就是全心全意为我而存在的。她到底从哪里来，没有谁知道。她那么美那么善良，却偏落到了姜翠花这样的凶妇家里。我知道，她只有跟我在一起时，才是完完全全快乐着的。我没有保护好她，反而让她一心为了我，替我扛下自己闯下的祸。她瞒着我，不让我担忧，而我，我却因为沮丧和懊恼，一点都没有察觉。我紧赶着去报名上大学，都没来得及好好和娟子说说话。”

“我走了，牛家就开始张罗嫁女，村里人这才知道娟子要嫁给镇长儿子。我们俩从小玩得好，这谁都看得出，但没人知道我们长大后相爱，那时千岁又离家出走了，没谁想着要告诉我。村里人都还羡慕着呢，说一个农村姑娘能嫁给镇长的儿子，那简直是麻雀变凤凰。她被逼婚的前天晚上，差点被踩死在广州火车站的千岁被人带了回来，娟子去找了他。后来千岁告诉我，那时已是深夜两点。这个傻姑娘，不知有多少宿没闭眼，没有谁知道她心里苦哇。她对千岁说：‘千岁，以后你要替我告诉兴哥哥，他的梦想就是我的梦想。’第二天，娟子在送亲的路上找借口下车逃跑，跳下了堤坝，被江水淹没。娟子就这样消失了，完完全全地消失了，什么都没有留下。”

“那坟冢？”范劲斌小声问道。

“那是我给她树的衣冠冢，那里是我们经常躲着在一起玩耍的地方。”

“这就是你不成家的原因，也是你这些年害怕回去的原因？”

“是娟子用命换了我现在的人生，是她用生命来成全我，我还有什么脸面去追求新的生活。但现在我知道了，娟子还在，你看我手上的梦花，这是娟子为我开的。”田家兴扬起手来，给范劲斌看他缠在手上一直舍不得摘下的梦花，虽然茎叶已经干枯，但那黄白的花，仍然明丽动人。

“劲斌，你信么？信冥冥中的呼唤么？”田家兴迷离着眼神，他有些醉了。

“家兴，我信，我信。”范劲斌有些动容。

“所以，我该回到娟子身边，回到故乡去了，我不能让养育了我的土地荒芜下去。来，劲斌。”田家兴再一次举起手中的酒一饮而尽。

“家兴，人生苦短，真汉子，就要有梦，有梦就去追，有酒就一醉方休！你去吧，我支持你。我们永远是好兄弟，给我好好干，把你的家乡打造成最美田园，将来我每年都去你那度假。我祝福你！”范劲斌仰头干了杯中的酒。

“一言为定！”“一言为定！”两人击掌为誓。

……

贺千岁听了田家兴辞职的经过，由衷叹道：“家兴，你回来，我太高兴了，

娟子也会替你高兴的。你比我想得高，想得远呀，到底读了书，志向比我远大。”

“你是高兴了，我爷娘铁定不高兴呢。我娘刚动手术没多久，我真担心把她气出毛病来,我爷老子估计会用大耳巴子侍候我。”田家兴担忧道。太阳毒辣得很，他满脸已晒成紫红。

22

“爷，娘，我回来了！”田家兴背着个大包满头大汗走进屋来，后面跟着彭太安、贺千岁。

田东升和陈爱莲面面相觑，他们没搞懂，崽伢刚走，怎么又回来了？

“爷，娘，”田家兴放下背包，拉住他们的手说，“我想好了，我就在家门口干事业了！”

“干什么事业，不回深圳了？”田东升有点懵。

“我辞职了，按揭的房子、车子全卖了。”田家兴说。

“我的个崽，出了么子事，快告诉娘，你莫吓我。”陈爱莲脸都吓白了。

“没有么子事，我是真的准备回来搞农业了。”

“么子农业，还不是作田。你这个化生子，气都不通一个，就把房子、车子都卖了！？”田东升见田家兴不像是开玩笑，脸气得一抖一抖，胡子一翘一翘，看架势要跳起脚骂娘。

陈爱莲以为是田家兴担心自己的病，便说：“崽伢，娘没事，恢复得好呢，不要你挂牵。”

“爷，娘，你们怎么就是听不懂呢？我是准备回来作田，但这个作田跟你们过去不一样了，我是要搞农业产业。”

“几块破田，什么产业不产业，你就是回农村了。现在，

你更莫想讨堂客了，哪个会跟你到农村里来。你真的想要田家绝后了，你这个不孝的化生子。”田东升当真发了火。陈爱莲又忧心又心疼，眼泪直流。

两老一开始都以为自己听错了，这个读过重点大学的崽伢准备在这里生根当农民？虽然他们总说落叶归根，金窝银窝当不得自己的狗窝，金田银田当不得自己的责任田，时刻准备着人之将死，死了也要肥自家的田。可这他们自己想想可以，田家兴不行，水往低处流，人往高处走，哪里有倒回来的道理。当年考大学，为跳出农门，费了多少工夫多少曲折，好不容易在大城市有一份体面的工作，有房有车，这讲起来多好听多荣耀，哪能就这样放弃？他们只盼望田家兴能跟别人家的崽伢一样，快点给他们带回个媳妇抱个孙子，逢年过节开着小车回来亮亮相就好，这样他们死也能瞑目了。现在田家兴说回来作田，那是万万不行的。尤其田东升头摇得跟个货郎鼓似的，急得眼珠子都快瞪出来了。

贺千岁见到这种情况，不由得驼背一拱一拱，给他们父子两人各点上一支烟，说道：“田伯伯，您老这胡子越留越长，那真是比唱戏的还好看，您老一上台，胡子都不要装，直接唱个《关公出巡》，保管让观众手板子拍断。您老有多少年没唱戏了？”

“唱个屁的戏，现在花凼村鬼打死人，在屋里的也一个个除了打跑胡斗地主，就是砌长城，哪个还唱戏，唱给土地爷听还差不多。”

“是的哦，现在哪个还想待在农村作田，个个都飞起天远，听说我们村还有跑到柬埔寨去的，这是好事啊，说明我们村的人都开化了嘛。”贺千岁道。

“将来老家伙脚一蹬，帮忙抬灵的都没有了。”田东升叹道。

“脚一蹬，崽女晓不晓得还难说哦，新闻里不是讲过这种事么，崽女没一个在身边，老家伙死在屋里生蛆了都没人知道。这也怪不得，有后生子想回来，老家伙还不同意，自己作了一世的田，看不起作田人，讲作田没出息，那也没得办法。现在还好，再过十年，花凼村怕就要荒无人烟了。”支书彭太安适时插话道。

田东升这才醒悟，贺千岁、彭太安拐起弯拿他的话柄，不由得骂道：“鬼崽子，还给老子下套。”

田家兴晓得爷娘一下子转不过弯，回来时先跟贺千岁会面，再一同去彭太安家，请支书出面做工作。彭太安见田家兴真的回来创业，喜出望外，自然很愿意来跟贺千岁演个双簧。他转而又一本正经地说：“东升，你也不要小看你崽伢的眼力。他是被国家的政策引回来的，现在国家千方百计鼓励人才回乡，紧锣密鼓地搞乡村振兴，说要把乡村建设得产业兴旺、生态宜居、乡风文明、治理有效、生活富裕，到时，农村可是好地方，是抢手的香饽饽。”

“您老是见过世面的，不像我爷鼠目寸光，老思想转不过弯来，以为当农民就没得出息，到这两年他才晓得我回来的好处。你看，我回来饿死了没，没有吧，一屋人在一起，几多热闹，吃的是我爷种的绿色蔬菜，我爷有个毛病我也能照应，他现在天天乐呵得嘴巴都合不拢。再说，是砣金子到哪里都会发光，以你崽伢子的能力，当个农民企业家那还不是指日可待？他人在这，您二老还可以管着他点，让大家帮忙介绍个媳妇，生个胖孙子，您二老就只管享天伦之乐。他人一走，你就莫想管到他了。”

彭太安、贺千岁两人你方说罢我接着唱，感情牌、道理牌打得天衣无缝，灌迷魂汤一样灌得田东升一会摇头，一会点头，一会叹气，一会笑眯了眼，心里左右摇摆起来。

陈爱莲则叹了口气，说：“家兴想在这里搞事业，怕只怕明枪易躲，暗箭难防，怕有人使绊子搞鬼啊。冤仇难解，这怕是前世的煞星。”

彭太安连忙说道：“前些年，政府实施村务公开，对花凼进行村级财务审计，牛罗锅因乱摊派、财务不透明、公款消费等问题被撤了职。当年的乡霸南霸天在打黑除恶运动中被关押，牛罗锅大崽牛虎初，属于违规进人，被清除出了联防队。政府这雷公动作，那真是大快人心，老百姓哪个不拍手称快？现在谁还敢乱搞，地方治安、作风建设、干群关系什么的抓得比过去严多了，我们大家都看得到，是不？”

“嗨，家兴，你肯定不知道，那牛罗锅被撤职后，天天喝酒骂姜翠花，姜翠花就一哭二闹三上吊，那天天唱戏一样的。后来，牛罗锅喝酒中了风，如今就跟个牵线木偶似的，随姜翠花摆弄。他们这两口子，也真是茶壶配茶嘴，配死火了！他大崽牛虎初被清退后，就到外边混去了，另外两个崽都在外头。不用怕，牛家再也威风不起来了。”贺千岁接着说道。

见彭太安和贺千岁讲得差不多了，田家兴说：“爷老子，娘老子，我们的观念是要转过弯来了。现在作田跟过去不一样，现在是绿色朝阳产业，是产业化种田，不再是小米加步枪的小农经济。现在作田不仅不用纳税，还有补贴有各种扶

持政策，只要经营得好，不怕赚不到钱。将来，不只是我和千岁，还会有更多的年轻人回来干事的，我们的花凼村还会像过去一样热热闹闹的，细伢都能在父母身边，老人都有儿孙陪伴、照看。”

“不错，陪伴是最大的孝道，至于照看嘛，我估计是二老照看你，照看你讨个媳妇，生个胖小子。嘿嘿……”贺千岁笑道。然后，他一拍腿，一蹿就蹿到了椅子上，他站在凳子上无比高大地手一挥，宣布道：“就这样愉快地决定了，哈哈，咱们兄弟联手，打遍天下无敌手。田伯伯，到时我们聘请您当顾问，给您下红本本正式聘请。作田有一老，当得有个宝。你老一肚子的作田经，摸得到水稻的脾性，那都是无价之宝呢。您老以后就只要顾问顾问了，我们给您发工钱。”

“呵呵，我这老家伙还顾什么问，管不了你们了，管不了你们了。”田东升口气软下来，顾问这个身份，新鲜，刚脸上的沟道还结着冰，这会回暖了。

“不干出点名堂来，我不是你们的崽！”田家兴拍着胸脯。

“嗯！”贺千岁举起拳头，作奋斗状。

“好，好，这下好喽，我们村也要出典型了，哈哈哈哈……”彭太安笑着竖起大拇指。

陈爱莲在一旁听着，心里晓得，她这个做娘的除了无条件支持崽伢，没其他可说的了。

23

稻浪翻滚，清风拂面。贺千岁吹着口哨，开起他的“五菱宏光”，载着田家兴父子和支书彭太安，向清江县城进发。

“东升老哥，我们这个阵势，夏局长会不会被吓倒？呵呵……”

“只要我不去上访，就没什么吓得倒他。他自己说的，说有事就找他，他不会不卖我这个老哥的面子的。”田东升胸有成竹。

“夏局长这些年给我们做了不少实事呀，你看，修路、架桥、田里的水利设施，哪样不是他亲自跑，争资金，跑项目。为了我们村的扶贫工作，他确实是亲力亲为，难得呀。”彭太安深有感触。

“要不我们大家喊他做‘及时雨’，呵呵……”

田家兴听着，想象着这个听闻已久的夏永良局长该是什么样一个人。不过可以肯定的是，这是一个有缘人，一个有赤子之心的人，也是连爷老子田东升都从骨子里信服的人。

这，还得从田东升上访那会说起。

当年，缴粮打架事件后，田家兴上大学，除了平时勤工俭学，寒暑假更是抓紧机会打工挣钱。田钰慧为帮家里还债，坚决放弃复读，南下打工。陈爱莲依然日夜劳作，拼命还债，

处处忧心。然田东升变了一个人，从一个勤恳的农民变成了上访钉子户。此后的他，不是在去上访的路上，就是在被接访回来的路上。

田东升告的是牛罗锅，他这辈子都咽不下牛罗锅那口气。他给牛罗锅罗列了三大罪状，一是乱摊派，二是贪污摊派款，三是强闯民宅抢粮。每次消停不了多久，田东升便会如困兽般坐立不安，然后趁陈爱莲不备，提着他那只不知从哪捡来的破文件袋出走。袋里装着他新的旧的上访材料，旧的被磨花，就写新的，标题很醒目，一律添上三个大大的感叹号。

村里人议论："叫花子练跌打——穷折腾！"

"犟呗，自己跟自己犟。"

牛罗锅更是嗤之以鼻："告吧，告到死，我怕你个卵！"

只有陈爱莲，泪呀汗呀，流不干。

田东升每每从外面回来，都要从田间那条机耕道上走过。有乡邻碰到，必定会打趣："哟，我们村的大人物回来了，这回见着了总书记了吗？"

田东升嘿嘿笑道："总书记这次没见到，省长会了面，跟县长也聊了会儿天。他问我为什么上访，我就说，讨说法呗，树活一张皮，人活一张脸嘛。县长亲自给我倒茶，对我说：'老田，国家正在想办法让农民富起来，你等着，好好过日子，日子过好了，脸面呀，说法呀，就都有了。'我信个鬼，呵呵……"

"面子蛮大嘛，县长都接待了你。"

"那是的，出门有乡里县里的领导亲自接，逢年过节，一个个屁颠屁颠来看老子，你说说，这村里还能有谁，嘿嘿……"

田东升的笑已有些无赖了。他的形象也发生了变化，长胡子留着，花白头发往后梳着，一身尘垢，身上已经混杂了种种让人啼笑皆非的东西。

田东升上访，就有人接访，不能由着他瞎闹，凡事都有解决的正道。接访的人当中，有一位叫夏永良的。这个夏永良接访田东升，从乡镇干部接到信访局副科级干部、信访局副局长，一接就是七八年。田东升后来开玩笑说："我是你的福星！"

2006年元旦，田东升又赴京上访，刚到火车站就被夏永良截住。夏永良和两个干部亲自负责送田东升回花凼村。没办法呀，接闹心，不接闹北京。

小车进入花凼村界。这时，花凼村的广播在沉寂多年后惊天动地地响起。车子慢慢停下来，车里的人摇下车窗，侧耳仔细听中央台转播："2005年12月29日，第十届全国人大常委会第19次会议经表决决定，《农业税条例》自2006年1月1日起废止，延续了两千六百年的农业税彻底退出历史舞台，农民从此不再交国家粮。"

田东升从小车里下来，夏永良随即紧跟。广播已停，然余音似乎未尽，一直萦绕在花凼村广袤田野的上空，震着田东升的耳膜。

伫立良久，田东升提出，想去田间机耕道上走走。田东升提出这个要求，让他有些犹疑。他怕田东升像条鱼似的滑到田海，那就别想再找到。田东升跺着脚保证："我绝对不跑，我就是想看看我的田。"夏永良紧跟着，同时吩咐两个干部一左一右陪同。

田东升走到自家责任田前站住。田里枯草丛绕，已看不出田埂在哪。周围的田土也跟田家的差不多，多是留守老人无力耕种而荒废。田东升看着自家和周围几乎荒芜的土地，突然捶胸顿足哭了起来。夏永良慌了，不知田东升这是闹的哪出，不由得紧张起来。他上前来扶住田东升，安慰地拍了拍田东升的背。

田东升用衣袖狠狠地抹了一把脸，问道："农业税真的全取消了？"

"全取消了！还出台了惠农政策，作田有补助。"夏永良斩钉截铁地回答。

田东升不由得又哭起来："罪人啊，我白上访了这么多年，祖宗舍死舍命开出来的田也荒了，我爷老子娘老子困在土里都不得安身啊，你们得赔偿我。"

田东升这个要求就太离谱了点，夏永良恼火得很，真是贪得无厌。其实田东升的内心有些复杂，但上访上久了，习惯了蛮横表达诉求的方式。

夏永良还是具有一定洞察能力的，或者说，他对田东升总有那么一点恻隐之心。他认为，田东升对土地的感情是深厚的，只是他的思想钻进了牛角尖。他陪了田东升许久，然后对田东升说："老田，我看你这个人挺英气的，年轻时肯定是一个好角。当然，现在也不差，说起话来一套一套的。"

田东升抬头看了看这位副局长，虽然无事献殷勤非奸即盗，但话还是很受用。田东升微微眯起了眼，回道："那是，我也不是个赖角。"

"老田，你想不想干事业？"夏永良问道。

"我还能干么子事业？"田东升狐疑地看着他。

夏永良说："老田，你看，国家把延续几千年的农业税都给取消掉了，这是

划时代的进步。从公元前594年鲁国‘初税亩’算起到当代，正式的农业税征收历史是2600多年；从夏代‘夏后氏五十（亩）而贡’算起的话，则农业税赋史长达4000多年。数千年的农业税赋，几乎无不为一个‘黄宗羲定律’所囊括：并税——加税——再并税——再加税。社会要彻底跳出‘黄宗羲定律’，就必须对农民减税和免征税，但这又需要时间酝酿，需要具备相当的条件。我们国家一直都在努力，在优化制度，给农民减负。如今，你反映的那些摊派啊、强缴粮这些事，在历史前进的步伐里自然化解。我跟你说，市里将会有大动作，你反映的问题会通过合法程序调查，你就不要再钻牛角尖了。”

“真的？！”

“真的！你这个幻想当个人主义英雄的堂吉诃德，很快找不到打架的对象了。”

“什么糖鸡不糖鸡，我不懂。你如果说的是真的，我就要敲锣打鼓。”

“哈哈……老田，你知道么？现在我们国家不仅是免税，国家还提出了建设社会主义新农村、全面建设小康社会的重大历史任务，以科学发展观统领经济社会发展全局，统筹城乡发展，出台了一系列支农惠农的重大政策，调整了农业结构，农村基层组织建设得到加强，干群关系也明显改善了。”

“我不听你这些大话官话，我只知道这些田都荒了。”

“好，那我就讲大实话。现在大家都不愿作田，肯定都愿意把田给你作。你包下这些荒了的田，搞机械化，这作个几十亩对你还不是小意思么？再说，现在作田还有各种补贴，到时，你就成了一个大地主了。”

“我没本钱，我崽女都在外边漂着，这些年他们拼死拼命还家里欠下的债，我这做爷的没管事，如今哪有脸问他们要钱。”

夏永良拍着胸脯：“我保证，本钱我帮你解决，只要你守信用，别让我为难。

“你怎么解决，你莫扯白。”

“那我们打个赌，我要给你解决了，你就写息访息诉承诺书。”

田东升沉吟一阵，眨着眼答应了。田东升是那么想的，打赌就打赌，承诺书算什么，就算写了我想上访还照样上，难道谁还能绑住谁的脚么。

在夏永良的帮助下，田东升作了三十多亩田。夏永良帮他申请了信访救助，加上惠农免息小额贷款，还有田亩补贴、良种补贴等，成本是没问题的了。他是聪明的，这三十多亩田拴住了田东升，从春播到田里一片绿意盎然，再到扬花抽穗，田东升的脚被绑得死死的。种稻就跟育儿一样，稻子的生长，节气的次序，令田东升牵肠挂肚。田东升就这样重新回到了日出而作，日落而息的农耕生活，像一株垂下头颅的稻穗，从容踏实地面向大地。

田东升稻谷收割后，夏永良发动他的社会关系，千方百计拉人到田东升这里买米吃。田东升也没再出尔反尔，把息访息诉承诺书交到了夏永良手里。陈爱莲千恩万谢地给夏永良送来一面锦旗，锦旗上的字是谷清嗲嗲拟的，写着：心系农民，务实谋福。夏永良谦虚地连连摆手，说道："不是我，不是我，是党的好政策！"

后来，他到村里来，总会到田东升这喝上几杯。夏永良和田东升曾经一个围追堵截，一个神出鬼没，玩了多年猫和老鼠的游戏，到最后玩出了感情，成了老哥们。

有一次在酒桌上，夏永良对田东升说："老田，当年打架的事，我都晓得。"田东升嘴巴张起老大，想了一阵，直拍脑门："眼拙了，眼拙了，你就是那个眼镜干部？也不怪我，那时你瘦得像根竿子，现在壮了高了不少，更有气势了，害我没认出来。"

"我那时刚大学毕业参加工作，穷得很，营养不良，后来条件好了，没想到还长高了一点。"夏永良解释道。

陈爱莲得知夏永良就是当年的眼镜干部，一把抓住他的手，连连说："那时多亏了你啊，老弟，要不是你当即喊人把牛罗锅送到县医院，没法收场啊。当时他们把你也打了，你一点都不记仇。我到乡政府去求情，黑灯瞎火的，没人理我，只有你又倒茶又给我端饭吃，我一直记着这个好干部呢。真没想到，就是你呀，老弟。你又给我家帮了大忙呢，把这头犟牛给拉回来了。"

夏永良笑道："老大姐，别客气，我们是不打不成交啊，嘿嘿。"

夏永良又推心置腹地说："我也出生在农村，爷娘都是地地道道的作田佬，一年三百六十五天都在田里，却常年四季布口袋一个，摸不出一个养荷包的钱。为了供我读书，我爷娘都不敢给自己买一件衣服，连双袜子都是缝缝补补穿了三年又三年。参加工作后，我一直记得我爷娘教给我的，一要敬畏天地，二要敬畏百姓。"

田东升归农后，真个就成了新时代农民把歌唱。他想出个新鲜把戏，要在花

凼村的田野中树一个石碑，还要请石匠在石碑上刻一篇《别田税赋》。新支书彭太安全力支持，他觉得这是他上任来的第一件大好事。写赋的重任，自然是落在谷清嗲嗲身上。谷清嗲嗲掂断了数根胡须，写成一篇《别田税赋》。

《别田税赋》完成，田东升带头联合老乡邻，捐钱买石碑，请石匠，将《别田税赋》刻在了石碑上。树碑那天，正是国庆，田东升硬是请来了升任农业局局长的夏永良参加。

一帮老倌子，穿着笔挺的中山装，气氛造得很足。万子鞭在田野中间放了一挂又一挂，鞭炮声响彻云霄。在彭太安的主持下，先是由田东升带领大家祭天祭土地神，然后揭开青石碑上的红布，再由谷清嗲嗲唱读《别田税赋》老班子们集体跟着谷清嗲嗲的头摇过去，再摇过来，最后和道：

今别田税，开石刻铭，告知后人，且歌且舞，永盛永昌！

秋阳照着老乡邻们脸上的沟沟壑壑，那里淌着由衷的感恩与祈盼。这是发自老百姓内心的声音呀！夏永良被震住了，他想起了他还没来得及享受党的好政策，没来得及享几天清福的已故双亲，不禁热泪盈眶。村民请他讲话时，他动情地说道：“我们农民虽然平凡渺小，但我们更能感受到时代的变迁，感受到中国社会跳动的脉搏。让我们共同期待国泰民安，期待一个中国梦，幸福梦！”

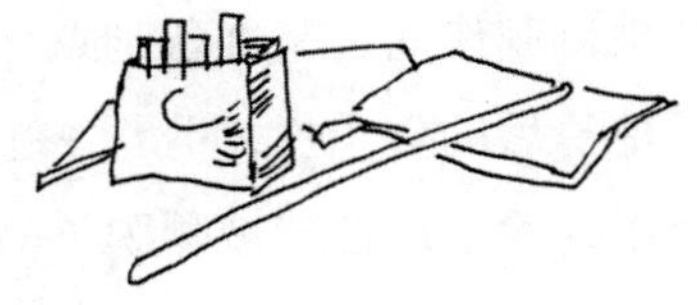

24

夏永良戴着一副眼镜，高额头，挺鼻梁，颇有点气势又显得十分斯文。他正在研究一份关于乡村振兴的文件，不由得想到花凼村，略有些皱眉。花凼村的振兴从哪入手呢？对花凼村，他是有很深的情结的。想当初，县里部署和动员精准扶贫工作，他主动请缨，由农业局对口帮扶花凼村，他要亲自抓扶贫工作。而且,还立下军令状,那气势叫作“不破楼兰誓不还”。经过这些年的努力，花凼村村民生活越来越富裕，贫困户越来越少。但花凼村致命的弱点，就是人都往外边跑，田荒了不少，人也没几个，下去扶贫，不是找不到人，就是要到牌馆去寻人。土地资源闲置，产业薄弱，人心涣散，想要振兴起来，任重道远呀。

夏永良正思索着，猛然抬头，只见田东升如龙卷风般扫到他的办公室。夏永良有点惊愕，他不晓得是不是田东升旧疾复发，几根倒刺作俑，又准备刮点什么妖风出来不？然后夏永良看到了他身后的贺千岁，吓了一跳，心里想，这个人着实丑，驼背又矮小，脸上还挂着被晒脱了的皮，好在一双眼睛炯炯有神。田东升不会和这个残疾搅和在一起准备上访吧？但再看他后面站着的后生子，高高大大，模样周正，有知识分子的气度，看起来又不像。再接着,上了个厕所耽搁了会的彭支书进来了，

夏永良便打消了疑虑。

夏永良打着哈哈，问："田老哥、彭支书，很久没上我的门了，今天怎么有空来看看我呢？"

"嘿嘿，我是无事不登三宝殿呢，当然是有事找你这'及时雨'帮忙啦。"田东升指着田家兴和贺千岁说，"这两个活祖宗，跳起来要搞么子专业合作社，老子作一世田了还不专业么？我来向你讨个主意，好让他们年轻人少走点空路。该找什么人，请什么客，你给引见引见。"

夏永良笑了："嗨，早说嘛，以为谁又惹到你几根倒刺了呢。这是大好事，我正为你们花卤村的产业发展犯愁呢，这几年你们村没得起色，我这脸搁不住呀。说说，你们现在是什么思路？"

"我们村两个年轻人想进行规模化经营，准备将花卤村的人都联合起来，创办绿色生态农业专业合作社。"彭太安说。

"嗯，想法好啊，那具体采用什么个模式呢？"

田家兴顾不得客套，开门见山，侃侃而谈："一是租赁。租赁的期限和租金支付方式由双方自行约定，我们获得一定期限的土地经营权，村民按年度获得租金。二就是土地入股。入股，也称'股田制'，或者叫股份合作经营，是指在坚持村民自愿的基础上，按土地面积作价入股，建立农民合作社。在土地入股过程中，实行村民土地经营的双向选择。"

"嗯，那什么是双向选择？"

"双向选择就是农民将土地入股给合作社后，凭借土地承包权可拥有合作社股权，并可按股分红，既可继续参与土地经营，也可不参与土地经营，随农民自愿。这个形式的最大优点就在于产权清晰、利益均沾，把农户的土地承包经营权长期确定下来，农民既是合作社经营的参与者，也是利益的所有者，这个是当前农村土地流转机制的新突破。我们按照'群众自愿、土地入股、集约经营、收益分红、利益保障'的原则，引导农户以土地承包经营权入股。年度分配时，首先支付社员土地每股保底收益，留足公积公益金、风险金，然后再按股进行二次分红。"

"哟嗬，你这完全内行啊，思路清晰，表述专业，素养很高啊。"夏永良赞叹道。

"那是，我们家兴是学农的高才生，人家本来在外边有个好饭碗，如今放弃了回乡创业，为乡村振兴助力。还有我们千岁，小小的身体大大的能量，回来搞农业已经一年多了，脑筋活，又吃苦耐劳。这都是我们村里的希望，夏局长您可得大力支持呀。”彭太安这尊弥勒佛，一个劲地替家兴、千岁说好话。

“眼光和志向值得赞许！现在，七零后不愿种田，八零后不会种田，九零后不谈种田，零零后不知啥是种田，国家粮食安全堪忧啊。你们带头办合作社，这对当地来讲是好事。乡村要振兴，首先就是要推动农业供给侧结构性改革，提升农业竞争力和效益，实现绿色发展的目标。但这都是理论，理论付诸实践就要有爱家乡敢干事的带头人，尤其像你们这种充满活力有头脑的年轻人。不过，你们真的准备好了不？干农业可不是纸上谈兵，也不是仅有一腔热血就能成的事，那是实实在在的日晒雨淋、泥巴里滚的事。而且，做什么都要科学规划，不能跟煎糍粑一样，翻过来翻过去，到时候短裤蒂根都会赔掉。”

“夏局长，我们已经做好了迎难而上的准备。”田家兴和贺千岁目光坚定地说道。

“那好，不错，哈哈，不过你们别被我吓到了，要知道，你们的身后是党的好政策！中央专门出台了农民专业合作社有关政策文件，通过财政支持、税收优惠和金融、科技、人才扶持等措施，促进农民专业合作社的发展。我们县里也相应出台了文件，等会我复印一份给你们带回去好好看看，研究研究。现在扶持政策很多，要吃透用好，对你们只有好处。另外，我给一份《合作社成立须知》给你们，你们按照要求去做好前期准备工作，将资料整理好，然后到工商部门去申请成立。这个不要请什么客，国家正鼓励有志青年回农村创业呢。”

“哟嗬，这服务蛮周到，没找错人。”田东升笑道。

“老哥来了嘛，不周到一点，你又要跑到上面去告我一状了，当年你告我还告得少么？”

“你看你，记仇了吧？下次去花凼村，我杀只鸡给你赔罪。”

“呵呵，那我下次一定要到你那吃鸡、呷酒，好久没去了。”

这夏局长果然没什么架子，跟田东升热络得很。田家兴知道那些年夏局长和田东升的故事，不由得站起来，由衷地说：“夏局长，谢谢您对我爷老子的关照，谢谢您的帮助。”

夏永良总觉田家兴有点面熟，已经有意无意打量了好一阵，这下才确定，这个年轻人，就是当年那个因误伤人而差点读不成大学的毛头小子。夏永良再次打

量田家兴，心里想，嗯，长相器宇轩昂，看起来又比较稳重，应该是干事的料。扶贫先扶志，这个知识分子已经走出去了又返乡创业，胸有大志，实属难得，更要好好扶持。

夏永良拍了拍田家兴和千岁的肩膀说："是金子到哪里都会发光的，你们俩都是好样的，好好干，有什么困难只管来找我。要搞就要搞出名堂来，我保管全力支持，一定要把你们扶上马，跑起来。"

"夏局长，你这里给他们吃了颗定心丸呢！"田东升、彭太安喜上眉梢，田家兴、贺千岁更是喜出望外。

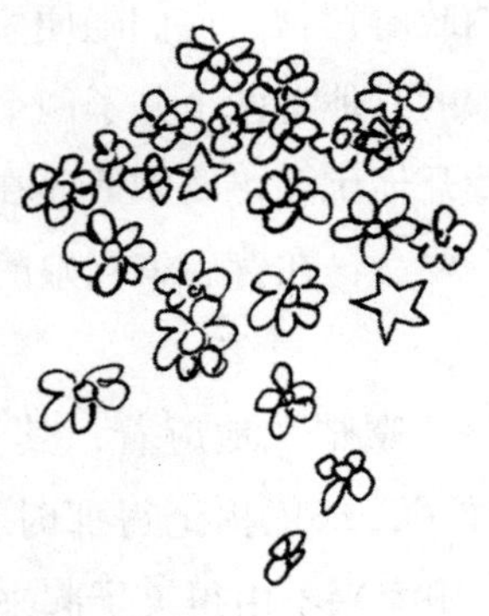

25

花凼村有十个队，幸福河北边五个队，河南边五个队。三百来户人家，三千多亩土地。这几天，田家兴和贺千岁由田东升带着，进行田间调查，看有多少无人管理的田，有多少低产田。

田东升指着一大块只见稗子不见禾苗的田说："这是田建国家的，怕政府罚款，他们随便撒了些稻谷种子。田建国，你小时叫建叔的，他有两个儿子两个女儿你还记得吧，你小的时候，他总爱开你玩笑，要拿他还在吃奶的女儿给你做堂客，你每次都气得要命，在背后编骂娘的话。呵呵……现在他崽女都有崽女了。"

田家兴"嗯嗯"地应着，其实他已经记不起建叔的女儿们长什么样了，却依稀记得那时在背后编的骂词："田建国，臭蚌壳！"田家兴不由得笑了起来。

田东升继续说："田建国一把年纪了还在广州什么公司当门卫，做了十多年，三百六十五天有三百六十天在外面，大家笑他在外找了个小老婆。他儿子和儿媳们也都在广东的厂子里打工，说住在什么城中村，嗨，什么城中村，就是城里的旮旯缝里，脏乱差呢！田建国每次回来，都悄无声息的，楼上楼下查看，他老婆刘冬花哭笑不得，说这个老家伙怕她在家藏野男

人。既然怕，那就回来吧，偏又舍不得那份工资。他们家是前年砌的楼房，上下三层。其实那就是红漆马桶一个，外面好看里面空。刘冬花带三个孙子守着，其中一个还不能走路。花凼小学没了，刘冬花每天早上骑着三轮车，背上背一个，载两个，送孙子去灵官镇小学读书，中午送饭，下午又接回来。”

“村里细伢子读个书真是太难了。”田家兴叹着。

“最惨的是，有一回礼拜天，刘冬花在灶屋里煮饭菜，一泡尿的工夫，两个孙子在屋后塘边上耍，细的掉进塘里，大的去扯，两个都被塘吞了。两个孙子，一个是大崽的，一个是细崽的，一下都没了，刘冬花急得晕了几次，醒来就要去跳河，被大家拖住了。她崽和媳妇闻讯赶回来，两个媳妇都跳起脚来指着她骂，怪她没给她们看好崽。刘冬花半夜偷偷去跳河，幸好被赶回来的田建国在塘边扯住了。一家人互相埋怨，打成了一堆。不说了，不说了，村里头这种事说不完。”

田东升又指着另一块荒田，说那是田亮东家的。前两天田家兴在禾堂前碰到过他，瘦得像根竹竿，好像风一吹就能倒，两个眼睛深陷，老鼠洞似的，看着有点吓人。田家兴问亮婶子：“海洋、亚洲回来过么？”亮婶子苦着脸说：“没有呢，回来也没用，糟蹋路费。”

“千岁，我们办合作社，也需要不少管理人员，我们要拉人跟我们一起干事。屋里的老弱病残没人管，听着都让人痛心。”田家兴皱着眉头说。

“是啊。到时我们试试看。”

他们往田野东头走去，田东升记得那边有大片的野生荷塘，一到夏天，碧水清莲，红荷映日，引得田家兴他们经常偷偷下到荷塘里游泳、摘莲蓬。没想到，走过去，他们看到了一大片六九杨树林。

“这里怎么有这么大的六九杨树林呢？荷塘都看不到了。”田家兴纳闷。

“唉，荷塘被杨树林给包围了，成了个死水塘，让密不透风的水草给箍死了。”贺千岁告诉他。

“这里原来不都是田么？怎么种杨树了，这不是侵占农田么？政府不管么？”

田东升说：“那是村里跟个什么商业造林公司合作，收回村里部分土地搞经济林产业项目，栽了上万数的速生六九杨，说是六九杨长得快，又不用照看，一两年就可以砍伐一批，定点提供给灵官镇造纸厂做原料，给农民创收，夸得天花乱坠的，大家就信了。有什么办法？一是没有人想种田了，没哪个懂行的管这个事。二是村里向上报时，报的是撂荒田，上面就批了。”

“创收了没？”田家兴追问。

“创收个屁，好女生不了三个伢，好田种不了三年麻，更何况是种树。这六九杨材质差，生长快，最是抢肥，树蔸子盘根错节，就跟老鼠进了谷仓一样，这些田算是毁了。最恼火的是，近几年清江县的造纸厂无法无天，乱排乱放，河道被污染成了臭水沟。老百姓上访告状，上面开始整顿，关了好多厂子。这些树根本没人要，村民一分钱没看到，田还给占了，成了个烂摊子没人管。”

田家兴想了想，说：“如果能把那片被六九杨侵占、常年产生不了效益的土地接收过来就好了。”

贺千岁摇了摇头：“这个难度大，即使接收过来，重新开田的成本太大了，除非政府出面。”

“我们算是基本摸清了村里田土情况了。全村的荒田、低产田、双改单的田以及被改作他用的田，加起来占了全村田土面积的百分之七十以上。先不管，先把能租到的土地租到手，要不然两个大男人就经营你这六十亩田呀，那不是高射炮打蚊子。再说，不上规模，那投入与产出也太不成比例了。”

“哟，还高射炮打蚊子，蛮不谦虚，兄弟，看来是真的准备好好干了。”

“你们莫讲得像喝蛋汤一样容易，这不是好玩的！”田东升这块老姜不太放心。

“爷老子，我们会好好干的，你老就把心放到肚子里。”

田家兴和贺千岁意气风发，昂首远眺。几只隐在稻田深处的鸟忽地冲向天空，在巨大的天地背景里，盘旋翱翔。

26

幸福河两岸大多数人家的门都是紧闭的，稀拉拉地透出几点灯光。加上已入秋，平原上的风也有了萧瑟之意。

田家兴和贺千岁走在幸福河边的村道上，准备去村委。今天彭支书打开久未启用的广播，下达会议通知："各家各户，各家各户，晚上七点，在村委召开全体村民大会，在家的全都必须参加，要讲大事、大事、大事！"

走到孝义桥，没想到，桥边上的小卖部里传出"嚯嚯嚯嚯"打麻将的声音，间或夹着兴奋或丧气的叫嚷声。怎么都不去开会？田家兴纳闷，探头一看，小卖部里边几个房间全是麻将桌，乌烟瘴气。牌场好比战场，一个个唾沫横飞，脏话连篇。牌桌上还有几个抱着细伢的女人，听凭臂弯里的细伢淤着身子困了，口水流湿了衣襟，而她们泰然自若，天不塌，地不震，摸牌不止。而村里的娱乐活动好像仅限于此，一路走来，连跳广场舞的都不见一个。

田家兴和千岁硬着头皮往村委走。村委设在花凼村原老大队部旧址上，隔花凼小学不远。田家兴记得，老大队部前有一个大坪，过去召开村民大会、看露天电影，都在这个坪里。坪里还有一个戏台，过去每年春节都要耍龙灯，唱地花鼓戏。多灾之地，伴随祈求风调雨顺、五谷丰登的民间祭祀，自然衍生出诸多习俗。过去的花凼村，唱地花鼓的、拉二胡的、耍龙灯的，一个赛一个厉害，算得上一个文艺村。

田家兴、贺千岁到了老大队部旧址。老大队部已经不见了，新砌了三层村委大楼，过去的土坪砌成了水泥坪，这是新气象。只可惜的是，当年的戏台废了，台上用来遮雨的飞檐画柱都不见了，只留下一个青石台面。田家兴叹道："文艺村变成了打牌村！"

走进村委会议室，只见三三两两、稀稀拉拉来了些人。几个姑婆嘻嘻哈哈地开支书玩笑：

"哟，彭支书，你的猪出栏了？准备请我们吃猪全席么？"

"今天彭支书有卫星要放么？"

"放么子卫星，原子弹爆炸，把支书的猪屁股炸开了花。"

"哈哈哈哈……"

彭太安敲着桌子喊："安静，安静，莫尽扯'卵谈'（开玩笑），人呢，人呢，怎么还没来齐，今天要讲正事。几个组长，打电话催，还有刘会计，麻烦你到小卖部去喊人。"

彭支书恼火得很，一向眉眼弯弯的他也黑了脸："都是些不成气候的疲沓鬼！"又过了半个小时，村委会议室才陆陆续续来了一些人。

等大家坐定，彭太安打开扩音器，郑重说道："家兴和千岁两个后生子，想在村里办绿色生态农业专业合作社，把大家拧成一股绳，搞合作农业。"

"什么合作社？年轻人晓得么子合作社？搞食堂那阵，他们还不晓得在哪里呢，呵呵。"彭支书话没讲完，就有人打断，调笑起来。

"莫打岔，听我讲。"彭支书敲了敲桌子，"这么说吧，就是把你们不种的田流转给家兴和千岁。可以出租，也可以入股，年终保底分红。到时村里头牵头，跟大家签协议，保障你们的权益。具体，叫家兴和千岁讲讲。"

田家兴示意贺千岁先讲。贺千岁今天把头发用摩丝梳成了一个大背头，光溜得蚂蚁爬上去都站不住脚。

"哟，千岁，要当老板了，都梳老板头了，背也直了。"下面的大妈打趣。

"见笑见笑，装装门面嘛。"贺千岁笑道。

"我们千岁厉害呢，讨了个不要彩礼的堂客，崽伢子也有了，他爷再也不喊他祸坨子了呢。”

贺千岁随她们讲，只嘻嘻笑着，大叔、大妈、大伯、大婶叫了个遍，然后又扔了一趟烟，才文不对题地问：“我姑姑，你们还记得么？”

“你姑么？不是嫁到胜利村去了么？怎么啦？”

“我姑前年把她屋里几十亩田折价入股他们村办的农业合作社，两口子在合作社既有土地入股保底收益，又在合作社做事拿工资，一年工资两三万呢。到年终，合作社还有分红。她高兴得不得了，不要操心农药化肥，也不要操心天气产量，就在家门口赚钱。”

“是么？那是好呢。有这好事么？”

“你们自己算嘛，今时不同往日了嘛，不管怎样，每亩田一年的租金就是几百嘛。我和家兴就是想这样做，把作田的心给你们操了，你们只管得收益嘛，还不好么？”

“说得这么好，那你们吃西北风哦——”

“我们靠提高规模产能赚钱嘛。”

村民像渐开的水慢慢滚动起来。有的问：“田给你们作，那田还是我们的吗？我儿子儿媳他们将来老了还是要回来的，莫连块田都没有了。”

“那当然还是大家的，谁也不能剥夺你们的承包经营权，这是受法律保护的。我们签正式的合同，一定保障大家的利益不受损。”田家兴站起来解释。

“你们两个出去转了一圈，如今喊要作这么多田，这可不是小孩子过家家闹着好玩，搞不好要减产，绝收的情况都是有的，真亏起来可不是一块钱两块钱的事，到时你们莫短裤蒂根都赔进去了。”有好心的村民提醒道。

田家兴便笑道：“叔、伯、姑、婶，我们都是在田里滚大的，作田的童子功扎实，是不？我大学学的是农业，在外做的也是跟农产品相关的工作，里不里手的你们不用担心。再说，不是有你们这些老里手么？现在最主要的是，村里这么多田撂荒了，可惜呀！”

各人心里的算盘子拨了半天，田是自己的，别人抢不走，无论是租是入股都有保底收益，自己作田也难，荒了又可惜，有人愿意接手，也是好事。这么想着，不少人心里初步有了准盘星，但都还在观望着。

这时有人嘿嘿冷笑，阴阳怪气地说道：“讲得好是回乡创业，实际上怕是在外边混不下了，只好跑回来作田吧，真个是好笑。”

“花凼村是没人了么？都把田交给这些愣头青，这怕是来套补贴的吧。我在外面见多了，圈上一块地，竖上一块牌，等着政府拿钱来，补贴一到手，鬼影子都找不到了。”

不用看，说这些话的是牛姓人家。这许多年来，牛姓人和田姓人之间虽然不像过去一样形同水火，但隔阂总是难以消除。花凼村宗族姓氏之间拉帮结派抱团结仇的风气由来已久，这跟过去经常争水械斗的历史有很大关系。谁要是跟姓氏宗族行为不一致，就会遭遇这个姓氏集体的排斥。这也是儿时的田家兴和娟子在一起玩都被各种阻挠的缘故。田家兴想，这种余瘤不拔除，势必会影响花凼村的发展。刚田家兴让贺千岁先讲，就是心里隐隐地担忧什么。

果然，牛姓有人站起来嚷道：“牛家屋里人，有种的话，立马走，听这些龟孙子在这里扯么子白，浪费时间。我牛家屋里的田，就是荒了，也不能拿给田家屋里人作，祖宗老子都不得答应。谁拿给他们作，谁就是牛家屋里的孬种！”大声叫嚣着的是牛罗锅的三弟牛国运。牛罗锅、姜翠花干干脆脆地——没来。

牛姓一族推桌子踢凳子骂骂咧咧扬长而去，彭支书在背后骂爷骂娘都骂不回。田东升火气一腾，就想要发作，被田家兴死死按住。还有几个田姓亲戚也想站起来出头对骂，都被田家兴制止了。若不制止，搞不好就会打群架。

彭支书也没法，只能尽力维持下面的会议。他站了起来，清了清嗓子，说道：“由他们去，我们回到正题，不能因为一些陈芝麻烂谷子的事坏了团结。现在花凼村撂荒田多，你们不心痛，我心痛。再这样下去，田将不田，村将不村了呀。前段时间，有别个村里的人想到我们村来租田，提着东西来找我，我没搭理人家，不是我狭隘，我是想本村有人出头就好了。正好家兴、千岁从外头回来了，说要通过合作社的方式，把资源优化整合，让大好的土地发挥最大的效益，造福乡邻，我是拍起手板欢迎的。你们大家也要有大局观念和政治觉悟，踊跃支持家兴他们返乡创业。”

彭支书讲完，田家兴站起来，朝乡邻们深深地鞠了一躬，然后从一个公文袋里拿出几张卷了边破旧不堪的纸。乡邻凑上去仔细一看，那上面密密麻麻布满了字迹和手印，竟然都是花凼村人的名字。

田家兴说：“各位乡亲父老，你们还记得吧，这是有你们签字按手印的一份请愿书，是当年父老乡亲怕我判刑、影响读大学联名签的。”

“家兴，亏你还留着，我们都忘了。”有人说道。

“去读大学时，我娘就交给了我，要我好生收着，牢记乡亲们，不能忘了恩情。这些年，我人在外面漂着，但心里一直惦记着这个生我养我的花凼村。我觉得，我们这地方虽然比过去生活好了不少，但年轻人都在外面，老人细伢子们孤孤单单留在家里，一栋栋房子空着，日子反倒不像原来那么踏实有味了。要是乡亲们相信我还是个好伢子，就放心把田交给我，我保管要让大家年年有好收益，让大家的日子活起来，乐起来。”

田家兴话音落下，会场一片静寂。田家兴想，尴尬了，表了这么多的情，没人领会。没想，彭支书鼓了第一声掌，紧接着便是满堂掌声。看来，算盘子该打的打，但话的好丑，乡邻们还是听得出。

“我那些田呀，实在是作不动了，都荒了，我心里痛呀，给家兴作吧，这是个好伢子！”这声音羸弱，但很坚定，是得心脏病的亮东叔的声音。

“是呀，我也是肉痛，但我崽伢子不回来，把我这把骨头熬干，我也作不出这些田了。”有人附和着。

“家兴是个实诚伢子，有知识，肯干。千岁头脑也好，不服输，这两个都是我们村的好后生子呀。我们花凼的村志，续不续得下去，还得靠他们啊。我表态，我全力支持，也请大家支持。大家要还看得起我这张老脸，就听我的，把田给家兴他们作，以他们的秉性，不会亏了我们。”这是谷清嗲嗲在说话。

田建国的堂客刘冬花本来在用钩针钩毛线鞋，这会子把钩针别在头发上，站了起来说道：“到时候我要我屋里那个死鬼回来，在家兴这里做事算了。我一个人在家，想起我那两个没了的孙伢子，我就没得办法过。这日子过得清清冷冷，没味。”说着，她抹起了眼泪，旁边人忙安慰她。

“今天会就开到这儿，你们呢，回去跟屋里老倌或堂客商量好，跟外面的崽女通个气，同意的就尽早和家兴他们签合同，支持家兴他们把合作社办起来。我表态，我入社。”彭支书宣布道。

只要有表态的，那就好办，田家兴、贺千岁嘘了一口气。会后他们统计，能流转到手的田亩面积八百亩左右，没达到预期目标。

彭支书果然是腿巴子勤快，一户一户上门，苦口婆心做工作，流转面积增加到了一千亩。田家兴知道，这是正常的，哪天能把真金实银放到村民手上了，哪天就不请自来了。一句话：你若花开，蝴蝶自来。

27

冬天的田野空旷无边，明澈又略显苍茫。天蓝得没有一丝杂质，西边一轮大如磨盘的夕阳喷射出耀眼的光芒，给大地镀上一层暖暖的金色。这些年在城市的钢筋水泥中，故乡的景色仿似遥远的梦境，变得越来越不可即。现在，田家兴久久地贪婪地观赏着，不由得又想起了娟子，想起小时候和娟子奔跑在收割后的田野，挖荸荠、烧红薯，掏鸟蛋，那仿佛就在眼前。

贺千岁开着他的面包车，行驶在回花凼的路上。他满面春风，不理会田家兴深沉的心思，开始吹起了口哨。“来，家兴，我们来个二重奏，小的时候，你吹口哨可比谁都吹得好听。”贺千岁的扁脑袋摇来晃去，一曲《弯弯的月亮》被他吹得轻快无比。田家兴被他感染了，不由得也露出了笑意，开始和着贺千岁的旋律吹起来。

今天确实是应该高兴的。两人事先做好了心理准备，万一要请客送礼什么的，就请田东升出面找夏永良牵线。没想到的是，办证顺利得很，贺千岁和田家兴按规定将相关资料交到工商局，仅花了点工本费，没多久就把营业执照给领了回来。也就是说，从法律上讲，他们的花凼绿色生态农业合作社已经成立了。

这段时间两人分头忙，恨不得一分钟掰做一个小时用，

分身乏术。田家兴回来时还算白净，几个月下来，已是脸黑皮糙，瘦了好几圈。难怪一个个都不愿回来作田，相较而言，不管怎样，搞农业日晒雨淋的，确实辛苦多了。但开弓没有回头箭，只能往前，不能言退。

仓库、农机厂房的框架板材都已经搭建好，接下来就是购买设备，进行安装。田家兴先垫资购买，再按政策申请补贴。他决定看菜吃饭，有多少钱先买多少设备。他们在贺千岁原有农机设备基础上，购置了旋耕机、运输车、插秧机、收割机等农机具。

田东升、陈爱莲还有贺国立见他们投入资金这么大，而且还要贷款，还有后续投入,腿巴子就不停打颤。世道真的是变了,在农村也可以干这么大场合的事？他们觉得这好像天方夜谭，作田能有这么大的收益么？莫到时真的把短裤蒂根都赔进去了。一想起这些，他们就饭吃不香觉睡不着，成天提着个鸭脖子跟在他们屁股后面，看他们进行得怎么样。

田家兴就笑："爷，娘，舍不得孩子套不住狼，你们就把心放回肚里去，好好帮我们看着厂房建设。"

田、贺两人也确实缺人手，他们请村里的贫困户，以及闲散劳动力来做工，按天结算工钱。在家门口做工，每天有票子收入口袋，一些成天泡在牌馆里的牌鬼也开始蠢蠢欲动。

玲花大着肚子帮他们忙这忙那，深更半夜还在学习财务知识。这是田家兴交代的,想办合作社,财务管理不能乱,必须交到放心人手上。玲花确实不错,肯干、肯学,麻利得很,乡邻们一个个都夸贺千岁前世修来的福,找了这么好一个贤内助。

经过几个月的建设，合作社办公室、农机具厂房、仓库等全部建好，设施设备等也都安装完毕。

腊月二十四，小年这天，花凼绿色生态农业合作社剪彩挂牌仪式热热闹闹地举行。

合作社办公室前坪铺满了红地毯，大门旁边披着红绸。办公室内窗明几净，墙面上张贴着合作社的机构名称、任职、章程、管理制度等。田家兴为合作社理事会会长，贺千岁为监事长，彭太安、田东升为顾问，玲花为财务总监，若干入社的乡邻代表为理事。从事过企业管理的田家兴，对于管理的制度化、规范化可谓深谙其道。

合作社办公室外墙上贴着红底黑字用毛笔书写的标语，谷清嗲嗲带着一帮老倌子，摇头晃脑地念着：

“树牢绿色发展理念，谱写乡村振兴之歌。”

“好，好，写得好！”众人喝彩。

“是内容写得好，还是字写得好？”谷清嗲嗲笑而不露地发问。

“当然是内容也好，字也好，您的墨宝那是绝无仅有，天下无双呀！”

谷清嗲嗲便笑了，笑得一脸红光。这标语是他按照家兴的意思，亲手挥毫写成，见大家叫好，他心里高兴得紧。

这是花凼村出现的新鲜事物，全村老少，包括在外打工回来过年的年轻人都来参加挂牌典礼，花凼村出现了十多年来未有过的热闹。这也是田家兴选在过小年挂牌的主要缘由，他就是要让村里的年轻人看到这种新兴气象，把他们的目光吸引回家乡来。支书彭太安热情地张罗着，组织村里敲锣鼓、吹唢呐的老倌子们喜洋洋地敲起来，吹起来。田东升、陈爱莲、贺国立张着的嘴一直没有合拢，天天提着个心的他们，此时觉得，崽伢回来搞农业好像也蛮光荣。

市农业局夏永良局长前来亲自给他们剪彩，宣布道：“花凼村第一个绿色生态农业合作社正式成立！”鲜红的丝绸从墙上揭下来，一块烫金的“花凼绿色生态农业合作社”牌喷薄而出。霎时，锣鼓震天、鞭炮齐鸣，响彻花凼村的田野。

记者也来了，夏永良请的。记者扛着机子找角度，这里那里拍得欢。最后，记者的话筒伸到了田家兴面前，田家兴大声说道：“我们合作社的宗旨是——种好一碗放心粮，做好兴农大文章。花凼村人一定会团结起来，合作互赢，共同致富，把花凼建设成一个美丽幸福的绿色田园。”

简要讲完，田家兴便指着千岁，叫他表现表现。贺千岁又梳起了蚂蚁站不住脚的大背头，尽力挺直驼背，展开双手，朗声道：“振兴，振兴，振兴乡村，让青春之花绽放在田间地头！”

周围的人被他逗笑了，直嚷：“千岁你蛮有水平呀！”

“好，说得好！农民诗人果然不同凡响！”这时，夏永良局长率先鼓起掌来，说道，“你们知道么，习主席讲过，希望越来越多的青年人到基层和人民中去建功立业，让青春之花绽放在祖国最需要的地方。千岁这句话，真是与习主席的讲话精神无缝对接啊。”众人也纷纷竖起大拇指。

贺千岁又梳起了蚂蚁都站不住脚的大背头，展开双手尽力挺直驼背，朗声道：“振兴，振兴，振兴乡村，让青春之花绽放在田间地头！”

花岗绿色生态农业合作社

这时，谷清嗲嗲的蠢子崽大声嚷起来：“振兴，振兴！振兴，振兴！”他把千岁的话听了去，兴奋地喊起来。他边喊边跑，边跑边喊，“振兴、振兴”的声音传遍了整个田野。田野上飘起了点点雪花，落在人们被兴奋染红的脸上。

“瑞雪兆丰年，瑞雪兆丰年呀！”

28

腊月二十八，家家打糍粑。田东升笑呵呵地吆喝众人，往石臼里卖力舂着。陈爱莲蒸着热气腾腾的糯米甜酒，整个人像成了仙，飘在那雾气里了。众人都忙得不亦乐乎，老屋里多年没有飘出这么浓郁的香味。人逢喜事精神爽，这是崽伢安心把根扎回来后过的第一个年。田钰慧从东莞回来了，她那一家子也要回来过年。田东升、陈爱莲为这个意义非凡的年操持着，想着准备一顿丰盛的团年饭。

田东升宰杀了一头年猪。在花凼村，过去对猪有“聚宝盆”“血财”“养好一栏猪，吃饭穿衣都不愁”之说，所以杀年猪也有着很隆重的祭祀仪式。可现在，村里人连猪都懒得喂了，像田东升家这头熟食喂大的猪格外稀少。此次，田东升想着田家兴回乡干事业，便请了村里的邓屠夫来，要好好杀一次年猪，敬奉祖宗，敬奉年饭老爷、菩萨，讨个好兆头。

左邻右舍帮忙抓的抓耳朵、扯的扯尾巴，把猪从栏里拖出来。猪叫得越响亮越好，越响就预示着越红火。然后，一伙人在禾堂里上演追猪、拖猪的把戏，场面闹腾，引得乡邻笑嘻嘻地都来观看，尤其那些细伢子兴奋得手舞足蹈。猪拖到杀猪盆上，邓屠夫摸刀架势杀猪时，陈爱莲把早已准备好的香烛，在堂屋门口点燃、敬了老爷、上了香。田东升点燃了鞭炮，鞭炮一响，邓屠夫一刀下去，猪血哗哗地喷到盆子里。邓屠夫杀猪从不用第二刀，也不能有第二刀，如果一刀不到位，猪作死挣扎，就会把血放到盆外边去，这是散财，主家会甩脸的。田东升看到邓屠夫身手了得，盆外滴血未溅，接了一大盆猪血，便喜滋滋地立马把血端到供桌上，烧了把纸钱，口里念着："敬年菩萨、敬二十四路诸天菩萨，敬四方神圣土地。"诸神敬毕，邓屠夫便将猪的皮毛刨净，将猪身吹大，猪头昂首对着堂屋里的神龛，猪背上划一条长长的口子，放上一根大蒜，再次敬奉诸神，祈祷年年有财运。

田东升家这次杀年猪，算是给周邻的年轻人涨了知识，他们没想到，杀猪都有这么隆重的仪式感，一个个嬉笑着说，终于感受到了一点年味。

除夕这天，田东升、陈爱莲又是一丝不苟地按仪式进行着，丝毫不敢怠慢。团年饭开始前，先祭拜先祖，在堂屋的天地君亲师位前插香烧纸，跪拜祷告。田东升嘴唇翕合，念念有词，田家兴听不清具体念些什么，但他知道，爷老子一定是在祈祷风调雨顺，祈祷合作社万事顺利、财源滚滚，祈祷人们世代所希冀的人丁兴旺、国泰民安。然后田家兴在田东升的指引下，作为田家的香火继承人第一次正式隆重拜祭祖先。

小时候，田家兴总把这些烦琐仪式当作迷信，还偷偷取笑老人们的迂腐。现在，袅袅香烟中，许多已被遗忘的习俗被唤醒，田家兴感受到了一种一脉相承的烟火气息，一种从未割断过的乡土情结，也有了发自内心的庄重。田家兴想，生活中仪式感的重建，又何尝不是一种精神归宿的重建呢？那些漂泊在外的花凼村人，是不是也跟曾经的他一样，常常会有一种深深的失落感，被一种深深的乡愁缠绕呢？

在这历史的长河中，在追求幸福的路途上，故土上的每一个人虽然渺小，却都是不可分割的一分子。共同建设一个既能容得下肉身又能安顿灵魂的家园，是不是一个奢侈的梦想？不管怎样，这个奢侈的梦已经种下，他期待能开花、结果。

团年饭桌上，田东升高兴，又如当年一样，吆喝田家兴、田钰慧两口子陪他喝酒。他从王母娘娘的洗脚水讲到黑白无常，逗得两个外孙哈哈大笑，这下他终于有了对他感兴趣的听众。

吃了饭，全家一起看春节联欢晚会。夜渐深，田家兴抽身站到屋外，举目四望，幸福河两岸的房子比平日多了许多灯光，只是无星无月，仍旧让人觉得黑幕沉沉。也许是因为没有了龙灯、花鼓，所以即使在除夕，乡村的夜晚也让人觉得冷清。田家兴忽然就想起了娟子，如果娟子在，她一定会在这时唱一个《送恭喜》送给他的。田家兴仿佛看到娟子舞着水袖，活泼泼扭着身段，热闹闹地唱起：

进了呃宝殿哪一呀张个子门哎
你到他家做呀什么哎
我到他家来呀送红呀
送的是什么子红呀
送的是招牌底子红呀
红啊是个子红呀
彤啊是个子彤呀
千年呃宝典呀万哪年红呀
……

不知什么时候，陈爱莲默默地站在了儿子身边好一阵。陈爱莲才说："崽伢，娟子是个好姑娘，可她也不希望你一辈子打单身吧。"

田家兴没有作声，他不知如何回答。娘自始至终无条件支持他，坚韧隐忍，是这片土地上最宽厚最无私的娘。可他却不能满足娘那最基本的愿望，他总觉得娟子一直在他的身边陪伴着，从未远离过。

"哟嗬，还晓得除夕观天象这个老套路呀。"田东升不知什么时候也出来了，打破了母子之间略显沉重的气氛。

"爷老子，你来看看，看看天象如何。"田家兴连忙说道。

"按老班子的讲法，除夕夜是越黑越好，平风息浪预示着新的一年五谷丰登。我看今天这个天气，正正相合，好天气，好兆头！哈哈哈……"

"爷老子，话讲得好！样样就您老懂。"姐姐田钰慧和姐夫谭红兵也出来了，笑着问，"您老今天是早点去'放帐''挖窖'呢，还是跟我们一起守岁？"

"还是我老家伙守久点，你们年轻人早点'放帐''挖窖'吧。"

两个外孙跟在后面，问："外公外公，什么是'挖窖'，什么是'放帐'？"

"'挖窖'就是挖金窖，'放帐'就是放利钱撒。"田东升嘿嘿地笑。这些细伢子听不懂，他们当然不晓得，花卤村在守岁时不讲睡觉，讲挖窖，不讲放蚊帐，讲放帐，都是祖宗流传下来的习俗，图个吉利。

29

正月初四这天，屋外忽然传来一阵唢呐声。田家兴心头一震，以为村里又开始舞龙灯、唱花鼓了，跑出去一看究竟。陈爱莲连忙阻止道：“进来进来，新年大节的，莫去乱看，没什么好看的。这是你亮东叔给地球讨阴亲。因女方父母正月就要出去打工，所以就趁着这几天把事办了。”

“啊！？讨阴亲！现在还有这种事？”田家兴头皮一阵发麻，觉得简直太不可思议了。

“唉，这是你亮东叔的心病，总想着地球年纪轻轻就死了，孤魂野鬼一个，到那边也没得个照应的，就张罗着给他讨一门阴亲。本来，他大崽海洋蛮生气，坚决不同意，说他一阵风就能刮倒了，还不消停，再说亚洲都还没讨亲呢。阴间那么好，那他也去阴间算了。可田亮东死活不听，说要是不在阴间给地球讨个堂客，那他就去阴间陪地球。他这样横霸蛮闹着，硬是逼海洋和亚洲一人出了几千块钱，给地球讨了个阴妻回来。这个死了的女子是胜利村的，说是在外面打工上夜班猝死。年纪轻轻就猝死，造孽呀！”

外面的唢呐明明是讨亲吹的喜曲，田家兴却听得心惊不已，背脊一阵阵发冷。唢呐声停息了，田家兴脑子里还是那赶不走的余音。田家兴觉得胸口闷，又从屋里走出来，四处张望着。虽然还只是初四，但路上不少青壮年大包小包准备返城务工了。短短的相聚后，老人颤颤巍巍抹泪相送，细伢撕心裂肺哭喊追赶，他们依然不得不狠心甩开孩子，随他们在后面追上一里地，就此一别半载一年。哭哑了的孩子被老人强行拉回去，不知又要多少天才能重新适应。

田家兴胸口一直堵得慌。下午，他实在是待不住了，提了些拜年礼，去贺千岁家。田家兴扯起腿巴子，没五分钟就到了。一进门，先给贺老爷子拜年，又给贺千岁的崽伢塞压岁红包。玲花已经生了一个胖毛毛，出月了。田家兴逗着眼睛溜圆的胖毛毛问道："取名了没？"

"还没娶大名，千岁取了个小名，叫豌豆。你看这取的什么名字。"玲花嗔道。

"蛮好撒，千岁这人灵心，取名字也会取，叫豌豆几多有味。再说，我们这里流行这样，取名时想到什么就叫什么，我小时就叫板凳呢，叫起来简单，带起来好带。还是贺老爷子好，三世同堂，这下天天儿孙绕膝，可尽享天伦之乐了。"

"那是，那是，千岁回来了后，我过了两年好日子。头几年，天天挂着他，不晓得他在哪里风餐露宿，我一宿宿地睡不着觉。如今，天天在眼前晃，我那颗心就端端正正地摆在肚子里。家兴啊，你也回来了，这下好了，你爷老子娘老子也该过几年好日子了。"贺国立一脸欢喜，说话反比过去的中气更足。玲花张罗着拿瓜子糖果，烧甜酒，看起来很是贤惠。

田家兴坐下和贺千岁烤火喝甜酒，没讲三句话，就自然而然讲起了合作社运营事宜。贺千岁说："这个过了十五就要加紧申请去年购置农机具的补助，还有就是稻种和育秧的工作，良种以及育秧都有补贴，按田亩算。"

"嗯，是的，到时我们加紧去办。千岁，我有一件事，找你商量下。我想留住一些青壮年跟我们一起搞农业，反正我们也要用人，你看，育秧、施肥、植保、灌溉等等，哪里都需要人工的。千余亩田土的管理和人工一定要跟上来，有效的管理才能出效益。"

"可以呀，我同你一起去。我看你不只是留人干事，也有为村里留守老人和儿童考虑的一方面吧？"

"我就知道你懂的，呵呵，只是不晓得能留几个喔。"田家兴有些担忧。

"尽能力试试看吧。"

"关于管理问题，我这几天一直在琢磨，我想每一百亩地聘请一个片区经理、

一个副经理，分片区经营，由我们调度协调。这个片区经理得有精力有能力懂管理的青壮年担任，除下种、育秧、播种、收割统一进行外，片区其他环节包括请人都由他负责，随时向我们汇报。片区经理每月按固定工资计酬，做得好的，还有年终奖，各类不定时的人工按天或按周计酬，怎么样？”田家兴就管理问题提出自己的想法。

“嗯，看来你这过年过得不踏实呀，这几天没少琢磨吧？哈哈……”

“兄弟，要做就要做出名堂来，再说投入的都是钱，这可跟在刀尖上跳舞差不多呀。”田家兴笑道。

两人聊着，直到玲花来喊他们来吃晚饭，才发现，窗外的天早已漆黑一片。

30

正月的气温一直比较低，天空中不时飘着丝丝的雪花。田家兴和贺千岁也顾不得围炉烤火，提着拜年的礼品，走东家串西家，家长里短地扯。

扯开了，生活里大大小小悲悲喜喜的事就拉开了闸。家家都有人在外漂，儿女漂爷娘挂牵；爷娘漂，细伢子想得直哭；堂客漂，男人在屋里拿钱不当数，只管打牌，细伢子也管不好；男人漂，堂客心里空荡荡，怕他在外头又跟了哪个姘头。吃四方饭，在城里走，没几个能真正安下身来，总之，家家都有本难念的经。何哩搞？

田家兴慢慢地引导，拿千岁做样子，讲起在屋里的好处。两人当了几天巧舌妇，没想真留下了一些人。

田亮东的二儿子亚洲入了社，他说老在外漂，厌倦了，连地球都结了阴亲，他却连个固定的堂客都没找到。当然，地球的事也让他灰了心。他想在屋门前试试水，能赚钱又能照看爷娘就最好了，爷娘其实也蛮可怜的。大哥海洋还是继续打工，他有两个细伢子要养，一天没赚钱心里就慌，不敢冒险。

在外当了多年保安的田建国也决定不出去了。冬花婶子这下喜笑颜开，老夫老妻分开了近二十年，终于可以互相有个照应。

田家兴姐姐田钰慧也没再打算出去，弟弟弄了这么个大摊子，她田钰慧哪有不帮忙照看的理。田钰慧刀子嘴豆腐心，跟陈爱莲一样，对田家兴呵护有加，事事替他操心。姐夫谭红兵也有事做了。田家兴准备让他担任片区经理兼农机手，这样，他就不用愁腿脚受伤找不到事做。两口子都留在屋里，两个外甥高兴得不得了，因为可以天天看到爸爸和妈妈了。

还有一个后生伢子，是主动来找田家兴的，他就是支书彭太安的细崽彭志明。彭志明大专毕业后，一直在深圳打工。他学的计算机专业，学这专业的多如牛毛，文凭也没什么竞争力，所以找份好工作难，工资也就是月光光。他和一个河南妹子谈了三四年的恋爱，最终两人还是没跨过婚姻的门槛。彭志明在深圳买房短期内不可能，长期也无计划，妹子一气之下劈了腿，跟了一个城里有房但脑门都秃了的男人。那男人跟彭志明的帅气模样比，那简直是癞蛤蟆比青蛙王子，他都不晓得他那女朋友如何下得了口。一句话，城里的癞蛤蟆都比农村的青蛙王子值钱，几年的恋爱喊结束就结束了。受了情伤的彭志明赌气说："我就在这里孤独终老。"他执意要和田家兴他们一起种田，不再去那伤了他心的城市。

彭太安本来希望彭志明考县里的公务员，拿个铁饭碗。如今崽伢有自己的志向，想着也不是坏事，经受得世间的苦，才能真正成人。

留下来的都是有故事的，没几个打心里喜欢农村，大多数人还是羡慕城里。田家兴想，如果把这农业产业做大做强了，大家在家门口有钱赚，生活有奔头，还有了对家乡的自豪感，自然而然就不羡慕了。不管怎么样，这么一招兵买马，留人拉人，田家兴和贺千岁还真拉起了一支队伍。十个片区经理和副经理，都已安排好了人选。

出正月，清江县农业局就下了一个培训通知，将组织为期一周的乡村振兴产业开发暨有机水稻种植技术培训班，欢迎广大农民参加。田家兴正中下怀，率各片区经理和副经理们去学技术。这可是一个高端的技术培训班，授课的都是专家，而且内容针对性强，干货多。多好的机会！田家兴心想，这简直是无缝对接，刚拉下一支队伍，培训的机会就来了。不学心不明，扎扎实实学一周，大家心里对搞农业产业有了个谱，对生态有机水稻种植技术也有了不少了解。

学习期间，农业局夏局长特意来找田家兴，拍着田家兴的背问："家兴，合作社干得怎么样？目前还有什么困难么？"

“呵呵，夏局长，我现在是摸着石头过河——摸一步走一步，也是花姑娘上轿——头一回啊。虽说我是一个学农的，但做农业产业化还是生手。我留下来的这些青壮年，是好久没摸过锄头把了，对于现代种植技术更不熟悉，亏得你们组织了这么一个培训班，真的是及时雨！”

“只要你们想学,这个培训多得是。现在作田跟过去确实不同了,面积这么大,技术上是要把好关。这样，我等会儿安排两个农业专家与你们签对口技术服务承诺书，这是我们今年推出的一项产业技术扶贫活动，不用出钱的。年中，我们还有‘培训大篷车’下乡。不要有太多包袱，只要勤学苦干，再加上稳打稳扎，就不会出大问题。”

“那敢情好，还有一个问题，大额贷款若能解决，我们的手脚才能放得更开。”

“至于贷款，我会关注这个事，看今年有没有新政策对接。你们是我们单位对口扶贫点的第一个上规模大户，我们会尽最大努力扶你们上马的。你们自己要吃透政策，运用好政策。”

“那一定的，国家对农业的扶持力度那是空前的，各个环节都有惠农补助，这都是在为我们保驾护航呀。”

“那当然，不要小看你们所从事的事业，做一个好的种粮大户，不仅是造福当地，也是保家卫国。”

“呵，您这帽子戴得，弄得我战战兢兢了。”田家兴呵呵笑着。

“你是读过书的，道理你应该比我明白。只有确保谷物基本自给、口粮绝对安全，才能保持社会大局稳定，不被某些国家牵着鼻子走呀。中国人的饭碗要牢牢端在自己手上，碗里装的得是中国粮！你就好好干吧，舞台大着呢。”夏永良重重地拍了下田家兴的肩膀。

“您这一席话，真是醍醐灌顶呀，受益匪浅，受益匪浅！”田家兴频频点头。

“少来这套,假谦虚！”夏永良哈哈大笑,田家兴也笑着摸了摸头。道理他懂，但经夏永良这么一提醒，田家兴感受到的不仅是好政策，还有沉甸甸的责任。

31

阳春三月，花凼村成了真正的花凼。田间陌上，房前屋后，杏花、桃花次第开放。更为壮观的是，上千亩紫云英热烈绽放，田野奏响了春天的乐章，又一次迸发出它永不熄灭的勃勃生机。只有土地才是永恒的！田家兴走在故乡的花海里，感受万物的力与美，内心也跟着饱满、湿润、昂扬。

贺千岁说："家兴你厉害啊，一回来，就恢复了这种十来年难得一见的美景。这之前，哪有这么成片成片红艳艳的紫云英？这些年，婆婆老倌们作田力不从心，对土地也没那么细致，大家都不像过去一样种绿肥、施粪肥、烧草木灰了。化肥一施就长苗，多省事！"

"这个不行啊，长期施化肥，土壤板结、地力下降，长出来的米又能好到哪里去？我们花凼绿色生态农业合作社绝不能这么做。再说，政府看到了这个弊端，免费发放红花籽，种植绿肥还按田亩进行补助。你说，这有利于自己有利于子孙后代的好事干吗不做，那不是脑壳被门挤了嘛。"田家兴笑道。

"行，行，你脑壳活，弄得我脑壳好像被门挤了一样。来，来，你看我制作的视频和配文怎么样？"贺千岁把手机递过来。

田家兴和贺千岁策划注册了花凼绿色生态农业合作社的微信公众号、同步抖音号和短视频，同步网络传播平台均取名为“归田记”。这几天，他们趁着阳春三月美不胜收的风光，拍了不少帧唯美画面进行上传。几大平台短短几天就涨了不少粉，贺千岁称他们为田园粉。

田家兴认真欣赏起贺千岁制作的视频。视频不长，先是用广角镜头缓缓移动，呈现出晨曦照耀下的田野、浪漫的紫云英花海，然后镜头慢慢推进，给娇艳欲滴的花朵、草尖上颤动的露珠、湿润松软的泥土等来上近距离特写。随着镜头的推进，视频中配上文字以及画外音：回到故乡，走在金色晨光下一望无垠的田野，清风拂面而来，露水沾人衣袖。身旁，紫云英铺展开去，红色的云海一直蔓延到天边。这时候，我们才真正感受到，紫云英遍生的土地，才是记忆中那片纯净的土地。纯净的土地生长出纯净的粮食，喂养我们的身体，也将喂养我们的灵魂。

“好景好文！千岁，能文能武呀！”田家兴赞道，“这不仅是一种真实情感的表达，也是一种有效的文化营销，也许短期看不到效益，但只要坚持，就一定会有意想不到的收获！”

“那是，农民诗人可不是白叫的。”贺千岁得瑟道，他自己也挺满意今天的作品。

“这是素材好，没素材，你拍个试试。”田家兴看他那得瑟样，故意抬起杠。

“材料好也要厨师过硬，以前玩微博，也不是白玩的。这些天，我可天天琢磨怎么让我们的网络平台吸引更多的粉丝呢。今天平台的点击量有多少知道不？”

“我看看，哇，仅抖音号就有上万！牛呀，视听盛宴呀！这厨师过硬！千岁，我看你是准备做贺子柒呀，将我们的农村的美景、美物、美文化传播出去。”

“贺子柒就贺子柒，你敢叫，我就敢应，将来我要比李子柒还红，我要让我们花凼火到国外去。”贺千岁毫不谦虚。

“等着吧，会有那一天的，贺子柒，加油！哈哈……”田家兴大笑。

田东升之前微信都不用，也不是特别能理解田家兴的一些做法，但他无论如何都得支持崽伢的事业。“归田记”传播平台一有更新，他就在花凼的新闻集散地——孝义桥边的小卖部进行现场播放。大家看了，纷纷惊奇道：

“我们花凼这么个乡巴佬地方，拍到手机里还蛮好看。”

“是的哦，他们这么一搞，比电视里放的不得差。”

“那是，花凼拍出来也不掉价。”

但田东升还是觉得“归田记”这个名字取得不太高明，忍不住向自己崽伢“吐槽”:“‘归田记’是个么子意思？不好听,叫个‘兴富隆’,或者叫‘益兴发’,响亮，红火，不好些么？”

亚洲也说：“省里有个金泰米业，在全国都有名，要不我们取个近似的，‘鑫泰’怎么样？”

田家兴哭笑不得，老老少少都没理解他取这名的含义。事情要做得长远，就得灌输长远的理念。于是，他就取名的事专门开了个小会。

“大家的意愿都很好，反映了大家都想过红火日子。但我的想法是，我们的思路得朝前赶。这个名字不仅是公众号、抖音号名，还将成为合作社产业链的品牌名。是的，产业链！‘归田记’大米，还有‘归田记’花凼特色农产品，都将要走向全国，飞至海外。”田家兴顿了顿，问道，“野心大吗？”

“有点大。”员工们老老实实回答。

“现在是有点大，但将来不大，不想当将军的士兵不是好士兵，是不？我们要有梦想，国家都有梦，叫中国梦，我们也要有梦。”

“那你取这名是个什么梦？”志明饶有兴致地问道。

“千岁，你说说。”田家兴故意卖关子。

“美丽田园梦呗，别以为我不知道。陶渊明有首诗叫《归园田居》。这名字有文化味道，让人想到世外桃源。”

“我晓得，现在的人其实对田园生活蛮向往的，有一种网络小说，就是穿越到古代去作田，火得很。”志明也说道。

“志明和千岁想得都对。”田家兴微微笑道。

“都对，是什么意思？我看你嘴上是个好好先生，心里不准还有什么书袋子没掉出来呢。有什么说什么，让我们瞎吃什么‘奉承菜’。”千岁急了，他知道田家兴肯定还有话要讲。

“归田，归田记，我们取这个公众号名，不仅仅是陶渊明式的归园田居的美好向往，我们应该还有更高的使命。”

“哟，这么高大上！还使命！？”千岁笑道。

“回归原生态农业，回归美丽乡村，回归乡土文化，留住浓浓乡愁，呼唤更多的游子归来，实现乡村振兴！这就是我们的梦，我们的使命。”田家兴把自己的理想融入品牌名中，阐述道。

“哟，忧国忧民呀！想当范仲淹呀？”贺千岁故意揶揄道。

田家兴笑自己也说不清，最近的思维确实同以前不一样了，人一旦有了明确的目标和理想，便像是跨越了一条无形的界限，有了一种神圣感、使命感和力量感。

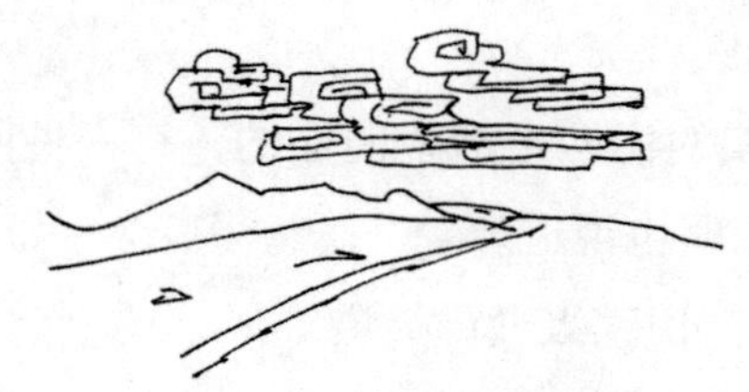

32

这天，田家兴带领一帮人小田改大田，修渠筑田塍，在田里忙到下午一点才回家吃饭。陈爱莲把饭菜端上桌，心疼地说："非要回来作田，找累呢，白面书生变成了黑雷公，唉，你看你。快吃饭，吃了饭睡个午觉。"

"嗯，娘老子做的菜就是香，我今天要吃三大碗。这段时间我把前些年没吃到的好菜都补回来了，再这么吃下去还不劳动的话，都要变成猪了。"田家兴笑着说。

田家兴拿起碗筷一阵狼吞虎咽，陈爱莲坐在一旁看着崽伢吃。她一会替他夹菜，一会替他倒茶，嘴里边唠唠叨叨地说："你呀，人在外边时，好些年不回来，娘这心啊，天天挂着，怕你受冻怕你受委屈，生怕你有个好歹。如今你回来了，娘天天看着你，高兴，想吃个啥，娘还有不给你做的理。只是娘这颗心啊，也没得放稳的时候，你铺开这么个大摊子，样样要操心，样样要自己做，这是何苦哟。你这样下去，什么时候能讨上堂客，生个细伢哟，都快四十了。"陈爱莲说着说着，就红了眼圈。田家兴看了，心里难受，忙安慰，说道："有娘在身边，几多好的日子，做点事，松泛下筋骨，没事的。你看我，身体比过去壮实多了。"

两娘崽正一搭没一搭地说着，这时外面一阵鬼叫鬼喊：

“打架了，打架了……东升叔，家兴，操家伙！”

田家兴跑出去一看，原来是亚洲手上操着一根木棍，急匆匆跑来，口里还在喊：“家兴哥，快操家伙，牛虎初带着人闹事，好嚣张……”

田东升本来在睡午觉，一听外边吵闹，打了个挺，就起来了。听清了亚洲的话，他骂道：“我就晓得，牛家那帮狗崽子迟早要找‘丫杈’（找茬）的。走，还问么子，操点家伙在手里，莫呷了他们的亏，这帮狗娘养的什么事都做得出。”

田东升顺手就拿把锹递给田家兴，田家兴接了，又把锹放下。“爷老子，莫急，问清再说。”他一把拉住亚洲，“怎么回事？”

“你去看就晓得。千岁他们还在那里呢。”

陈爱莲忙追出来嘱咐：“要稳哒，莫发躁气喔，要记住教训啦。”

一行人边急走边听亚洲讲起因。贺千岁安排亚洲把村里原本的一条水渠修缮一下，还要他在中间引出一段，通往合作社的一块稻田。谁知，牛虎初说那条水渠是他们牛家修的，不经他允许不许动，也不许改道引水。千岁跟他们讲道理，说绝对不碰靠牛家稻田的那边，只在另一边加宽一点，清干净淤泥杂物，让水渠灌溉量增大一些。

“这不是好事么？他牛家不也受益么？”

“是啊，牛虎初不干呀，明摆着就是找茬呀。”

“牛虎初不是在外边么，怎么又回来了？”

“这段时间回来的，还是原来那个搞黑社会的样子，死性不改。千岁见势不妙，叫我多喊点人去，怕吃亏。”

田家兴他们一路小跑，赶了过去，只见牛虎初带着几个二流子横在千岁、志明面前。牛虎初叼着雪茄，甩头甩脑，手指来指去，蛮横地说：“你们一个矮驼子、一个狗腿子还想跟老子斗是吧，想找死不？”

千岁、志明气得发抖，已是忍无可忍。田家兴连忙站到千岁前面，不紧不慢地对牛虎初说：“你有什么事跟我说。”

“哟嗬，这不是那个差点呷牢饭的大学生么？哼，出息了，喝了几滴墨水，装大尾巴狼了。当年要不是我妹那个蠢货，还有你现在这人模狗样？跟你说是吧，你算老几？老子没什么事，老子讲不准挖就不准挖，不准在这里引水。这条渠是我牛家的。”牛虎初盛气凌人，他整个就是一个圆球，满脸横肉。田家兴攥紧了拳头，但隐忍克制着。

“那水渠是公家的，又不去动你们牛家的田，你牛家有什么资格阻拦。”田东升哪里忍得住，大声理论道，胡子都气得抖了起来。

“那就是我家的渠，我爷爷说的，你不信，去地底下问问他。”牛虎初歪着头，咧嘴笑，不拿正眼瞧田东升。

“问你爷爷怕少了，你还要问问我爷老子，看到底是哪个修的。这都是祖宗留下来的，不是哪个的。你不要无法无天。”田东升嚷道。

牛虎初鄙夷地瞟了瞟，冷笑道：“那又何哩？老家伙，无法无天又何哩？有本事来打一架？”

一众人没想到这牛虎初这般蛮不讲理，比当年他爷老子有过之而无不及。田东升举起手里的铁锹，就要往前扑。田家兴连忙拖住，同时止住了大家再上前，不动声色地说道：“那不挖就不挖吧，我们另外想办法。”田东升喊大家拿了工具离开。牛虎初那边几个摇头晃脑，打着口哨：“怂包！”

一路上，田东升肺都气炸了，咒骂道：“牛虎初那个狗崽子，那就是个黑社会！”

贺千岁也不理解，说道:“家兴，怎么能轻易就由着他们胡闹呢，以后不得了。”

田家兴说：“你没见他们纯粹是故意惹事的么？这架一打起来，就收不得场，打架没有赢家，只会使事情更糟。村里这种姓氏争斗再不平息，发展也受限制。我们另外想办法吧，从其他地方引水渠过来，尽量不激化矛盾。还有，不要与垃圾人争斗，垃圾人自然有人收拾，犯不着我们去犯险。”

其实，田家兴刚刚看到牛虎初嚣张的样子，恨不得冲上去跟他干一架。可是，他知道，娟子那么善良，如果她在，绝对不想两家再起冲突。毕竟，牛家对她有养育之恩。再说，逞匹夫之勇确实没用，当年的教训还不深刻么？

贺千岁总觉得牛虎初突然出现有蹊跷，便留意起牛虎初这段时间的动静。果然，牛虎初有动作，正大张旗鼓地准备建立一个大富稻业合作社。他带着一帮人在村里四处游说，宣称他出的租金比田家兴这边每亩高出一百元。而且他们还在村民中间集资入股，鼓吹无论合作社盈亏，都保证股金年底三分利息分红。

“三分利息，这么高，捡金子啊，这为了跟我们合作社唱对台戏不择手段呀！”贺千岁气愤地道。

花凼村不少村民被高利息吸引，头脑开始兴奋，就想着鸡生蛋，蛋生鸡。一时间村里都在议论这个事，有部分人已经凑钱入股大富稻业合作社了。也有一些入了田家兴他们合作社的乡亲，话里话外有了退社退租的意思。

田家兴深感花凼契约意识太薄弱，目光短浅，实在是让人无奈。田家兴越来越体会到，办好合作社、带领大家致富，真个是任重道远啊。

33

花凼村的田野稻浪连天，翻滚着绿色的希望。田家兴屁股没沾过凳，分工管理、禾苗长势，无一不牵扯着他的心。田家兴有时也苦笑，这哪里是陶渊明的“既耕且已种，时还读我书”，这是五月禾苗秀，田家人倍忙。看来，要打造一片盛世桃源，还不知要当多久的苦行僧。

田家兴和爷老子田东升走在稻浪中间，一前一后巡田，像两个移动的黑点。

这时的稻子，已经抽出了稚嫩的谷穗，但大部分的稻禾，还处于大肚子状态。田东升拨开稻禾，指给田家兴看，说:“一头粗，一头尖细，粗的这头，肚里有了货。不要灌水了，要‘搁田’，田土干了、硬了，稻秆才会壮，到双抢时，才不会倒伏。”田东升絮絮叨叨，把他这老农的经验一点点传授给崽伢。

“好呢，我会嘱咐大家，不要再灌水了。”田家兴头点得像啄米，几千年流传下来的农耕文化，那不是盖的。

出自农业专业高才生的敏感，田家兴在一块稻田前停下来，拨开稻禾，仔细查看。他愣了一下，看到了叶部有常人不易察觉的斑。他没有向田东升声张，只是拍下照片，发给省农科所的同学。同学马上回复 :“纹枯病，及早防治！”

稻禾得纹枯病，就同人感冒一样，常见，难防。病菌一萌动，入侵稻苗，先在叶部形成病斑，然后生出菌丝，四处蔓延。若菌核多次发作，随水漂流，极易重复感染。如不用药的话，就全靠稻子自身的抗病能力了。

田家兴立马电话通知各片区经理，放水干田。然而，这时候，本就是雨季，太阳和雨水轮番上，湿度和温度还是让纹枯病肆无忌惮地漫延开来。加之未施化肥，肥力跟不上，稻禾抵抗纹枯病的能力也弱了许多。

“用农药、施化肥！再不用，就要减产了，搞不好会绝收！”所有人都在劝。

田家兴平常性格温和，然对于他所坚持的理念却固执到常人无法理解。谁劝都没用，他的观点是:“现在好像不打农药、化肥农民就不会作田了。他们不晓得，没有农药和化肥这些东西出来前，中国的稻谷已经长了几千年。长期泛滥使用化学性农药和化肥，导致农村土地肥力下降、抗敌能力下降、对农药化肥的依赖性增强。就像打抗生素太多的人体一样，对抗生素的依赖也会越来越强。现代农业对农药化肥太依赖了，不来个壮士断腕的话，是难成就真正的绿色生态农业的。”

田东升哪里管他什么壮士不壮士，急得直跳脚，喊：“你这个化生子，打药，快打药。”

“跟你做这蠢事，真是背了时，你再这么下去，让我和你姐夫喝西北风呀。”姐姐田钰慧这个冲天炮自然也少不了发火。可是，她自己向自家弟弟发火可以，但她男人谭红兵说不得，谭红兵一埋怨田家兴，田钰慧就会维护自己的弟弟，这样你一句我一句，两口子在田里打起架来。谭红兵一冲气，就撂挑子，回了自己家。陈爱莲急得没法，深一脚浅一脚追了女婿去，好说歹说地把他请回来，说年底要是田家兴没给他发工资，做娘的给他发。

这自己家里人闹还好，打架打上天，也还是要维护自家人，可其他人不会这样。社员都有了意见：“这不是拿着我们的田乱搞吗？你亏得短裤蒂根都没了，我们的租金、分红从哪里来？你再这样，我们就要退社退租。”

“读书先生不当，办公室不坐，当泥腿子，晒成了个黑雷公。”

“不打化肥、不打农药，学雷锋把禾拿得虫吧，有产量才怪，到时莫真的短裤蒂根都赔掉了，害我们跟着背时。”

“绿肥是现成的，那还好说，但额外还要下菜饼，下猪牛粪，这不是多出来的成本么？”

“还搞什么诱捕器、杀虫灯，怕是细伢子玩过家家哟。蠢子才这样搞，书读

多了，书生气呢。”

毕竟是搞合作社，田土都是大家的，贺千岁本来坚决站田家兴这边的，闲话多了，他也没有了主意。

田东升觉得老脸丢尽，心里也越发着急，嘴角生了泡。他不管三七二十一，自己掏钱买了纹枯灵来，兑水调配好，背起喷雾器，往田里走。崽不听，他自己动手，他不能看着崽投入的钱打水漂。可是田家兴挡住了爷老子，恳求道：“爷，再坚持一阵，我和千岁对外宣传绿色生态农业，无任何化学污染农药残留，这一打药，不是自己打自己的嘴巴子么？”

“蠢厮！”田东升来了火，一把掀开田家兴，田家兴没站稳，倒在了水沟里，成了一个落汤鸡。田家兴狼狈地爬上来，又拖住了田东升背上的喷雾器：“爷老子，再等等，我会想办法的。”

田东升又一掀，喷雾器脱了下来，滚到了水渠里。田东升气不打一处来，反手一个耳光，骂道：“你就是个冤孽，放着好好的日子不过，硬要回来当泥腿子。你何苦，蠢得像只猪，你要是赔进去了，怎么翻身，你娘操你的心操一世了，你就不能让她省点心？！”田东升跺着脚，怒气冲冲地走了，眼不见为净！

田家兴脸上瞬时五条红印，他捂着火辣辣的脸，一屁股坐在田埂上，抱头叹道：“何苦？！”

34

田家兴一身泥水，坐在田埂上。头上脸上都沾满了泥，打着赤脚，裤脚挽得一头高一头矮，黑、瘦、胡子拉碴，这形象，连田家兴自己都不敢与年前的自己联系起来了。田家兴沮丧极了。

“家兴。”贺千岁走了过来，拍了拍田家兴肩膀，递了支烟给田家兴，蹲了下来。田家兴已经开始学会抽烟了，事多，压力大，抽几根解乏也解解压。两人勾着头，一口接一口抽。

贺千岁支支吾吾道：“要不打药吧，农科所的人说，生态农药可以打的。理想很丰满，现实确实骨感，完全不施农药，可能我们还是狂妄了点。”

“千岁，让我静一静，想一想。”

田家兴也有些迷惘，脑壳里翻来覆去地想：打药，保产量？还是不打……不打的结果会是什么？亏了怎么办？运营资金哪里来，而且还有这么多人指望着有分红呢……这么多田，租金就是好几十万啊。难道想做纯粹的绿色生态农业就这么难吗？完全没有可能吗？

田家兴勾头一根接一根抽烟，得不出结果。

“家兴，遭到难事了吧？”谷清嗲嗲那总是波澜不惊的声音在耳边响起，他什么时候来的，田家兴一点都不知道。

“谷清嗲嗲，你怎么在这儿？”

“我站好一阵了，眼睛都被你的烟熏瞎了。”

心地清净方为道，退步原来是向前。

田家兴站起来，拍拍屁股，屁股黏着湿泥，拍不掉。田家兴不好意思地说道：“我一点都没听见，您老莫怪我不敬。”

老少两人一前一后地在田埂上走着，就像是平原上的两个点。人在土地面前，渺小得跟个点有什么区别呢？田家兴问：“谷清嗲嗲，从小您老就爱教我读老书，手把手地教我学写毛笔字，您老就是我的启蒙老师。我从小就尊敬您，听您的话，您说，我现在是打药还是不打药？”

“伢子，这个我不能替你决定，你应该遵从你的心。”

“我的心不想打药不想施化肥不想打除草剂，我想实现纯粹的绿色生态农业。如果我现在放弃了，就前功尽弃了。他们都说我蠢，我也觉得我又蠢又固执，本事不大，心气还高。”

“蠢不蠢的，也不好说。农药和化肥那就是孪生兄弟，用化肥，就会要用农药，用了农药，就要用化肥，害处益处一锅端了，就只能听化肥农药的使唤了。孔夫子说，天何言哉？四时行焉。这些土里长的庄稼，都有本来的次序。你现在是要把次序恢复过来，不让老百姓呷带农药化肥的粮食，这是造福千秋万代的好事。”

“谷清嗲嗲，您老就是个百事通，样样都晓得。可是我惭愧呀，一事无成，让我爷娘跟着受累，让大家失望。”田家兴被谷清嗲嗲这么一安慰，心里又感动又难过。

“伢子，跟着自己的心走，莫怕，你好好想想，自己拿主意。我先走一步，去找下满妹叽，不晓得他又到哪耍去了。”谷清嗲嗲这么多年，带着这个蠢子崽，不气不恼，苦乐不惊地生活着。田家兴一直觉得谷清嗲嗲身上有种特别的味道，那叫什么？对，精神，谷清嗲嗲身上有种许多人都没有的精神。

谷清嗲嗲边走边摇头晃脑地唱诵：

手把青秧，插满田呃——
低头便见，水中天。
心地清净，方为道哟——
退步原来是向前。

田家兴望着被纹枯病祸害得不成样子的稻田，喃喃念道：“心地清净方为道，退步原来是向前。”

35

已是午饭时分了，田家兴听到肚子放肆地唱着“空城计”，前胸已贴后背。他这才起来，昨晚只扒了几口饭，今早又忘了填肚子，哪有不饿的理。但刚还灰头土脸的田家兴神色坚定了许多。

回到家，田家兴见爷老子黑着脸坐在堂屋里。

田家兴走进去，小心翼翼地赔笑：“爷老子，吃饭了没？”

“气饱了！”田东升甩脸子过来。

“老家伙，好生讲，崽压力够大了。”陈爱莲拿着锅铲出来，她怕田东升又发火，出来嘱咐一下。

田家兴心里头难受，心疼爷娘跟着他受苦了。

“莫在这里勾脑壳了，去灵官镇买辣椒，煎辣椒水治纹枯病！”平地响了一声春雷。

“爷老子你莫生气了，你刚才讲子么呢？”田家兴笑嘻嘻地站起来，讨好地问。

“你是活祖宗，我前世欠你的。你爷爷那时，稻禾遭纹枯病害，没钱买药，就用辣椒煎水，做药喷，蛮有用。”

“真的？果然是作田有一老，当得有个宝。我说嘛，几千年的农耕传统了，怎么会没办法。还是我爷老子厉害！”田家兴拍马屁。

“少敬奉承菜我吃，你们快点开车去买干辣椒，我去支锅。”

“支什么锅？”

“蠢厮，这么多田，不砌几个土灶，支几口大锅煎，还能灭得倒纹枯病呀。”田东升仍没好气。

“好，好，好，我们赶快去买。”

田家兴连饭都没顾得上吃，喊上贺千岁，就往灵官镇奔。等他们买了几麻袋辣椒回来时，田东升已经在屋后菜园里砌好了三个土灶，灶上各架着一口口径一米多的大锅。这都是过去煮猪潲用的，不知他从哪家屋里翻了出来。

“煎辣椒水治田里的病，咯怕是步枪打飞机。”

“还有比你田东升更犟的，当真是你的崽。”

“到底爷还是犟不过崽！”

花凼村的人照旧是插科打诨，讥笑的有，关心的也有。田东升父子忙得脚不沾地，没空搭。辣椒水煎了不知有多少锅，员工没日没夜喷洒，人事是尽了，有效没效还得看天命。

老祖宗的法子流传下来，自然有流传的道理。纹枯病气势果然弱了不少，加之日头越来越强，温度越来越高，雨水渐少，田家兴放水干田，破坏滋生纹枯病的温床，纹枯病很明显被控制住。虽然被控制住，病害还是影响到了叶鞘和叶片，只是还没侵入主茎秆。所以，减产是肯定的了。没办法呀，交学费吧。

贺千岁把整个抗病过程进行了拍摄制作，同步上传到“归田记”公众号、抖音号、小视频。他们的水稻种植，竟然吸引了越来越多的人关注，一部分人骂作秀博眼球，但更多的人是抱着支持和赞赏的态度。有一个粉丝留言写道：

以虔诚的心灵种下一颗颗纯净的稻种，生根、发苗、拔节、抽穗，汲取阳光雨露自然精华。我们相信，这样生长出来的纯自然稻谷，会唤醒我们很多被丢弃的东西。相信你们，遵循自然之道，也必然会被自然所尊重和善待！

36

飙线了！稻穗从稻秆里破壁而出，淡青色，顶着细细的稻花，毛茸茸的，很可爱。飙完线，灌浆，灌完浆，结子，慢慢地，水稻就弯了腰。七月时，稻子黄了！花凼村被太阳的色彩主宰，阳光、稻子交相辉映，天地间一片辉煌。

田家兴和贺千岁之前没这么注意过，也从没像现在一样，觉得稻子的生长这么可爱，跟自己养的崽一样，恨不得抱在手里。田家兴也真真切切地感受到了什么是“粒粒皆辛苦”，这每一粒稻谷都饱含了这么多人的用心与劳累。他像爷爷和爷老子当年一样，掐了一根稻穗，把谷粒搓下来，数了数，一根稻穗 266 粒，超出预期。又换了几个地方，都只有 160 粒左右，纹枯病严重影响了产量。但是，多好的稻谷，纯天然呀！心里头也踏实、干净！田家兴把稻谷放嘴里嚼着，闭上眼睛回味那股甜香。

“敬土地神，佑风调雨顺，一方平安！敬土地神，保五谷丰登，颗粒归仓！”田东升在田埂上焚香跪拜，领众人祷告。

随着一声“开收喽——”，数台收割机插着鲜红的国旗，贺千岁、姐夫谭红兵、志明、亚洲等年轻机手齐头开进稻田，开始了花凼绿色生态农业合作社第一次夏收。机器轰鸣，稻子被“吃”进收割机滚筒，脱粒，自动过筛，清选，进入粮箱。

粮箱装满后，员工用板车将稻谷运送至水泥晒谷坪晾晒。陈爱莲、田钰慧领着几个堂客们，翻谷翻个没歇气。

“现代科技与传统农耕的完美结合！”田家兴打着赤脚，裤腿高挽，太阳晒着，汗下如雨，脸红如炭。但他浑然不觉，想象着如山的稻谷堆满仓库的情景，心里说不出的振奋。

中午时，稍早一点回了家的田家兴坐在饭桌子前等贺千岁他们一同来吃饭。第一天开收，陈爱莲准备了丰盛的饭菜，招待大家。

然左等右等，机手们都不见回。

田家兴拨了贺千岁电话，电话里，贺千岁沮丧地说：“唉，家兴，你刚走没多久，接连就出了问题，正要打你手机呢？”

“出什么问题了？”

“先是亚洲驾驶的收割机没油了，亚洲也没察觉，干烧着，被烧坏了。接着是建国叔的手被绞进出草口，情况糟得很。唉，都培训过的，还是犯这么些低级错误。”贺千岁声音听起来焦躁得很。

“这何得了哟！”田东升陈爱莲在一旁听了，急得跺脚又拍腿。

田家兴沉着问道：“别急，机子坏了，修就是，建国叔手怎么伤的，伤得重不？”

“收割机出草口有草堵住，建国叔用手去拉，结果手被绞了进去。你来看看吧。”

田家兴骑上摩托，往田里疾驰而去。

远远地，便看到一堆人围成一个圈，在那叫嚷着。田家兴走进去一看，田建国的右手血糊糊地，小指生生断了，只剩一张皮，彭志明正小心帮忙端着。田建国脸已经痛得扭曲了，豆大的汗往下掉。

田家兴见了，连忙去扶住田建国，痛心地说道：“建国叔，你受苦了。千岁，开车，送医院，别耽搁了。其他人赶快到我家去吃饭，亚洲，机子坏了，下午到农机维修站喊人修。”

田家兴和贺千岁顾不上吃饭，开车带着田建国，还有哭哭啼啼的冬花婶子往清江县人民医院奔。

冬花婶子边哭边念：“唉，怎么就这么背时哟，在外打了几十年的遛，好不容易回来了，这又把手伤成这样，都残废了。”

田家兴心里不好受，也只能先宽冬花婶子的心："冬花婶子，实在对不住。别急，没有大问题的，我们一定把建国叔的手治好。"

好在，田建国为人厚道，他反倒安慰田家兴："怪我，你千叮咛万嘱咐的，我还是忘了操作规程。"

送急诊，办住院，紧急手术，直到听医生说建国叔的手指已接上，只是需静养数日，田家兴和贺千岁才松缓了一口气。后半夜，两人倚着医院走廊的椅子草草休息了一阵。第二天早上安顿好建国叔治疗的后续事宜，又马不停蹄赶回花凼村。

家里边，田东升和陈爱莲一宿没睡。第一天收割就出事，老两口的心呀，提着揪着，唉声叹气一个晚上。农村人都讲个好兆头，第一天开局不利，这着实让他们惶恐得很。清早，他们就在堂前焚香祷告，求祖宗保佑。

正求着，田家兴、贺千岁进门来，披着一身的疲惫。见老两口这样，知道让他们忧心了，两人连忙笑着说："没事没事，小伤，也花不了几个钱，你们就把心好好放进肚子里。"两人着实累了，说完进卧室倒头就睡。陈爱莲叹了口气，默默地准备饭菜，好让他们醒来就有热饭菜吃。两人不敢多睡，打了个盹扒拉几口饭，立马往合作社走，得去安排工作。

37

六月无好风，七月无好雨。七月的雨说来就来，一来就是暴雨。本来这天上午还骄阳似火，到下午，天阴一阵阳一阵。田家兴感到又急又忙乱，隐隐地不安。

亚洲、志明等那些年轻人，因为多年没作田，又对操作机器不是特别熟，机子出问题，不懂得修理，时不时得喊师傅来修，误工又烧钱。同时，田家兴想着尽量给村里贫困户们安排事做，但是，贫困户多属老弱，劳动能力不强。田家兴不仅自己上阵，连带着田东升、陈爱莲也不得不加入进来，每天忙到深夜，累了个半死。田家兴没想到，关键时刻因为经验不足、对人工和机器设备的需求估算不准、设施不齐全，被弄得手忙脚乱，投入的成本也在不断攀升。

到傍晚，鸡迟迟不进笼，一团黑云衔着落日，要明不明，要暗不暗，天闷热得很。果然，到半夜，暴风雨就来了，瓢泼而至，足足浇了大半个夜。

一场暴风雨后，田里稻子倒了不少，接着便是连续的阴雨闷热天气。田家兴似乎还没反应过来，连续迎头而来的冷棍，使他之前的振奋心情跌到谷底，他不知道，这“学费”得交到什么时候。

雨时晴时下，雨歇的间隙，所有员工继续加紧收割余下的稻子，收上来的湿谷全堆在仓库地上。田家兴才知道，更大的危机才刚刚到来。这么多湿谷堆着，必然发热，没得几天，花大力气种出来的优质稻谷就会长芽子，投入的人力、物力、财力都会打水漂。

然而，天偏偏不放晴，完全没有机会晒谷，早先收回来的少部分湿谷已经开始冒芽子了。翻耕平田插晚稻也刻不容缓，田家兴急得头都大了，恨不得有三头六臂。谷在冒芽，人在忙乱，让人抓狂呀！

“老哥，脸都垮到肩膀上去了，哪个欠了你的钱么？”

夏永良带队来花凼村进行扶贫工作走访，准备迎接省检。走访完贫困户，他来到了田东升家，便看到田东升正垂丧着脸。

“遭了难呢，投进去一坨子钱怕会打水漂。”田东升欲哭无泪。

夏永良拍着他的肩膀问：“出了么子事，跟我讲讲撒。”

“哎哟，我也是急癫了，怎么忘记了你这个‘及时雨’，你一定要想办法拉我崽伢一把呀。”田东升不由分说拖着夏永良来到仓库，指着那堆成山的湿谷说：“你看看，急人不，这天就是不开脸啊。”

“千把亩的稻谷不是小数，要想办法烘干。”夏永良也急了。

田家兴得知夏局长到了他们的仓库，忙和贺千岁紧跑慢跑地赶了过来。

夏永良看到这两个年轻人短短几个月时间就黑了瘦了不少，知道他们吃苦了。他也知道田家兴是个有情怀的年轻人，在整个种植过程中，都遵循着有机生态的原则。种出这些稻谷不容易，谷确实是好谷啊，损失了就太可惜了。搞农业不容易，那不是纸上谈兵一腔热血就能成的。尤其粮食生产不容易，变数太多，近几年，因天气原因亏损无以为继而弃租跑路的，或者纯粹为了套补贴的时有出现，这样的局面可说对地方对农户对县农业都是很大的损伤，绝不能让自己驻守的扶贫村也出现这样的局面！

夏永良沉吟了一阵，忽然想到一个办法。他抓了抓脑壳，喝了一口茶后，说：“你们租几辆货车，把湿谷全部运到清江县米厂，米厂的厂长是我同学，他们那有烘干机。我叫他优先帮你们进行烘干，这个面子他应该会卖的。”

田家兴、贺千岁一人抓住夏永良的一只手，千恩万谢。夏永良说：“别，别，先别谢，我还没打电话呢。”夏永良拿出手机给米厂厂长打电话，打着打着走远了去，可能是在那讨价还价。田家兴们屏声静气盼望夏永良打了电话回来有个好

答复。一个电话足足打了近半个小时，终于打完了，夏局长说："现在就运过去，一分钟都莫拖了，我已经打好了招呼。本来他们不同意，现在正是旺季，他们根本搞不赢。但我不管，横霸蛮了。你们只管运了去，他们加班加点给你们烘。"

"是啊，现在是搞不赢，我本来也联系了一个大户，想叫他给我烘干，可他那边趁机抬价，而且这种季节，他们自己有几千亩田的稻谷，根本搞不赢，还不能马上替我烘。我都快急死了，拖一天，就是一天的损失，背不起啊。"

"那快去快去。"夏永良催促。

田家兴立马雇车、搬粮，运送到米厂。这一天，又是不眠不休从白天到黑夜连轴转的一天。但能保住大部分谷子不发芽，大家已是谢天谢地了。

事后，田家兴和贺千岁向夏永良表示感谢，也倒了一肚子苦水。田家兴说："这次夏收真是把我们放在油锅里煎一样，团团转，经验不足，资金不足，设备和基础设施都还不齐，风险意识不强，抗风险能力弱，我们太轻敌了呀。"

夏永良拍拍他们的肩膀，鼓励道："创业难，起步更难，慢慢来，不要放弃，坚持就一定会胜利！"

38

花凼在秋天，别有风味，天显得更高更蓝更澄澈，大地则显得更宽更广更热烈。阳光像镕着金子，田野里也一片金黄，整个花凼村醉在一片金色的光辉中。

晚稻的收割还算顺利，陈爱莲领着花凼村的姑婶们晒了一两个多星期，干干爽爽地收进了仓库里。

贺千岁拍着视频，在“归田记”公众号推文中写道：花凼的秋天，阳光在浮动，稻浪在浮动，稻香也在浮动。在天地间自然生长的稻子，沉淀着阳光雨露的味道，这是大自然宝贵的馈赠！

一年的农事告了一个段落，是“秋后算账”的时候了。虽然心里早就知道，形势不容乐观，但细算起来，田家兴和贺千岁心里还是一阵一阵地拔凉拔凉。早稻纹枯病害，晚稻受稻蓟马害，加上稻谷发芽子，各种损失加起来，再算上前期仓库、设备等的投入，全年支出收入一结算，别说赚钱，倒亏一大截。

田家兴投资买了大米加工设备，自行加工大米。同时，花凼绿色生态农业合作社“归田记”大米品牌也成功注册。田家兴找设计师进行了专业的包装设计，分礼品装和家庭装。整个包装的设计，采用淡绿的色调，视觉清新，图案极简，显得朴素又雅致，传递一种绿色、纯天然的品质理念。

然而曲高和寡。生产纯天然有机大米，付出的成本高，产量暂时也比不上那些施农药化肥的，定价自然比一般的米贵。虽然贵有贵的道理，但消费者还是嫌贵。消费理念没跟得上，或者是信任度还没建立起来，消费者将信将疑。总之，除了公众号粉丝购买了部分，夏永良局长带着全局干部来买了一些，其他都囤在仓库里。多金贵的米啊，哪里去找这么纯净的米，可是没人要。田家兴只能对贺千岁强颜欢笑："玉在椟中求善价，钗于奁内待时飞。"

善价未到，这当口，本省一桩"镉大米事件"将本年的销路彻底截断，市场价格跌到地板下，地板下还有无底洞。镉大米事件的起由是本省几家米厂生产的米外销时被检测出镉超标，相继又有几家米厂被查出同样的问题。此事一出，在全国引起轩然大波。米是老百姓餐桌上必不可少的主食，老百姓对其关注度可想而知。这次事件，导致本地米业甚至整个粮食行业都受到波及，许多商家一听是本省大米，干脆拒之门外。这样一来，连"归田记"公众号、抖音号集下的回头客也都在观望。稻米压在仓库，农户的租金怎么付，员工工资怎么办，那些贫困户都指着这些钱过年呢。一年的投入得不到回报，明年何以为继？

创业好比针挑土，这真是一波三折，折又再折呀。可是不管怎样，哪怕亏了，最起码也得把租金和人工工资全付出去。可这两项加起来，好几十万，粮食卖不出去，手头钱也折腾完了，怎么办？

办公室里围满了人，都是催工钱和田亩租金的，贺千岁一个个装着烟，反复向大家解释。田钰慧端茶倒水，赔着笑脸。

田家兴心里惭愧呀，可一时无法，也只能跟着反复地说："叔、伯、婶，对不住了，请宽限些日子，我保证，会在年前把租金和工钱一分不少地送到你们手上。"

"你这伢子，亏我们那么相信你，现在，连个工钱和租金都讨不到手。"

"说你们就不是这块料，瞎折腾，搞不出什么名堂来的。趁早把置办的东西处理了，把工钱租金付了，留个脸面，到外头混去吧。"

"宽限些日子，多少日子？我们怎么知道，你说话算不算数。到时你卷铺盖走了人，我到哪去找，难不成找你爷娘要。到时我就不管什么邻舍不邻舍的了，就跟着你屋里爷娘过年。"

……

村民吵嚷着，七嘴八舌，吐出来的话中听也好，不中听也好，都得受着。田东升和陈爱莲站在一旁，把这些话全吞进肚腹里，自己的脸面先莫管，崽伢受的那份罪呀，让他们心揪得疼。

“我用我老田家的面子做担保，以我爷老子的名声做担保，我保证你们的工钱、租金一分都不少。”这时，站在一旁的田东升走了过来，对着大家拍胸脯说道。

“面子、名声值几个钱。”一个声音小声地道。田东升被噎得满脸通红，胡子抖着，做不得声。

爷娘不仅没享到福，还受他的牵累，田家兴恨不得自己捶自己一顿。他现在终于体会到，什么叫一分钱难死英雄汉。

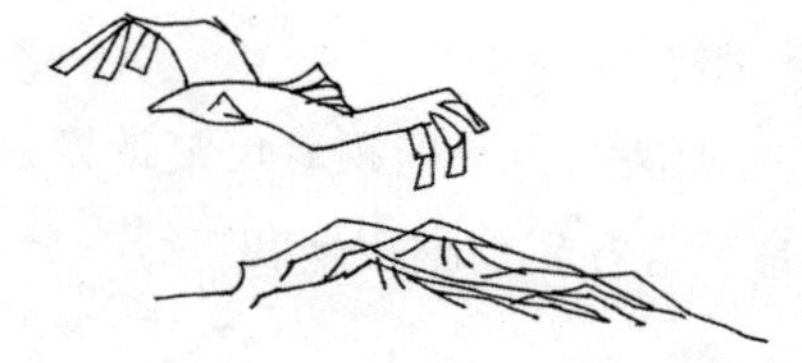

39

秋渐深了，收割后的田野空旷寂寥，灰色的天空，偶尔几只掉队的候鸟奋力追赶着，呼啸着凌空而过。那回声在天地间显得急促而苍凉。

田家兴每天都求着哆哆告着奶奶，向讨债的乡邻指天发誓，年前一定会把工资和租金还清，有时只差没跪下了，才暂时劝走了要钱的村民。

而同时，牛虎初的大富稻业合作社大张旗鼓地开张了。办公室就建在花凼绿色生态农业合作社办公室对面，隔了五百米的距离。

开张那天，到场的有清江县的三教九流。腰鼓队、电子器乐队把花凼村的天都掀翻了。最出奇的是一队穿三点式的女模特扬着纱巾，在田间陌上扭着屁股来回溜了好几趟。花凼村婆婆老倌们的眼珠子都瞪离了眼眶，亚洲、志明他们这些后生子哪里还能忍得住，只差脖子没抻断。

大富稻业搭了个高台，在铺满红毯的高台上当众预付半年田亩租金和集资款半年分红。这可以说是一重磅炸弹，刚租出去的田、刚入的股立马就兑现租金和分红，这真是大手笔，大气派啊！他们出的田亩租金比田家兴出的高出一百元一亩，领到租金的笑得嘴都合不拢了，分到红利的更好比发了外财。

这让花凼村的人们津津乐道好几天，说这排场一出来，两相一比，就显得田家兴他们去年的开张仪式忒寒酸了。从此，花凼村的人们对牛虎初奉若神人，谁见了都点头哈腰地喊牛总。有人说，牛虎初的合作社从政府那拿到了项目资金，资金雄厚。村民都认为牛虎初有能耐，上面有硬扎关系。他们一个个找到牛虎初要求入股，还唯恐牛虎初不带他们发财，送的送鸡蛋，捉的捉鸡，将一年或几年在外打工挣的钱悉数交到牛虎初手上。

田家兴总觉不对，什么生意收益这么大？生意这么好做？田家兴试着在背后劝一些村民，要摸清情况再投，挣几个钱也不容易，莫打了水漂。人家便说："你以为牛虎初只是作田呀，他在外面有门路，有关系，还做房地产生意呢，那还不来钱快？"

有的乡亲则当面不讲背后嘀咕："这个后生子书读多了，脑子不灵泛，在外混不活，跑回来作田也不行，要跟牛虎初学学。"都这样了，田家兴还能说什么呢？！

没多久，田家兴料想的事就来了。花凼绿色生态农业合作社的办公室又挤满了村民。

"退租退租，我们要退租！"

"家兴，我不入社了，叔想自己作算了。"

"家兴、千岁，我看你们还是算了吧，你们不会搞，作田不是好耍的，回城里去吧。"

田家兴当然知道他们收回去不是自己作，只是为了不伤他的面子这么说说罢了。虽说之前签有租赁合同，但田家兴觉得为这事跟乡邻去打官司没必要，就算官司打赢了也没多少用，乡里乡亲的莫反把关系闹僵了。

"行，要退租退社的，一律同意！"田家兴拉住正在说好话的千岁，让他不要再求情了。最后，合作社的田亩面积只剩下五百亩，而牛虎初那边租赁的土地面积直线飙升到两千余亩，面积扩展到了邻村。

田家兴情绪低落，一个人在田间机耕道上踯躅而行，满脑子想着怎么把钱凑起来。走着走着，猛地里撞到一个人，抬头一看，是牛虎初。真是冤家路窄！牛虎初戴着手指粗的金项链、叼着一根雪茄烟，戴副墨镜，摇晃着肥而油亮的光头。

田家兴没想到自己走路会撞到他，心里一阵厌恶涌出，扭头就要走开。没想

到牛虎初却左挡右挡，不让走。

“干什么？让开！”田家兴面无表情地说。

“遭人退租又退社，过瘾吧，打脸吧，哈哈……”看来，牛虎初是存心来戏弄他的。

“关你什么屁事！”田家兴冷硬地抛出一句。

“关不关我屁事，你等着瞧呗。哈哈，我奉劝你一句，少在背后搞事，没本事自己早点滚出花囱村。银样镴枪头，中看不中用！我妹可没办法从坟墓里出来护着你了，别等到让人赶出去的那一天！”牛虎初“噗——”地吐出嘴里的槟榔渣，恶狠狠抛下一句话，扬长而去。

田家兴望着牛虎初的背影，把心里的愤怒死死按下去，梗着脖子僵硬地朝田野深处走去。田家兴自己都不知道，他是怎样穿过田野，走过尾上泛黄的草地，来到了娟子的坟旁。

坟冢上梦花的藤蔓枯黄了许多，但依然密密地缠绕着坟冢。田家兴坐在娟子坟边，就好像同娟子并肩坐着。过去，他们无数次这样并肩而坐，花囱的天空和田野就像一个巨大的摇篮，而他们是这个摇篮里不谙世事，两小无猜的小儿女。一切似乎很遥远，又似乎近在眼前。田家兴这样坐着，就好像听到了娟子均匀温和的呼吸，他将疲倦的身子整个儿地靠在坟冢上，紧紧地靠着娟子。

他看到花囱村开满了花，黄的，白的，花囱村被包围在花海中。娟子从那花海深处走来，手拿一枝梦花，柔和地浅笑着，眼睛依然那么清澈干净。她款款走来，拉起他的手，把梦花缠在他的手上，轻轻地对他说：“兴哥哥，春天来了，花就会开的，别怕，我一直就在你身边。”

“娟子，娟子……”田家兴喃喃地呼唤着，身子一抖，从梦里醒过来。也许是太疲倦了，也许是因为坐在娟子的身旁，有一股力量，使他安静下来，他竟然就这样睡着了。

梦里的情景那么清晰，那么真切，田家兴觉得，娟子是真的来过，真的拉过他的手。田家兴感到嘴角湿湿的，用手一摸，一脸的泪。太久太久了，这深深的无法割舍的眷念。可这一辈子，曾有过这样一个女孩，他是应该感谢的。有什么不能过去的呢，娟子为了他，连命都可以不要，如今，这点挫折算什么。总有一天，他要让花囱村开满梦花，梦想的花朵、青春的花朵会灿烂地绽放在田间地头的！

40

暮色四起，薄雾在田野间飘飘荡荡，起风了，田野显得更加苍茫。

田家兴挺直了身板，穿过重重暮色，往家里走去。老远，他就看到家里亮起了灯，暖黄色的光晕使他加快了步子。他知道，爷娘在等着他。这么久以来，让两老操碎了心。

果然，堂屋里，饭菜已经端端正正摆好在桌上。爷、娘，还有姐姐、姐夫都坐在桌旁，等着他回来。他们竟没有一个人打他电话。也许，他们知道他去了哪，由着他去打发坏心情，只是耐耐烦烦地等着。见他回来，陈爱莲连忙起身，招呼田钰慧把菜热一热，一家子这才吃饭。

吃了饭，陈爱莲拿出一个布包来。她一层一层揭开，里面是一摞票子。陈爱莲把钱往田家兴面前推，说道："崽伢，这是我和你爷给你存的结婚钱，十万块，就盼着你领个媳妇回来，好在村里给你办个喜酒。可等了这些年，我和你爷头发都望白了……唉，娘不说了，现在，你有难处，我和你爷商量着，把这钱都取出来，先用着吧，没有什么河是趟不过去的。"陈爱莲一辈子都这样，看崽女的眼神总是充满爱怜，又无比坚韧。她一生，就是为崽女而活，为了崽女什么都能隐忍。

"娘，你们……"田家兴喉咙发硬，对不住爷娘呀，谁知道两老平常是怎样省吃俭用，才攒下这些钱。可他们最基本的愿望，都得不到实现。田家兴的手颤抖着，拿不起这沉甸甸的钱。

“田家的子孙不能孬，我田家就是砸锅卖铁也不会少他们一分钱，不会让他们戳脊梁骨的。你当初霸蛮要回来搞农业,那就搞出个样子来,莫勾起个脑壳了！”田东升的犟劲上来了，即使他心里觉得田家兴不该回来逞这个能，但男人家的，做就做了，既然走上这条道，那就走出名堂来，要不脸没处搁呀。他拿起桌上的钱，重重地往田家兴手上一塞。

姐姐田钰慧向着姐夫谭红兵使眼色，又狠狠地瞪了他一眼。姐夫谭红兵忙从衣服里掏出一叠红票子，拿给田家兴，说道:“舅子，这是姐夫前几年跑运输存的，出车祸用了不少，这几年没存什么钱，只有两万块，别嫌少，你先拿着。”

想当初，他信誓旦旦地说带姐夫一家在家门口致富，实际却是姐姐、姐夫全心为他办事，大半年的工钱还欠着，没说过半个字，反过来还得替自己了难。

田家兴红了眼睛，朝姐夫说了句“放心”，便什么也说不出了。放心什么呢，他其实是想请亲人们放心，他不会放弃的，一定会好起来的。

田家兴当晚就拿着这些钱到合作社办公室，打电话叫贺千岁过来。

“千岁，你自己本来做得好好的，跟我做什么生态农业，亏死了，跟着我背时呀。”田家兴苦笑道。

“是兄弟就别讲这没用的，是我把你拉回来的，要怪怪我。再说，还死不了，只要兄弟齐心，其利可断金嘛。”贺千岁从包里掏出了几叠红票子，放在桌上，原来他也在想办法凑钱，这钱是他从两个姐那里强借过来的。

田家兴不再多言，只拍了拍千岁的肩膀，同他商量道：“是不是先结算几个贫困户的工钱和租金，他们等着钱用呢。再有，反正‘归田记’大米卖不出去，先孝敬孝敬本村贫困户和鳏寡老人吧。”

贺千岁自然是同意，于是两人提着钱，一家家上门付租金。付完租金，又载着几十袋大米，往贫困户家送。

这一晚，田家兴总算睡了半个囫囵觉。范劲斌的电话把他从疲惫不堪的昏睡中唤醒。

范劲斌笑道：“美丽田园梦，还没飞起来，就折了翅翼吧。”

“你这不是幸灾乐祸吗？还是兄弟么？”田家兴恨不得踹死他。

“说说呗，遇到什么难处了？”

“你怎么知道？”

“你发朋友圈的情绪不对呀。”

田家兴这才想起，昨天情绪低落时，不由得发了一个朋友圈，写了理想丰满，现实骨感之类的话。

“自己找上门来，就不怕我找你借钱么？”

“先说说看，看有没有借钱给你的价值呗。”范劲斌吊他胃口。

田家兴只好一五一十老老实实地告诉范劲斌当前的情况，最后哭丧着唱道：“飞得很高，摔得很惨——救救我吧。”得，兄弟面前，也不管什么面子了。

“你这个不见棺材不掉泪的顽固分子，我才懒得管你！一根羽毛都不会替你补。”范劲斌对他没好气，田家兴气得挂了电话。挂了没两分钟，“嘀，嘀。”手机就来了收款信息，范劲斌网上银行给田家兴转了五万。

田家兴微信上回了四个字：“磕头，谢恩！”

范劲斌回了他三个锤子。

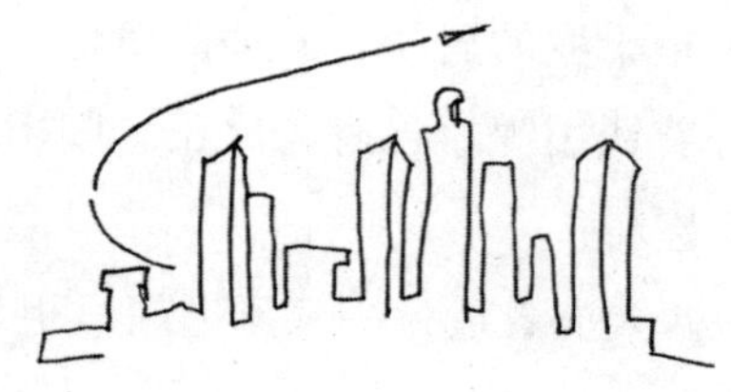

41

冬阳比金贵。冬天的阳光不似夏天那么浓烈，薄而透地一层一层铺下来，让人的心慢慢地暖起来。人们都搬出桌椅，到禾堂上晒太阳。

田家兴一家都聚在贺千岁家的禾堂，一扫近日阴霾，热热闹闹地谈笑着。玲花清早就到田家兴家邀请他们，现在正在厨房里张罗饭菜。

没多久，一桌丰盛的饭菜就摆在了禾堂里。暖暖的阳光照着，热气往上蒸腾，格外引人食欲。

陈爱莲一个劲地夸赞："玲花能干贤惠，爽快麻利，千岁真是前世做了好事。"说着说着心里想起了什么，叹起了气，却不好说出来。

田家兴赶忙说："千岁是上辈子拯救了银河系。"

"救了么子？么子戏？"陈爱莲没搞懂，大家都笑了起来。

玲花平常吃饭不端酒，只看自家男人喝，这次却给自己也满上了一杯。她端起来，敬田东升两口子："东升伯、爱莲婶，你们把千岁当自己屋里的崽一样，打小时起就很照顾他，我敬你们，多谢你们！"陈爱莲不准她再讲，说她讲外人话。

她又端起酒敬田家兴："千岁就跟你弟一样，你得好好照看他啊。"

田家兴连忙端酒说："那是肯定的。不过，你家男人自己挺厉害的，是他在照看我呢。再说他有你照看，根本不稀罕我。"

玲花回答他："怎么会不稀罕，你们这种从小到大的交情，我都蛮羡慕呢。"贺千岁见玲花兴致好，吆喝着大家喝了不少稻花酒。这段时间男人们都情绪不高，借这酒，一个个喝得晕晕乎乎的，喝足了都倒头睡去。

晚上十点钟，田家兴忽然被贺千岁的电话唤醒。千岁在电话里说："玲花走了。"

"什么？你说什么走了？"田家兴以为没听明白。

"玲花还是走了。"贺千岁重复了一遍。

田家兴听出了贺千岁声音的悲怆，虽然心里糊涂得很，但立马翻身起来，跑到贺千岁家。

贺千岁大概也是酒醒后才发现玲花走的，他直愣愣地坐在卧室。

"是不是玲花说你不应该跟我做，生气走了。本来你们自己作个几十亩，不用投入这么大，也不用担风险，更不用累个半死，愁个半死，最后还亏个半死。是不？"田家兴认定是这个原因，自责不已。

"哪里，玲花可没这样说过。"

"是太辛苦了不？又要带孩子，又要操心合作社的账目。农忙时，她把小豌豆丢给你爷老子，跟着我们起早贪黑。真是对不住她啊。"田家兴越发地心里不安、愧疚。

"真不是为这个。"贺千岁把桌上的一封信拿给田家兴。

田家兴看了下落款，竟是玲花留下的。他用眼神问了下贺千岁，贺千岁机械地点了点头。

田家兴把信封打开，展开信纸，便看到了玲花的留言：

千岁，原谅我在你最艰难的时候离开你。我走了，回老家了。我阿妈得了乳腺癌，我必须去陪她、照顾她。我心里烦，对你们乱发脾气，对不起。我阿妈说，我再不回去，她就不治了，一头撞死算了。我阿妈得了这么重的病，我都没在她身边，我对不住她啊。我阿爸也在责怪我，说阿妈这病就是我给气出来的。我不敢带你和豌豆去刺激她，也不知道能不能回来。我不知道怎么对你们讲，只能不辞而别。

玲花留笔

田家兴看完信，心里虽有些疑惑，但觉得没什么大不了的。他拍了拍千岁的肩膀，安慰道：“你太紧张了吧，玲花只是去看她的阿妈。”

“她不会回来了，她妈不会准她再回这里的。”贺千岁低沉地说。

“那哪能呢，她是你的堂客，受法律保护的。”田家兴说道。

“我和她没扯结婚证，豌豆也一直没上户口。”

“这怎么回事？千岁，你把我弄糊涂了。”

贺千岁垂下头，使劲地吸了一口烟，这个身体残疾却心志坚强的男人，在此时，脸上布满了从未有过的消沉。

夜已深，寒气袭人。田家兴拿来酒和酒杯，满上，两人你敬我我敬你地喝着。喝了酒，话匣子打开了，贺千岁讲起了他和玲花恋爱的故事。

那时，他还在残疾人表演艺术团，业余写诗写博文。那期间，有个女孩主动加了他的QQ，女孩坦言，她是个洗头妹，说他的诗能给她带来力量，让洗头妹也想有春天。两人一来二去地聊，越来越合对方口味，越来越不能自已。贺千岁有些不自信，但又舍不得推开这个聊得来的女孩子，便半认真半开玩笑地说：“我很丑。”

女孩问：“有多丑？”

“丑到无法想象，比加西莫多还丑上百倍。”贺千岁回答。

没想到女孩也知道谁是加西莫多，回答说：“那是很丑，但很善良。”也许是这句话，让贺千岁有了幻想。后来，贺千岁在心里想象过无数次的恋爱语言有了用武之地，肉麻的字眼可以不过大脑超速迸出，还能产生隔着千山万水把人电晕的特效。他们想见面的欲望越来越强烈，内心越来越受折磨。但贺千岁深恐见光死，那一切就成了镜花水月。

贺千岁因爱情而变得患得患失，经过一段时间的煎熬，终于认识到当断不断，反受其乱。于是，贺千岁向女孩子表明，自己确实丑不可示人，他不能祸害她。就这样，他忍痛断了跟女孩的联系。谁知，一个月后，女孩千里迢迢寻了过来，要求无论如何见上一面。贺千岁已无退路，只能亮丑而上，想着见光死就见光死吧，能见一眼让自己有过爱情的女人也不枉这一生了。但为避免尴尬，贺千岁告诉女孩，自己手持一本诗集站在公园门口等，女孩可以自行选择见或是不见。贺千岁在公园门口等了将近一个小时后，一个肤色略为黝黑身材娇小的女孩向他走来。贺千岁心稳了，见了他的尊容还敢现身，确定是真爱无疑了。就这样，他终于有了自己的女人玲花。

可是，光玲花爱他还不行，他还要得到玲花父母的认可。玲花毫不犹豫就带贺千岁去了贵州老家。只是，还没进家门，贺千岁就被玲花父母用扫把、扁担赶出老远，一条大黑狗把他赶出村还不算完，一直蹲在村口守着，只要他向前就狂吠。这架势，想征得玲花父母的同意，这辈子怕都不可能了。越这样，玲花越怜惜命运对贺千岁的不公平，她打心里觉得千岁虽外形丑，但内在比谁都可爱。女人的爱情坚定起来，那是坚比磐石的。她跑出家门，宁肯与父母决裂，也要死心塌地跟着贺千岁，情愿为他未婚先育。

“得到这样的女人，是你的福分，要好好珍惜，等等吧，玲花会回来的。”听了贺千岁的故事，田家兴认真地对贺千岁说道。贺千岁也狠狠地点了点头。大概两人都被触动了心事，闷头无声喝了几杯后，都醉了。两人哭着笑着，唱了一宿，到天明才和衣睡去。

大家盼到过年，玲花还是没有回来。贺千岁打过电话给玲花，却是玲花阿妈接的。贺千岁硬着头皮喊了一声：“妈。”“妈”字还没落音，就被对方骂了回来。怎么骂的？“缺了八辈子的德，不得好死，丑八怪，驼背子，骗子，拐了我的女儿，害了我女儿一生的幸福，你要敢来找玲花，我全家就跟你拼命。要是玲花再敢来找你，我就跳井，做鬼都不放过你们。”贺千岁本来是想动身去找玲花的，听到这番话，吓得他寸步不敢行了。

村里人哪里明白这中间的曲折，一个个都在背后议论，有的说：“这女子到底是后悔了呀，没打算再回来了。”还有的则怀疑：“怕是卷了财跑了路，这女子厉害啊，埋伏了这么久，连崽都生了……”

贺千岁无心理会这些议论，整个人浑浑噩噩，像失了魂。

42

又是一年春暖花开，万物复苏，周而复始，生生不息。辽阔的田野迸发出新的希望，花凼再次成为一片花海。

新的希望是夏永良这个及时雨带来的。田家兴亏损严重，夏永良不好受。整个一年，他们的执着，他们的努力，他们的艰辛，他全看在眼里。作为对口扶贫的责任人，把这两个年轻人扶起来，他责无旁贷。

怎么扶，光靠自己带些人买米不行呀。销售受市场影响，一时半会打不开，这需要从长计议。目前最重要的是得解决接下来的运营资金，否则寸步难行。资金解决的渠道，首选当然是贷款。但以田家兴他们目前的实力,贷款额度满足不了需要。怎么办呢?

夏永良多策齐下，在争取绿色有机生态稻米示范基地项目资金的同时，以“农户联保＋农业合作社”担保方式贷款，再加上夏永良高举产业扶贫的旗帜，领着田家兴死皮赖脸地找清江县相关领导签字支持，筹措了八十万。这八十万填补了田家兴的人工工资和田亩租金的窟窿，还解决了第二年的启动资金。

这笔救命钱来之不易，田家兴是知道的。他亲眼看到夏永良是怎样蹲守在相关领导的办公室前，腿跑断，嘴皮都磨薄，人家是当自己的事在出力的呀。除了在田东升这喝了几杯酒，夏永良连包烟都没拿，这年头，谁还会做这种事。

田家兴拿到这笔钱时，眼泪都快下来了，无比感恩地对夏永良说："夏局长，在我们背时的时候，您这样两肋插刀地相助，这是天大的情义啊！我这真是无以为报，无以为报。"

夏永良拍拍他的肩膀，笑道："别放在心里，坚持下去好好干就是最大的回报。要说情义，这是党和政府的情义，没有党和政府的好政策，我就是跑断腿也没用。"

花凼村的紫云英又开了，只是面积缩小了不少。牛虎初大富农业合作社的田完全不管施绿肥的事，根本没有撒绿肥种子。整个种植粗放到了不能再粗放的地步。势却造得很大，春播时贴红挂绿，锣鼓喧天，又是放鞭炮，又是请记者上新闻，实际操作起来却是连秧都不育，直接在田里洒谷种。

"这哪里是种田，这是唱戏。"贺千岁讥讽道。

"可我们现在管不着人家，做好做强自己才是王道。"田家兴也觉得贺千岁讲到点子上了，但也确实管不了。

贺千岁说："我们去别村还租点田吧，现在抛荒田多得很，租田并不难。今年干票大的。"

田家兴沉思良久，说道："千岁，我近段时间一直在反思，之前我们太冒进了，想一口吃成大胖子。真正有情怀的农耕，是不能急功近利的，成功也不可能一蹴而就，按我们工科生的思维，应该先试验，再上规模的。可是我们却盲目地上规模，亏损起来，根本顶不住。"

"好在，我们没倒下。我们也学到了经验，不是吗？"贺千岁还是很自信。

"但是目前，我们设施还不齐，抗风险能力弱，很受制约。打比方，如果现在要我们建个烘干厂，起码投入需要增加上百万，我们从哪弄这个钱？所以我觉得，现在减少到五百亩正好，投入可以减少，压力可以减轻。今年，我们要未雨绸缪，事先买好农业保险，稳扎稳打。同时，坚持绿色有机生态，这个理念不能变，我们要种出别人没有的好米来，做有担当的新时代农民。"

"好，听你的，家兴。"贺千岁和田家兴狠狠地击了一掌，又紧紧地握在一起。历经挫折的两个人，迎风站在花凼的大地上，再一次树立起追梦的信心，要将他们的青春绽放在田间地头。

43

稻花开了，是白色的。一株稻穗，大约开两到三百朵花，每一朵稻花会长成一粒稻谷。稻花没有花瓣，也很难看到雄蕊雌蕊，它们由稻花的内外颖保护。

风起的时候，整片稻子以同样一种节律摇摆。水稻们用风寻觅爱情。正好年华的稻子们，幸福地战栗着。一阵烟，在密密匝匝的稻子之间穿梭，那是花粉，它们在寻找心仪的爱人。

这是省卫视《稻花香里》农业种植栏目最近一期节目播放时，配的画外音。节目的背景就是田家兴他们的稻田，画面中一高一驼背苦行僧似的种稻人就是田家兴和贺千岁。

怎么就上了电视了呢？也许是因为网络传播的快捷，也许是他们的情怀打动了人，总之，他们的故事不知怎么就广泛传播了。越来越多的人知道，花凼村有两个青年返乡作田，他们走着一条艰难却意义深远的事情，他们不打农药不施化肥，他们生产的粮食无残留、无公害。于是，《稻花香里》栏目的记者便上了门。

正是稻子扬花的时候，记者们在花凼拍摄了整整两天。拍了田家兴他们的原始养田方法，拍摄报道了他们如何运用现代测土施肥配方技术、现代生物虫害防控技术，如何种出自然纯净的有机水稻。到底是专业的，在他们的高清镜头下，水稻的生长成了一首田园诗。同时，也通过这样的镜头，传递出了田家兴他们坚持绿色生态的农耕理念。

而且恰在这两天，还来了另一拨人，是省农科所的专家。而这一拨人，是受田家兴邀请，由田家兴的大学同学带队来的。既然记者来了，田家兴他们当然要把握机会。

他们带来了100万粒赤眼蜂虫卵。虫卵小得人眼无法辨认，依附在一些纸杯里面。村民看到教授带领田家兴他们将一只只纸杯用棍子撑着倒挂在田中央，杯子里胶着一张纸片。

“这个什么蜂在纸片上么？何哩看不见？假的吧。”花凼村的人们都不太相信，婆婆姥姥们觉得那是在装鬼，细伢子们觉得那是在耍魔术。

“那纸上面是蜂卵，孵化后就会跑出来，把卵产到害虫卵内，赤眼蜂的细虫就会把虫卵吃掉，专门防治二化螟、稻纵卷叶螟、稻螟蛉那些坏家伙。”专家一一给人们解释。

“要是还有其他虫害呢？”有人问。

“我们再来，我们的工厂里，生产着各类‘特工’，专门用来制服这些害虫，你们这里将作为我们工厂的试验基地。”专家又说。

于是这些对话，也全都出现在了《稻花香里》节目中。

当然，记者也采访了田家兴。田家兴侃侃而谈：“我们要用最古老最传统的种植方式与土地开展对话，坚持用现代技术与传统自然农耕相结合的方式种植水稻，增强地力，逐步恢复被农药、化肥损坏的土壤生态环境，实现人与自然的和谐共赢，为老百姓种出放心粮、健康粮！”

种田还能上省电视台，还请动了省里的专家，让村中小卖部热闹了好长一段时间。尤其是那些在电视里听到自己声音的人们，兴奋得像喝醉了酒。

而最为意想不到的是，那段时间田家兴和贺千岁的电话成了热线电话，接到了来自天南海北的各路电话。有同行之间的交流，有各地的支持者，也有“归田记”铁粉的追捧，甚至还有帮他介绍对象的。他们都没想到，自己会成为“网红”。

但也有哭笑不得的电话，是来自昔日同学和同事的。他们是来确认，节目里接受采访的是不是他本人。因为电视上的形象，皮糙肉黑，跟过去那个白面书生相差十万八千里。

44

稻谷是在鸟叫声里成熟起来的，布谷叫一声，稻谷黄一点儿。谷子一黄，鸟叫得更厉害，不愁吃喝了。

田家兴站在合作社的办公室前，听田野上各种鸟叫声。再搭起手一望：嗯，差不多了，该收割了。

“我们的家乡，在希望的田野上啊……”电话响起，不知什么时候，田家兴的铃声换成了这首歌。

接通电话，是一个女人的声音：“你们‘归田记’生态大米还有多少？”一听就知道，肯定是个“女汉子”。

田家兴问道：“您需要多少？”

“你仓库里囤有多少？”

“五十吨稻谷。为了保证米的新鲜，我们都是现卖现加工现包装的。”

“那行，我要三十吨，给我加工成大米，打好包装，尽快发货。你们把账号给我，米到钱到。”

“好，好的。谢谢、谢谢！”田家兴按捺不住内心的激动，又小心地问道，“女士，可否问您一下，您对我们‘归田记’大米了解吗？为什么对我们这么信任，您不需要进一步的深入了解吗？”

“不用了，我了解过了。这是缘分，我是一个信女，信佛，信缘。我也是无意间关注到你们的‘归田记’公众号的，对你们发出的每一帧照片、每一个视频、每一段文字都很欣赏。我很欣赏你们用自然农法生产粮食的农耕理念，而且，你们展示了一种中国传统的农耕文化，也展示了一个我们向往的美丽田园。可以说，我是你们的‘田园粉’。你们的创业故事，我全都知道，因为你们每一段文字我都看了。我欣赏你们，相信你们的米真如你们所说的，是绿色原生态有机大米。”

“谢谢、谢谢……”田家兴按捺住激动的心，除了说谢谢，他已经说不出其他话语了。

“你猜，我买这些米，是干什么的？”

“恕我愚钝，我猜不出。”

“我是用来捐赠到敬老院和福利院去的，让老人吃了延年益寿，让孩子们吃了茁壮成长。我看到了你们种田的艰辛，创业的难处，看到了你们对理想的坚持！我想，既然是为了结善缘，何不多结些善缘呢？还有，如果你们的产品确实好，我会追加订单的，以后保持长期合作。哦，忘了告诉你，我是做全国连锁粮油超市的，回头我会把我的电子名片发给你，你可以查一查真伪。加油，年轻人！”

“好的好的，太感谢了，您放心，我们一定会按您要求供货的。另外，我们会赠送些产品给您个人品尝，您尝了就会知道好不好的。然后，请多提宝贵意见！谢谢您，谢谢！”

田家兴放下电话，仿佛不敢相信似的，他说：“千岁，你掐掐我。我们的‘归田记’大米竟然这样声名远播了！？人家外省客商主动找上门来一宗大买卖！？”

贺千岁已在一旁听到了这一大好事，他使劲掐了田家兴一把。“哎哟！”田家兴疼得龇牙咧嘴。贺千岁转身就跑，田家兴追过去恨不得踢死贺千岁。

“是你要我掐的，掐疼了好呀，说明是真的。”贺千岁大声地笑着。

“是真的，我的‘归田记’大米有大订单了！我们迈向成功的第一步了！”田家兴忘了疼，拍着千岁的驼峰，兴奋地嚷着，“你这真是金驼子！”两个大男人抱着笑着，泪水滑过他们油黑发亮的脸庞。

“归田记”大米的回头客越来越多，毕竟口舌味蕾骗不了人。优质稻米，无农药残留，没化肥味，会吃的人都吃得出。会看的人也喜欢，长长的米粒，晶莹剔透。

微信公众号的评论区有个网友讲了个故事：“有个朋友的父亲在他家吃过一碗‘归田记’大米煮的饭，从此记住了。后来，老人生病了，闺女问他想吃什么？老人嚅动嘴唇，说想吃你朋友家的一碗白米饭。朋友找到我家，把我剩下的小半袋米拿了去，煮米饭煮粥熬米汤，变着花样给老人吃。老人每次都咂巴着嘴说，就是这个味道。过了没多久，竟然病也好了。过去说，新米养人，米汤都能喂大一个伢子，这回我们真信了。后来，老人来打听这个米在哪买的，我说是在一个叫花凼的村子里淘来的。老人听了花凼这两个字，眼睛就湿润了。他说，他当知青下乡插队的村子就叫花凼。我把详细地址告诉了他，没想到，果然就是老人插队的地方。一碗米饭牵出一段情缘啊。”

田家兴和贺千岁看到这个故事，连忙在下面留言道：“热烈欢迎老人重回故地，我们一定像迎接亲人长辈一样迎接他！”

网友后又留言：“已经转告老人，老人说了，一定会来的。”

连锁反应一旦产生，“归田记”大米销售就水涨船高，渐渐处于供不应求的状态。毕竟，几百亩稻田的产出有限。面对订单诱惑，有次，亚洲小心地提醒：“家兴哥，你可以到其他村民手上收购稻谷，再用‘归田记’的牌子销售嘛，顾客不知道有没有打农药的。”

田家兴斩钉截铁地回答：“不行！一旦走出这一步，我们必定会砸掉自己的招牌。假的真不了，真的假不了。”

贺千岁完全与田家兴同步，而且他还张口就是那套文艺的词汇：“我们对每一粒粮食保持敬畏，也就是对生命保持敬畏，对我们的事业保持敬畏。以次充好的事，我们绝对不干。”

田家兴笑了：“诗人啊诗人，买我们‘归田记’大米的，吃的不是米，吃的是诗啊。哈哈……”

“呃，这句好。”贺千岁成为了一个词汇敏感者，“我要把你的话写到我公众号上去。”

45

春往秋来，秋收后的田野又空荡了许多。花凼村有些安静得过了分，人们想了许久，不知道这安静的原因在哪。想了半天，才忽然意识到，自秋收后，牛虎初就没露过面了。没露面不要紧，关键是谁也联系不到他，人间蒸发了似的。到年底，不仅三分利息没有兑现，田亩租金也不见影。

人们越想越不对劲，到大富稻业合作社办公室和仓库一看，空无一人，布满灰尘。他们又跑到县上去，好不容易找到牛虎初所在的房地产公司办公室，才发现办公室都被人给砸了个稀巴烂，玻璃门上贴着法院的封条。他们这才晓得，牛虎初上头还有头头，据说就是在当年打黑除恶中被抓了的南霸天。他出狱后死性不改，仍旧是在黑白两道上走，还搞起了房地产生意。他们通过许诺高利息高回报，在无以数计的老百姓中坑蒙拐骗，在城里疯狂吸纳了上亿的资金。城里骗不下去了，又通过办农业合作社的名义把黑手伸向了农村。傻了眼的农民这才知道有个法律专业名词，叫非法集资。他们非法集资来的钱一方面用于投资房地产以及放高利贷，另一方面被他们疯狂挥霍，打牌赌博吸毒无所不为，那就是一个巨大的社会毒瘤啊。就在今年年底，他们房地产失败，资金链断裂，几个为首的卷钱走人，现在公安机关正全力追查。

去县上的人回来后，村里就地震了，把人都给震懵了，震傻了，接着便是呼天抢地，剜心剜肺了。他们送到牛罗锅手上的是全家多年打工的心血，甚至是一辈子的积蓄，有几个老人的棺材本都被他们骗走了。被骗的村民拿的拿锄头，拿的拿草叉直奔牛罗锅家，成了一条愤怒的长龙，而且尾巴越牵越长。田家兴站在自家门口，看到了这阵式，倒抽一口凉气，原来他以为只有少数人入了股，这样看来，不是少数人，而是全村绝大多数人都入了。如果不是出了事，估计那小部分也会慢慢被引诱进去。想走捷径追逐金钱，对一夜暴富的幻想，足够使人失去理智。

愤怒的人们冲到牛罗锅家，将他家围得水泄不通。田家兴不禁想起了那年缴粮打架的阵势。牛罗锅和姜翠花被愤怒的村民们逼到了墙角，像两只瑟瑟发抖的落水鸡。牛罗锅一身虚胖，气喘吁吁，姜翠花脸都吓白了，全身筛糠似的。

“交出牛虎初来，交不出要了你们两个老不死的命！”人群中有人愤怒地喊道。

“一把火烧了这狗日的屋，看他出不出来。”

有几个妇女号哭着直扑姜翠花，抓着挠着。“没良心啊，自己屋里的人都骗啊，亏我这么信你们，屋里一分钱都没留，连张白纸条子都没打。”这几个是牛罗锅本家的几个婶婶、姨娘。姜翠花头发散了，也鬼哭狼嚎起来。

牛罗锅过去不是什么省油的灯，缴国家粮那些年，就是活脱脱的凶神恶煞。他没想到，有一天会倒过来，凶神恶煞冲他而来了，而且不止一两个人，是一条疯狂的长龙。牛罗锅、姜翠花这几年完全是老态龙钟了。尤其牛罗锅，常年酗酒，酒精中了毒般，见了人就龇牙咧嘴，做出吓唬人的样子。田家兴每次碰到他，他都像不认识田家兴了一样直瞪着，等认出来了，就胡乱挥舞着手上的拐杖。姜翠花碰到他时，不是嘴上咕噜着骂什么，就是朝地上吐口水。这些年来，这两人一直沉浸在失去过去辉煌的小人之恨里。田家兴每次想起娟子，心里就无法迈过去。可这毕竟是娟子的养父母啊，田家兴每次能绕开就绕开，绝不碰面，免得见一次心里堵一次。

牛罗锅、姜翠花被拉到了禾堂里，被乡人推过来，搡过去，这在乡里叫过罗。“罗呀罗呀，罗死这两个没良心的老家伙！”愤怒的人们喊着，罗着。牛罗锅、姜翠花完全成了一摊稀烂的田泥。牛罗锅嘴里不知骂着什么，而姜翠花哭喊着：

“不晓得，我们不晓得啊，什么都不晓得啊，杀人了呀，杀人了呀。”牛罗锅当支书那么多年，得罪的人太多，这回，连本家的人也骗了，全村竟无一人出面替他们解围。

田家兴对身旁的田东升说：“爷，你快去喊村支书来，再这样下去，会搞出人命来的。”田东升嘴一撇，不情愿，田牛两家的恩怨还没扯清呢。

田家兴便对贺千岁说：“快去喊谷清嗲嗲来。”

田家兴挤进人群，挡在牛罗锅和姜翠花面前，对疯狂发泄的人们大声喊道：“叔、伯、婶子们，牛虎初不会告诉他们的，找他们没用，算了吧，再罗，就罗出人命来了，毕竟他们都是几十岁的人啦。”

“家兴，要你管么子闲事，你让开，你怎么替他们说起话来了，吃错药了吧！”

“公安机关已经在追查牛虎初了，你们找他们两个老的没用！算了吧。”田家兴张开双臂挡在牛罗锅他们面前，使劲喊道。

“当初他们这两个老不死的也帮着他那混账崽劝人投钱呢，前些年风光时，这两个老家伙做的恶事也不少。让开、让开，不告诉我们牛虎初的下落，我们就要罗死他们，拆了他们的屋。”村民的愤怒情绪不是田家兴几句话就能消除的。

姜翠花扶着牛罗锅颤颤巍巍躲在后面，他们没想到，到头来维护他们的竟是他们的仇家。没多久，贺千岁搀着谷清嗲嗲过来了，同田家兴一道拦着众人。贺千岁打着呵呵道：“叔、伯、姑、婶，我可是个残疾人，你们莫打我啊。不过你们万一要打，照着我的背打，要是把我驼背诊好了，我就请你们呷酒。”

没处出气的村民，被他这么一插科打诨，有几个“扑哧”笑出声来，嚷道：“千岁，你这驼背不禁打，你莫发宝气。”

“我看是你们发宝气，今天，你们哪个要是还敢动手，就从我这老家伙身上踏过去。”谷清嗲嗲发话了。在这村里，谷清嗲嗲的话当得神龛上“天地国亲师位”中师位讲的话，没人敢反驳。谷清嗲嗲继续说道：“当初家兴劝你们不要见利忘性，你们不听劝。这天下哪有天上掉馅饼的好事，想要收成是要踏踏实实犁田出力的。你们一个个只想发横财，如今塌了场，对着两个老家伙打啊杀的，这算什么种，你们这是出花卤的丑呢。冤家宜解不宜结，我们这村子什么都好，就是爱斗狠，这风气要不改啊，发不了财滴。和气才能生财，做人要善，我看啊，你们都要向家兴学习。”

有谷清嗲嗲带着田家兴挡在中间，局面一时僵持着。彭太安怕出事，早就报告了灵官镇政府，没多久就带着派出所的人火急火燎地赶了过来。他大老远就大喊："这是犯法，晓得不？本来是牛虎初犯罪，现在你们这么搞，搞出人命来，就是你们犯罪，一个个给老子去坐牢，牢底都坐穿你们的，看你们是想要钱还是想坐牢。"

见派出所来了人，众人都被震住，想起以往斗狠被抓去坐牢的事。不知是谁在人群中说了一句："也是啊，别赔了钱，还落得个坐牢，不值当的。"

也有人说："怕个卵，牛虎初撮了我屋里的钱，总要有个说法。"

彭支书大喊："讨说法，去法院，在这里闹什么，卵用都没得！谁要闹出事来，你们自己负责！"

众人闹了一阵，骂了一阵，也知无用，最后一个个骂骂咧咧地散去。

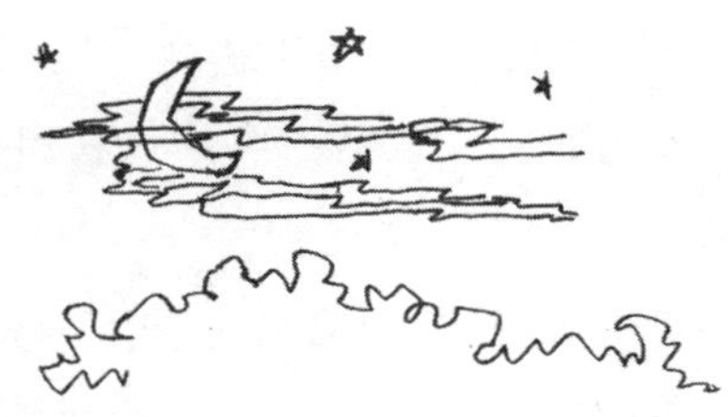

46

花凼村的天空一片灰白，稀稀拉拉的几声鞭炮让年味淡出水来，死气沉沉。

接下来，花凼村一哭二闹三上吊的风波一起接一起。不少农民数年的积蓄落空，一年的租金也落空。一对老两口，存了十年才存起来的五万块养老钱，全投给了牛虎初，老两口想不开就喝了农药，亏得发现得早，喊人送到医院才抢救了过来。除了寻死的，两口子互相指责打架的，此起彼伏，村子里弄得鸡飞狗跳，一片鬼叫鬼哭。

彭太安在村公路上边走边骂："狗日的，吃饱了撑的，好好的日子不过，自己去找亏呷。这村里好不容易起点水，这下好了，都一朝回到解放前了。"

田家兴依然按惯例给每个贫困户送归田记大米。今年他的送米名单中又多了一户——牛罗锅家。牛虎初已经被捉拿归案了，正关在看守所等待处理。牛家另外两个崽都因劝人投资，受到牵连，一个个不敢现身了。牛罗锅和姜翠花落得个无人赡养，晚景凄凉。

田家兴亲自背着两袋大米，踏进了牛家那栋红砖楼房。这栋房子，他有十多年没有踏入过了。看到这幢熟悉的砖瓦房，过去的情景又浮现在田家兴的脑子里。

就是在牛家的禾堂里，姜翠花曾一腔一调一板一眼地教娟子唱地花鼓戏。姜翠花性格泼辣，唱地花鼓戏却是一把好手。娟子六岁时便被她教出些板眼路数来，穿上水绸衣裳，扮上旦角的样子，简直天生就有一股风流。

这些过往的事，一幕一幕，如在眼前，让人心情复杂。田家兴放下粮和肉，顿了顿，没说出话来，转身就打算走。

“伢子，对不住啊。”牛罗锅嚅动嘴唇，说了句话。人到窘境，其言也善。姜翠花搀着他，两公婆似乎脸有羞愧，嚅动嘴唇，想再说点什么。

嚅动了半天，姜翠花终于说出一句：“兴伢子，我拿我家的田土入你们的社，行不？我们作不动了，几个崽都不管我们了，我们没得吃的呀。”

田家兴没有回头，良久，方道：“行，欢迎。”

田家兴回到家里，田东升一脸墨黑，劈头就骂：“化生子，不肖子，你给我到祖宗面前跪下。”

“怎么啦，爷！”田家兴心里知道怎么回事，但没想爷老子发这么大的火。

“跪下！”

“这是怎么啦，他爷，你发什么糊涂火，崽伢还不够累么？”陈爱莲从灶屋里出来，护着田家兴。

田家兴不想忤逆爷老子，跪在堂屋里的神龛前，对娘说：“没事，您老别急。”

田东升数落道：“那一天，你去护他们我心里就有了气，但我看你做事辛苦，没去骂你。如今，你还屁颠屁颠给他们送粮，你以为你大度，你这是对祖宗不孝呢。田牛两家是有血仇的呀，你爷爷是死在他们牛家人手里呀！”

田东升胡子颤抖着，老泪纵横……

田牛两家恩怨由来已久。这还得从田家兴的爷爷田德贵正当壮年时舞龙的事说起。

田德贵是舞龙的老把式，花凼村的龙头师傅这一重要角色自然也落在了他身上。举高龙、抖高龙、顶高龙、托高龙等绝活在他的把持下，赚尽彩头，后来延及乡里各种仪式、各种红白事的掌舵等。然而，牛罗锅的爷老子牛牯子却不以为然。从其外号为牛牯子就可知，这人健壮威武，所以颇有既生瑜何生亮之根。龙头还定着归哪个么，谁条卵还长得三尺长么？捂心里琢磨久了，一颗细小的嫉妒的种子生根发芽，成为两家恩怨的引子。

有一年村里集体搞冬修，劳力们都要去担土筑堤。牛牯子力气大，无论是抬是担，都一个能顶俩。田德贵虽然个子高，担担子却不算狠角色。

牛牯子就有些得意忘形，他斜着眼对田德贵笑："田把式，敢来掰一把手不？"

田德贵却不接招："掰么子手，留着劲担土。"

牛牯子得意了，指着田德贵喊："银样镴枪头，中看不中用。"

一同做事的田家人早就看不惯他那傲气样，都说："你中用，你把堤下那筐泥巴举上来算你厉害。"

牛牯子甩着脑壳笑了笑："我举上来，那你们要从我胯下爬过去。"

大家便都说他下作。田德贵有意要堵他一堵，就下了一把注，说："你要是用双手举上来了，我就给你作个揖，中午饭也归你。"田德贵知道，那筐土是湿土，从堤下举上来，不是件容易的事。再说，他真要举上来了，陪他个揖又如何，给他个脸，以后也好少生嫌隙。

哪知牛牯子顺手拿起一柄耙头，走下堤去，又挖了几耙头湿土堆到箩筐里，用脚踩紧踩紧。他喊了两个后生子下去试着抬了一下。两个后生子脸涨成了一盆猪血，吃奶的劲都使出来了，才把那筐土挪动。牛牯子把对襟衣服往裤腰带上一掖，扎稳下盘，深吸了一口气，大喊一声，就势把一筐泥举了起来。举着那筐泥，牛牯子一步一个泥窝地往堤上走，好在新堤并不高，牛牯子虽是青筋暴起、满头大汗，但也慢慢上来了。田德贵不由得叫了声："好，狗日的，当真厉害！"但就在牛牯子上了堤准备卸下来时，身上哪个部位响了一下，牛牯子打了一下颤，顺势把一筐土往前扔了出去。

这天，田德贵心服口服地作了个揖和挨了一餐饿。但没想到的是，这天晚上收工回到家的牛牯子吐了血。他们家请了方圆几十里都有名的草药郎中看了，吃了近个把月的跌打药，牛牯子的腰子从此还是塌了，再也抻不直了。从此，他莫说龙头，龙尾都举不起了。他每天向着大地一叩首、二叩首、再叩首……这种谦卑到极点的姿势种下的是恨，他打死都认定，是田家人合伙整塌了他的腰。自此，牛姓对田姓种种肆意挑衅，但都因田德贵的忍让而未大动干戈。

土地承包后，有一年旱情严重，河渠里的水已经不能满足灌溉，水稻都已经发枯放黄了。田家人凑钱修了一个电排，合着用大水泵抽水灌溉田地。牛姓人各家的小水泵自然抽不赢，就把气撒到田家，说田家把水都抽走了。他们偷偷摸摸将田家挨着牛家的田坎给挖了好几道口子，牛家人田地势稍低些，水就源源不断流到牛姓人的田里。田东升用水泵抽了半天的水，柴油都烧干了，水总浇不够，便拿着耙头到处看水，看是不是有田漏。他查看许久，最终搞清了原委。田东升窝了多年的火气迅速烧了起来，又正值年轻气盛，便顾不得爷老子“冤家宜解不宜结”的嘱咐，拿着耙头把牛罗锅家的一块田挖得稀烂。

牛罗锅岂是好惹的，当时就纠集了众多叔伯兄弟，拿的拿锄头，拿的拿铁锹，气势汹汹地叫嚷着：“狗日的，走，砸了田姓人的电排。”“哟嘿，这都欺负到头上拉屎了！”田家人再怎么斯文也只能迎头而上，把牛家人截住在半路。牛罗锅能这么嚣张，还在于牛姓男丁多，逞崽势。而田家不知怎么，男丁面相长得都很周正，就是不旺，而且受田德贵的影响，一个个敦厚温良。这场打斗中，田姓人的实力还是配不上骨气，连连挂彩，最终惨败，被牛姓人打得七零八落。田东升的爷老子田德贵不顾年老体衰，拼命扯架，被踩在田水里。牛姓人占了上风扬长而去，田姓人扶着伤一身泥水抬着田德贵忍气撤退。田德贵在这次受伤后，伤了元气，半年就过了世。

去世前，田德贵把一本村志传给田东升，村志首页上写着：敬天拜地，亲邻为善；天地人和，谷畜兴旺。那是收留田德贵的田家族老，也就是他的岳父传给他的，既是村志，也是村训。田德贵死后，塌了腰子的牛牯子也紧随其后到了阎王爷那儿报到。不晓得到了阴间，他们的恩怨是否能一了百了，但田、牛后代的恩怨铁定是一时半会儿难以剧终。

就在两姓大战的时候，田家兴和娟子放了学，正一前一后地走在田间小路上。趁着没人看见，田家兴把手里的小人书朝娟子一扬，娟子立马兴奋得跳起来，打闹着来抢。田家兴说：“喊声哥哥就给你。”娟子故意不肯，两人你追我赶，嘻嘻哈哈。田家兴逗了一阵，舍不得娟子急，就把那本当时正流行的《武当张三丰》给了娟子。两人坐在被一片狗尾巴草遮挡的田坎上，津津有味地看着。看得入迷时，打赢了的牛姓人正走近来。等他俩发现想躲开，姜翠花已经看见了他们。她走来，一把扯过娟子，骂道：“小蹄子，跟我滚回去。”姜翠花随手把那本小人书扔到水田里。田家兴又气又怕，涨红了脸，看着娟子眼泪巴巴地被姜翠花强行拉走。

田东升一脸沧桑，数着往事：“发大水那年，牛罗锅到我们家强行缴粮，把你也给牵扯了进去。虽然他们同意撤诉，可是却狮子大张口，赔偿款开起天高啊。

你娘一心想救你出来，不敢讨价还价，不得已上谭家借二分的利息钱。谭家是什么人家，他家女子下海，给香港老板做小老婆，这才阔起来。你娘那时告诫你们不要上他家的门，她自己却被逼得低声下气求人借钱呀。”

“别说了，老家伙，这都陈谷子烂芝麻的事了，提他做什么，蛮光荣呀。”陈爱莲抹了一把泪，拉着田东升，叫他莫说了。

田东升一把甩开她，继续说道：“为了还债，你娘每天晚上都要打豆腐到深夜，天麻麻亮就担着豆腐去镇上零卖。冬天她不仅卖豆腐，还到野生荷塘去挖藕。那风就跟刀子一样，水刺进人的骨头。你娘穿着水裤，下到淤泥里，一蹲一站就是一天，就是壮年劳力都吃不消啊。你姐为了还债，自己主动放弃高考，跑到广东去打工。先前，她为了考大学，可是把书都翻烂了呀。如果不是想不通，你爷老子我怎么会死了脸皮四处上访呀？”

“爷，我都知道，都怪我呀。”田家兴心里针锥似的痛，他此时才真正理解，当年爷老子为什么死犟着非上访不可，他窝着的气让他不得安生呀。这么多年，自己又何尝安生过。可是，人这一辈子不能只活在过去，这于人于己都没得用处。人得朝前看，历史总是在进步的，这是这几年他真正悟到的道理。

田家兴跪在神龛前，对着祖宗说道：“列祖列宗，不肖子孙田家兴为了改变花凼村历来喜斗、互挖墙脚的风气，为了花凼能团结一致振兴起来，不能不这样做啊。列祖列宗，我田家兴一定会把事业做大做强的，只有这样，才是真正地为田家争光，让田家扬眉吐气呀。”

“你——”田东升举手要打，陈爱莲一把拖住，哭道：“崽伢也没说错啊。”

“是啊，没错。”这时，夏永良走了进来，“看你家这个阵势，我都没敢进门，站老半天，腿都站麻了。老哥，你这是做么子呢？”

“快坐，老弟。”陈爱莲抹了眼泪，赶忙让座，谢天谢地，这个夏局长可不就是及时雨，关键时刻他准会现身。

夏永良坐下，语重心长地说道：“老哥，你崽有这样的气量，是成事的料。他都能把过去放下，回乡来创业，你怎么还老话重提呢？”

“不去理，不去寻仇都可以，就是不能倒贴，对不住祖宗哇。”田东升仍旧气鼓鼓地道。

“你们的事，我多少都晓得一些，我理解你老哥，人争一口气，树活一张皮

是不？但老哥呀，时代不一样了，过去的事就要放下，新时代不能用老思想处理问题。花凼村都这么多年的历史了，恩恩怨怨讲不清。再说，牛家落到现在这个地步，他们也该醒悟了。目前，只有团结一致谋发展，花凼村才有出路。你崽伢做得对呀。"

夏永良苦口婆心地劝着，田东升的气才有所缓和，让田家兴站了起来。

田家兴问："夏局长，马上就过年了，你怎么还往乡里跑？"

"听了你们村牛虎初跑路的事，我这哪里还待得住。对口扶贫的村出了这么大的事，受了这么大损失，是我的失职啊。家兴，你要帮我想想辙啊，怎么把花凼带活哟。"夏永良眉头皱成了川字。

47

开春，花凼绿色生态农业合作社的办公室前围满了人，都是来找田家兴的，要求出租田土或者入社。

“要是早听信家兴就好了，就不会被牛虎初那狗日的撮了。家兴，我们之前错怪了你，不晓得你是为我们好，看在一村人的份上，莫计较。”

“家兴，幸亏听了你的话，老子犹豫了一阵，要不老子也要哭死了。”

“家兴，我想入个社。”

“家兴，我们家的田给你和千岁作，放你们这我踏实，你们实诚，不会搞鬼。”

最新鲜的是，这些要求入社和出租田土的人有不少是牛姓人，这可是开天辟地头一回呀。田家兴那次站出来替牛罗锅和姜翠花说话，年前又送了米给他们，让牛姓人都感动了。要知道，田牛两姓互不通来往，互挖墙脚已是多年，之间的隔阂跟城墙一样厚，这回竟消除了。牛罗锅流着老泪，七歪八颤地哭着忏悔呢。姜翠花扯着自己的头发，说自己作孽太多。谷清嗲嗲趁机教育大家：“上善若水，有容乃大。”彭太安也说道：“不务正业、心术不正、互挖墙脚，这花凼村还怎么振兴起来？”

田家兴听了乡亲们的意愿，暂时没有答复，他在思考一

个问题，怎么样带动大家提振信心，参与到农业产业链当中来，把花凼村的田地种出高效率高产值来？这么肥沃的土地，没有利用好，使用好，太可惜了，能不能实现从孤军奋战到团战凯旋呢？

农业局夏局长年后脱贫攻坚时，召集了第一书记李国华、支书彭太安，还有田家兴、贺千岁等一起扯淡。

彭太安说："花凼村被牛虎初这么一搜刮，整体经济实力起码又要倒退几年。如果在家乡没有一条好的致富路子，一个个又会四处漂泊打工，花凼空巢村老人村打牌村的现状怕一时半会儿难得改变。你看，那么多人找着家兴要把田租给他，估计一个个又都准备出去打工去了。"

田家兴说："科学可持续地进行规模经营是一种趋势，如果想要全村的土地资源发挥最大效益的话，还是得走这条路。但从这几年农村土地租赁来看，农民不讲法，对于土地租赁太随意了，而且土地租赁市场价格混乱，不少人想要哄抬价格，搞得这周边租地价格高低不等，很不好弄。"

"是啊，你们看看，这几年村民想退就退，想出租了又来找我们说，没规矩成不了方圆啊。假设我们真金白银投入进去了，他们又要撤出来，这真的会害死人。再说租金，租金一亩田只要抬高一点点来，几百亩上千亩的那都不是小钱，对于我们经营者来讲，那是不小的压力呀。"贺千岁补充道。

第一书记李国华拿一张报纸给大家边看边说道："这里有个文件，《关于引导农村土地经营权有序流转发展农业适度规模经营的意见》，对农村土地流转的乱象进行规范，画了三条红线，来引导农村土地健康流转。你看，这三条底线是：坚持土地公有制性质不改变、耕地红线不突破、农民利益不受损。我想，有政府文件作保障，应该可以慢慢引导大家规范地进行土地流转。"

听大家发表了一番意见后，夏永良扶了扶眼镜，才慢条斯理地说道："嗯，你们大家讲得都有道理，现在看来，要彻底改变花凼目前的风貌，必须抓好几件事：一是规范土地流转，稳定土地流转期限以及价格；这个土地流转最好与农村土地确权登记衔接起来，确权登记搞好了，农民也会稳心一些，也避免将来产生纠纷；二是利用好土地资源优势，扶持壮大水稻种植、生猪喂养、农产品深加工等产业开发升值；三是要树立可持续发展的理念，无论是水稻种植还是其他农业产业，都必须始终坚持绿色发展的路子，打响花凼的有机生态特色品牌；四是拓宽产业链、扩大销售渠道、搭建农村电子商务平台至关重要；五是传承花凼的文化传统，为将来打造美丽乡村旅游作准备。我结合大家的意见，总结了这几点，你们觉得呢？”

“那是那是，夏局长总结很到位。”大家一致点头。

“今年，我们很快将要根据上级的农业扶持政策，结合本地实际情况出台具体的农业适度规模经营补贴实施方案。国家对农业产业的扶持可谓全方位，力度也是空前，重要的是你们要抓住机遇好好干。你们一定要坚持规划先行，画好乡村振兴全局图；坚持融合发展，牵好乡村振兴牛鼻子；坚持引巢筑凤，落好乡村振兴关键棋；坚持文化传承，留好乡村振兴主心骨。”

“夏局长讲得太好了！”大家不由得鼓起掌来。

此番交谈之后，田家兴和贺千岁感觉机遇与挑战并存。根据夏局长讲的几个要点，如何化为切可实行的具体方案？采用什么样的经营方式最合理有效？田家兴想，绝不能打乱仗，规模要符合实力和实际情况，同时又要能实现抱团合作经营，带动花凼村村民一起种植生态米，促进可持续发展。

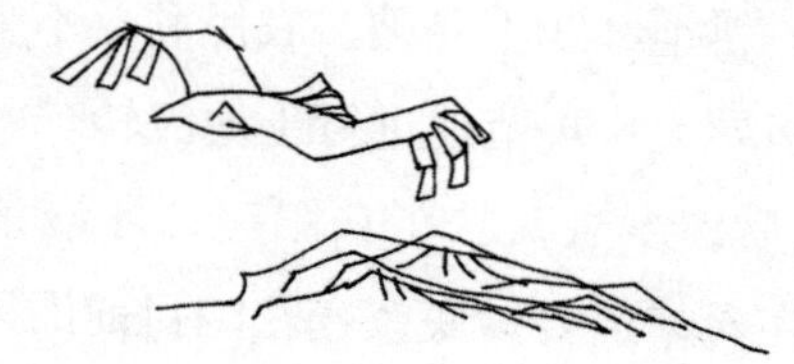

48

早春的风还有些冷，彭太安浑然不觉。晚饭后，他坐在饭桌旁思索夏局长的讲话和田家兴他们的计划。到底是年轻人，思路开阔，确实是好路子呀！但实际操作起来呢？农村工作不好做，首先土地确权这个工作就是个硬骨头，难啃。彭太安一声不吭地坐在饭桌旁抽烟，思考得入了神。他老婆马桂兰边收碗，边嘴碎，发了一通连珠炮。

“你这个村支书还不如两个后辈了吧，人家是政府的扶持对象，你只有替人家跑腿的份。他们怎么不说扶持扶持你的猪场，你办猪场就比不上人家作田？成天还屁颠屁颠地为人家做这做那，人家给过什么好处没？风头都被人家抢了，你什么都不是。到时候，要发财也是他们发，名声也是他们得，跟你一毛钱关系都没有。万一要出了事，是你这村支书撺掇大家干的，说你没把好关，责任又到了你身上。牛虎初闹出这么大事，你还不是跑上跑下接访维稳，还要被镇里领导骂。到头来，都只讲田家兴的好，说他心善大度。我看你就少操点心，好生喂好自己的猪，别人要发财那是别人的事。还有，你给我把志明拉回来，天天跟着泥腿子混，白送他读书了。你要不干，我就回娘家算了，你们爷俩过。”

“头发长见识短的婆娘，嘴巴子碎得像渣，闭嘴闭嘴！”

彭太安平常一般不凶，随他婆娘讲，但凶起来就吓人。他婆娘闭了嘴，鼻子哼了一下，碗筷一摔屁股一扭，气鼓鼓地走了。

彭太安被老婆气得脸通红，冲他婆娘的背影骂了句："哪天我非割了你这长舌！"骂完，端起一杯酒，一仰脖，倒进喉咙，算是解了口气。

婆娘的思想做不通，一天不知要被她埋怨多少次。虽然，婆娘有些话也没错，譬如，自己喊跑腿就跑腿，喊开会就开会，也一样没谁念个好。但自己坐在支书这个位置，总要给村里做点事，计较这计较那能做成什么事呢？彭太安的"好人"名声确实不是吹的，他这"支书肚里能撑船"。但一天到头被婆娘啰唆得烦，也不是个事。不知道她那脑壳，什么时候能开窍，唉。

"爷，想什么呢？这么出神，一脸的不快活呀。"这时，彭太安的小儿子彭志明从房内出来，问道。

"没什么不快活，你娘多嘴讨嫌。"彭太安回了崽伢一句。

"其实，娘说的话我听见了，娘那是小家子气呢。我觉得家兴哥能在我们花凼村打开局面，闯出一条路子来，对我们花凼村的发展有好处，对你的猪场也有帮助。我们家那些猪粪污染环境，家兴哥那能循环利用，省了你不少事。将来，猪肉销售也能搭上农村电子商务这趟车，销到全国各地，你何乐而不为？"

"猪不猪肉的，我倒是无所谓。主要是你们年轻人的事得干起来才好呀，也不枉我给你们跑这些个腿。"

"爷，境界挺高呀，点赞点赞！"彭志明举起大拇指，说着，就往外走。

"这小子！这大晚上的，你去哪？"彭太安笑着问。

"家兴哥说，要我招兵买马，把花凼电子商务做大做强。他说要和京东、天猫，还有中粮旗下的我买网等等网络平台合作销售。"

"去吧，去吧……"彭支书巴不得崽多学点东西。

49

彩旗飘飘，锣鼓喧天，花凼村一派热闹喜庆。这一次，田家兴搭起了更大的舞台，准备带领全村唱一曲乡村振兴的大戏。

为了扩大招商引资，田家兴注册成立花凼绿色生态农业有限公司，谋求拓展农业产业链，向集水稻种植、养殖、农机农技服务、农产品加工、农村电子商务等于一体的综合性农业企业发展，探索实施“企业 + 合作社 + 家庭农场 + 农户”订单生产模式，既集中统一又分散协作，坚决倡导“良土 + 良种 + 良肥 + 良法”的生产理念，走绿色生态农业的路子。

目前为止，和田家兴达成了订单种植意向的农户有两百余户，初步统计，面积达两千余亩。为了使经营规范化，田家兴与所有进行订单种植的农户签订了协议。除此外，花凼绿色生态农业合作社自营田也上了两千亩，全部规范签订了土地流转协议。

花凼绿色生态农业有限公司成立仪式这一天，花凼村的田野上搭起了高台，这是乡村振兴事业的大舞台，是花凼村又一次涌现的新生事物,全村人都来见证这新的历史时刻的诞生。

崽伢搞这么大场合，田东升和陈爱莲长了脸，既高兴得合不拢嘴，又捏着一把老汗。他们知道，每个人都在眼鼓鼓地瞧着呢，看家兴回乡作田能作出什么名堂。田东升为崽伢全力操持着，气氛要造足，气势要亮出去。他亲自操持，搭建台子。台上台下铺满红毯，竖着一块巨大的庆典仪式背景板，后面是更大的背景——广袤的绿色田园，农村的大天地。

田家兴大声宣布："花凼绿色生态农业有限公司正式成立！"刚一宣布，鞭炮声、锣鼓声在田野上空轰鸣滚动，震天动地。

鞭炮声停歇后，田家兴言简意赅地发表了一番讲话："我们创立宗旨是扎根于这片土地，走合作化发展之路，齐心同力奔全面小康；我们发展的理念是，泽润耕者，康健食者，守护绿色土地，丰盈祖国粮仓。说得再多，不如认真去做，感谢政府、村委以及乡亲们对我们的支持和信任，请你们翘首以待！"

成立仪式一完，重头戏就成了花凼地花鼓艺术表演。这个主意是田家兴出的，他说，好不容易搭个大舞台，得让全村人好好唱唱，唱了的都有奖，物质和精神同步向前。

听说有奖，村里久没操起旧家伙的老票友们，一个个摩拳擦掌，准备一显身手。村委与县文化馆送文化下乡活动对接，县文化馆大力支持，也给花凼村送来了节目。全村人齐聚台下，享受一次文化大餐。

这里的地花鼓戏唱词简单，是由过去的山歌、小调、劳动号子发展演变来的，所以，非常的朴实粗犷，而且一唱再唱，回环往复，虽然简单，感情色彩却渲染得很强烈。男性扮三花子舞扇，女性扮旦角舞绸帕，身段灵活，神情夸张，幽默诙谐。

村里婆婆姥姥们坐在戏台下，爆出一阵阵大笑，眼睛不眨了，没牙的嘴张着合不拢了。那些细伢们新奇不已，围着戏台子仔细看演员们的装扮，嘻嘻哈哈地在台下学着甩袖走步。多久没听过这地道的地花鼓戏了呀，这才是过去那个日子闹腾，有滋有味的花凼村。

让人拍手称奇的是，姜翠花主动请缨，在村里招募演员，下足功夫，排练了一台《送财》地花鼓戏，给花凼绿色生态农业有限公司成立助兴。

正呀月哩个哩呀好呀好送财

天官赐福我的个乖乖，送喜那个又送财

二呀月哩个哩呀好呀好送财

多久没听过这地道的地花鼓戏了呀，这才是过去那个日子闹腾，有滋有味的花凼村。

双龙戏珠我的个乖乖，送喜那个又送财
三呀月哩个哩呀好呀好送财
三星跟着我的个乖乖，送喜那个又送财
四呀月哩个哩呀好呀好送财
四季春风我的个乖乖，送喜那个又送财
五呀月哩个哩呀好呀好送财，
五子登科我的个乖乖，送喜那个又送财
六呀月哩个哩呀好呀好送财，
六合同春我的个乖乖，送喜那个又送财
……

50

春风拂面，田野的空气清新得如同水洗。夏永良叫田家兴他们陪他到田间去转转。他就跟个老农一样，脱了鞋子卷了裤管，踩到田里，去看田里禾苗发蔸抽节的情况。他说："人要跟泥土多接触，才不会忘根。我是农民的儿子，我闻着这泥土、这稻子的气息，心里就踏实。"

贺千岁笑道："夏局长作的诗真好啊。"

"这滑头，不许笑话人啊。我知道你是个农民诗人，你们把稻子都种出诗意来了。'归田记'公众号、抖音号做得好啊，我也是你们的田园粉呢，哈哈……像你们这种懂得文化营销的农民不多，真是不错！"

"那是，这些平台的传播速度迅速快捷，粉丝噌噌地涨，点击量那是杠杠的。是吧？家兴。"贺千岁得到表扬，得意地笑着。

"你这人，说你壮你就喘，一点都不谦虚啊。我知道夏局长经常给我们转发，也发动熟人朋友给我们转发，'归田记'公众号粉丝越来越多，得感谢夏局长不遗余力的宣传呢。"田家兴笑道。

"你们这俩，一个稳重坚定，一个乐观向上，实干精神都很强，更重要的是，有情怀有担当，真是最佳搭档啊。你们俩

就好好干吧。”

一行人在这大好春光里，备受鼓舞。夏永良问道：“你们对现在的花凼村有什么看法？”

“乡亲们口袋里钱相比过去鼓了，但感觉有些东西淡了。”贺千岁回答道。

“什么淡了？”夏永良又问。

“家的感觉淡了，乡风乡情淡了，风俗节气淡了，吃什么用什么也没过去那么有滋味了。我感觉无论在家还是在外，大家的心都是飘着的，不落地。”贺千岁描述着这几年心里的感受。

“虽然家在这里吧，又无法完全安心在家。去外边吧，也难得立足。农村人要在大城市买房安顿下来，不是谁都做得到的，买个房子几十万上百万，像我们这样的，打一辈子工也别想买到。”亚洲说道。

“可这有什么办法，城里的现代化水平高，赚钱的路子多，就说读书，城里的教育设施和水平那明显比农村好嘛，我们这里连个像样的学校都没有，你说，哪个不愿意往好的地方钻嘛，哪个不想自己家的细伢将来考个好学校，有个好前途嘛。”海洋说道。海洋看到弟弟亚洲在家做事做得挺舒心，于是今年他也留了下来，不仅在田家兴他们的农场入了股，还当了片区经理，但是，细伢读书的问题令他很恼火。

“现在那些个妹子要么只想嫁城里人，要么就是彩礼高得吓人，在农村讨个堂客都难。”亚洲、志明他们一个个也参与进来讨论。

“哟，想堂客了，亚洲，志明，你们好好干，干好了，堂客自己送上门了。呵呵……”夏永良笑道，“这根本原因，还在于发展的不平衡啊。其实我们国家一直在致力于从根本上解决城乡差别，解决乡村发展不平衡、不充分的问题。你们经过这么长时间的体验，应该也能看到国家对农村农业的政策倾斜，我们对你们的支持扶助，不仅是责任，也是一项政治任务。”

田家兴叹道：“若想要乡村真正振兴起来，不仅仅是产业，也不仅是实干，还要让乡村的灵魂活起来，文化上要自信起来。”

“其实你们手头上有着你们自己没意识到的宝贵资源。”夏永良若有所思地道。

“么子资源？”田家兴和贺千岁同时问道。

“田园。我们这里独特的水乡田园风光、悠久的农耕文化。”

“咳，不就是几亩田么？看久了也枯燥了，没什么看头。要我看，只有那些腰子都要落的人，吃饱了没事做才会有兴趣。”田建国笑着说道。

“看头也是需要挖掘的嘛。虽然这里千百年来除了田还是田，但这也是文化嘛，农耕文明在这里可是源远流长。怎么打好文化牌，可是有大用处的。”

大家你一言我一语地讨论着。这时，一阵风送来了戏台上地花鼓的唱腔：

男：正月里看姐是啊新年，姐在绣房绣云肩。

女:哥哥你来了，忙把云肩放，奴叫一声哥，板凳拖两拖，哥哥你请坐。

男：来哒是要坐啊，坐哒又如何?

女:为何咯久咯久不到姐家坐，不到姐家行，为呀为何因，讲给姐家听。

男：妹子你听清，听我来说原因。

正月里来正月正，郎在家中闹呀闹花灯。我实实没得空，没到贵府行。

男：二月看姐是呀花朝，姐在绣房绣荷包。

女:哥哥你来了，忙把荷包放，奴叫一声哥，板凳拖两拖，哥哥你请坐。

男：来哒是要坐啊，坐哒又如何?

女:为何咯久咯久不到姐家坐，不到姐家行，为呀为何因，讲给姐家听。

男：妹子你听清，听我来说原因。

二月里来是呀是花朝,郎在家中把呀把田抄。我实实没得空,没到贵府行。

……

这是一段对子花鼓，曲目为《拖板凳》，由一对男女扮成一丑一旦，唱得婉转欢快。

“这个唱腔好，好久没听到这么好听的嗓音了。这真的是唱得出神入化啊，是个高手。走，去听戏去。”夏永良说道，一行人连忙跟着，都想走近去看个究竟。

田家兴突然就挪不动步了，他的眼前不断幻化出一个穿水绸裙裳，戴云髻、涂胭脂，装扮俊俏的女孩儿来。这唱腔声调多像啊！还有那身段走步，袅袅娜娜，如风摆柳，多像呀！他不敢痴心妄想，可他还是多么希望那个甩着水袖罗帕，身材窈窕的女演员是娟子，可是，那怎么可能呢！

他无法挪动自己的身体，不敢去看，也不敢再听。

51

土地确权工作已经提上了日程，政府非常重视，要求各村尽快实施这项工作，还下发了具体的指导性文件，明确一切确权费用由政府财政列入预算，不得向农民摊派任何费用。这项举措对于农民来讲，无疑是给他们一个稳心丸。对田家兴他们这些新型种植大户来讲，同样是非常有益的。正如政府下发的指导性文件上所说，权属关系的稳定，增强了流转的稳定性，流转的周期会更长，参与流转的覆盖面也会更广。

支书彭太安召开村委会议，紧锣密鼓地部署开展这项工作。乡里派了技术员来测地，彭支书拿着扩音器，指挥各家各户配合土地测量和确权等工作。大部分村民都很配合，但因为土地涉及切身利益，为了三五分误差，扯皮的叫叫嚷嚷的事不少。没得几天，彭支书的喉咙已经喊嘶哑了，堂客马桂兰逮着就要啰唆他一回。

正是稻子长势旺盛的时候，田家兴刚开完一个小会，叮嘱每个片区经理好好配合土地确权工作，也要注意确权时稻禾不要受到损害，同时密切注意水稻长势、病虫防控，还有虾稻、蟹稻共养区的虾蟹的活动情况，及时汇报。

会议刚开完，田家兴准备去巡田时，志明急匆匆地跑了来说:“又要打架了，又要打架了，田总、贺总你们快去看看！”

“真是的，三句不合就打架，怎么还是那老风气。谁跟谁打？”田家兴和贺千岁急匆匆地一同跟着志明去看到底什么情况。

“亮叔和一个不认得的人。”

“亮叔能打架么？风都刮得跑了。”

“幸亏亮叔在，对方才不敢动手。亮叔往前一站，他就退了，因为他怕亮叔一倒，就跳进黄河洗不清了。”

“哦，这就好，你这人，大叫大嚷，吓了我们一跳。”

“嘿嘿，是差点打架了。你看，几个人正嚷呢。”

田家兴他们从机耕道插小路过去，便看见农场的一块稻田前站着几个人。走近才看清是亮叔和亚洲、海洋他们和一个五十来岁的男人正在气愤地争辩着什么。这个男人两撇八字胡，身材精瘦，看起来有些面熟，但田家兴又记不起到底是谁。

“那时候，你，你嫌作田辛苦，带着全家出去找营生。村，村里要求你屋里的田，须得交代，不，不能误了交税……”亮叔“呼哧呼哧”地喘了几口，歇了一会才继续说道：“你，你到处求人帮你作，没，没哪个答应你。你后来求我，说我屋里崽多，要我收下你的田，我怕作不下不肯受着，你，你讲了一箩筐好话，说以后这田就归我屋里了。你，你……”亮叔气喘不上来了，一阵咳。

海洋帮爷老子揉着胸口，接着说道：“后来，你在外面买了房，就没回来过。这些田我爷娘勤勤恳恳作了十多年，前些年的税收也都替你们都交了。那些年发大水，作田没得钱赚，只有亏，我爷娘都累出了一身病。这多少年了，你瞧都没来瞧一眼，现在你看着国家政策好了，就跑回来要田，你这人也太没信义了！”

“这田本来就是我家的，我要回去有什么不对头的？我让给你们作了这么多年，对得起你们了。现在你们背着我把田流转出去，都收了几年的租金了，半点信都没递给我，到底是谁没信义？”

“你，你自己红口白牙、拍着胸脯讲这些田都归我屋里，如今你转眼就不认账，你这是过河拆桥啊，你，你看我病成这样就……就好欺负呢。”亮叔气得又一阵猛咳，薄片身子摇摇欲坠。

“哪个能作证，我什么时候说田归你屋里了，好笑，我家的田能给你们么？我爷老子在土里都不得安生，要怪我败家呢。”

“你，你……”亮叔气得要上前打人，亚洲、海洋赶紧搀扶着他。对方也忙往后退，说道："你人跟条病秧子一样，脾气倒是蛮大，你莫过来，莫过来，你莫讹我。我不跟你讲，我跟你们那什么董事长讲，叫他把租金给我，要不我就不准他作我家的田。"男人说完又自顾念叨，"世道变了哦，花凼村还有这样的时新叫法。"

田家兴他们在一旁听了一阵，知道架是打不起来了，但这中间的麻纱事怕一时半会扯不清。田家兴走上前对那似曾相识的男人说："您好！我叫田家兴，是花凼绿色生态农业有限公司的负责人，你有什么事跟我讲。亮叔身体不好，你莫再刺激他了。"

"兴伢子、千岁，你们不认得我了？当真是细伢相见不相识，笑问客从何处来呀。可你们不是细伢呀，看来我是真的老了，老得你们一点都不认得了。"男人只管摇头，一副自怜自叹的样子。

田家兴忽然想起小时候经常叫炳坤叔的人来，那个炳坤叔姓刘，正是两撇这样的胡子。只是那时候他没这么瘦，和现在的感觉完全不一样，难怪认不得了。不过，这个炳坤叔溜活灵泛的样子还跟过去一样。田家兴说道："炳坤叔，是你啊，好多年不见了，在哪发财？"

"唉，什么在哪发财，要发了财还会来跟我老兄要这几亩田啊，好歹原来是一个队上的。"

"哪个是你老兄，不讲良心不讲义气，嘴巴却喊得沁甜，你，你就是个狡猾鬼！"亮叔愤然道，说了一句又喘了起来，海洋和亚洲连忙去扶着。亮叔又朝田家兴嚷嚷："家兴，这田是我的。你要是把田认作是他的，那我连你也骂，我死也要死在这田里，这田我是用命换来的。为了作这田，我弄得这一身毛病。"

"亮叔，你先莫急，莫急，我们大家一起想办法解决。田还在这里，谁也不能把田给搬走是不？我一定会处理这个问题的，包您老满意。您老要是相信我，就先回去休息，莫到太阳底下毒晒，脑壳都晒晕了。"田家兴赔着笑，心里也害怕亮叔一激动就心脏病发作，那可不得了。

"海洋、亚洲，你先扶你们爷老子回去休息。"贺千岁赶忙吩咐道。

海洋和亚洲一直紧张地扶着他们爷老子，听田家兴和贺千岁这么一说，他们便赶忙劝着，扶田亮东回去休息。

等他们一走，刘炳坤就和田家兴他们细说起今天这事的缘故。原来，刘炳坤前几天在县城碰到他堂哥，堂哥说花凼村正在进行土地确权，就想起自家名下还有十六亩田在花凼。

刘炳坤说："这次土地确权是按九五年第二轮承包时登记的为准，按法律来讲，这田确实还是我刘炳坤家的。"

"这个问题麻烦啊，你看看亮叔的样子。"田家兴忧心忡忡地说道。

"如果不是我这几年做生意亏得短裤蒂根都没有了，我也不会来要这几亩田。我确确实实现在走投无路了，欠了一屁股债，饭都没得吃了。我堂客也跟我离了婚，我崽伢子也不管我。"

"不管怎样，你当年拍着胸脯讲过要把田给我爷娘，我记得清清楚楚。我爷娘这十多年，为了作田，吃尽了亏。他们一心把这些田当作自家的呀，田塍修了又修，这会子你一把要回去，他气不过，难保不会发病。我爷老子要有个三长两短，我跟你没得完！"海洋过来说道，他刚安排亚洲去送爷老子回家，自己又回身过来，看怎么处理这个事。

"你说我讲过，我就真讲过啊，你们要讲证据。都是乡里乡亲的，你们不能看着我走投无路，还霸占我的田啊，你们不能这样没良心呀。"刘炳坤一副受害者的模样。

"你……"海洋气得满脸通红，冲上去就想打人，被田家兴他们拉住。

刘炳坤退了两步，嘴上却一点没服软，叫嚷道："你们要耍横，那我就天天守在这里，你们谁都别想在我的田里种稻子，我一把火全烧了。你们要好生说，那我奉陪你们坐下来谈。如今，你们说的都不算，我说的你们不服，那就请有权处理的地方来处理吧。"

刘炳坤胸有成竹，一副有理走遍天下的样子。田家兴也知道，按法律来讲，这田确实还是刘炳坤的，但亮叔那个样子，受不得半点刺激了，这事着实棘手。

52

经过一段时间的工作，全村土地确权工作接近尾声。但是田亮东和刘炳坤之间的矛盾没解决，这个尾巴一直拖着，影响整项工作的完成。

刘炳坤天天来田里守着，如果田家兴不承认这田是他的，跟他来签订流转协议，他就不允许他们到那十来亩田里施肥浇灌。田亮东闻讯，病病歪歪地来跟刘炳坤争论，胸口都快喘成烂风箱了。双方各执一词，谁也不让，车轱辘话说了一轮又一轮。

支书彭太安为解决这个纠纷，不得不背着田亮东向县里确权纠纷调处小组申请，请求专门人员来调处。调纠组的人查明事实，告知双方："口头协议是无效的，按农村土地承包法，在承包期内，农户没有书面申请主动放弃承包权，任何组织和个人不得擅自解除土地承包合同，所以这田确实得归刘炳坤。"

刘炳坤两撇八字胡跳动着，得意地说："是吧，我说是吧。现在是法治社会，讲究依法办事。"

"你们倒是几句话就交代了，说不是我爷的就不是我爷的了，我爷老子怎么想得清？我爷老子那是一根筋，尤其这些年，身体垮了，有心脏病，地球又得癌死掉，他整个人的思想都不对头了，我们都只敢顺着他来。"海洋又气又愁。

"炳坤叔，你当初就不应该把那些田给我爷，那时候累死累活还赚不到钱，没哪个稀罕你的田。你如今出尔反尔想要回去，我们也阻止不了。但是你要害了我爷，那你就莫怪我们不客气。”亚洲也说道。

“谁出尔反尔，你这后生伢子晓得么子？”刘炳坤反正是打死都不承认，但他想了一阵，又向田家兴说道：“兴伢子，以往几年我就算了，我也不是那小气人，今年开始，流转金该付给我了，要不然，我的田我马上收回，田你们就不要作了。你这是侵犯了我的经营权和使用权，你这个大学生应该晓得吧？”

刘炳坤则扬言：“田是我的，不给我确权，我就一把火烧了这些稻子，谁都不得好。”

田家兴一直没怎么说话，他最大的顾虑确实是亮叔的病，老人再也经受不了打击了，怎么办呢？

彭太安把田家兴扯到一边，哑着喉咙说道：“这个事棘手，让人头痛得不得了，我都不晓得该怎么办了。要是因土地确权工作搞出条人命来，我们都不好过。先放两天，再做做工作吧。唉，这个鬼事。”

“是呀，彭支书，我也不敢表态。先放着，让我想想办法。”

田家兴感觉农村里的事，不是依法解决那么简单。乡村是个人情社会，一个个都是抬头不见低头见，不是冷冰冰地喊一是一喊二是二的。

晚上，田家兴召集了贺千岁、海洋、亚洲以及刘炳坤到彭支书家里去。彭太安忙完事，正躺在竹躺椅上休息。两边太阳穴上贴着两贴膏药，原来他当真是犯了头痛病。他这支书当得任劳任怨，真是花凼村的福气呀。田家兴由衷地想道。

“哟，支书老兄，这躺得够惬意呀。”刘炳坤进门就嚷道，“老弟我现在连饭都吃不起了。”

“不是说你在外做木材生意发了么？怎么到我这儿哭穷了。”彭太安招呼大家自己坐。

“虽说好汉不提当年勇，但当年，我也确实是要风有风，要雨有雨。但你晓得的，做生意总是有赚有亏，这几年亏狠了，唉，莫提了，莫提了。”

“你这么英雄盖世，还出尔反尔，给了我爷老子的田又来要，吹牛也不打草稿。”亚洲鼻子哼着气，嘲弄道。

“嘿嘿，虎落平阳被犬欺，我这是人走背字被后生伢子欺……“刘炳坤被亚洲一句话怼怂了，但还是煮熟的鸭子——嘴硬。

田家兴则开门见山说道："支书，各位，今天我想为炳坤叔和亮叔两家土地确权的事提出一个解决方案。那十六亩田按法律规定应确权到炳坤叔名下，但这个确权的事可不可以不要告诉亮叔？我们就说调处纠纷小组重新审议了，田土还是归他。这虽不是什么好法子，但也是权宜之计，当个善意的谎言吧。"

"你亮叔这几年被这心脏病折磨，精神上又因地球去世的事受到了打击，我们乡里乡亲的，是不要去刺激他，万一惹得他心脏病发作，大家心里也都过不去是吧。"彭太安望着刘炳坤说道，刘炳坤心虚地把视线移开了。

"但你亮叔虽然身子不怎么样，心里清白着呢，怕瞒不过。头一条，他每年等着这田亩租金呢。"彭太安又对田家兴说道。

"是呀，我想了下，为让亮叔相信田没有给炳坤叔，这十六亩田的流转金我照样全价付给亮叔。我今天召集大家到支书你这商量，就是想请我们这帮人都统一说法，瞒着亮叔。炳坤叔，我知道你有了难处，今年的流转金我提前给你，但你不能在外边声张。"

"一分钱难死英雄汉呀，我现在确实是怂了。这样，你既然愿意这么做，那我表态，我一定不再提半个字，瞒着亮东老兄。度过了这个烂包的光景，我也不会再要这死了脸的钱。"刘炳坤说道。

"那怎么行，家兴，你现在还是在创业阶段。一年要多出好几千，年年这么出，也不是一笔小数，那你太吃亏了。"海洋站起来说道。

"是啊，我们兄弟俩怎么好意思。"亚洲附和道。

"家兴跟我商量说，亮叔也是本家叔叔，这一点钱不算什么，你们俩兄弟好好干，当给你们加的工资。如果托大家的福，将来运气好能有大的造化，他还想要多为村里的老人做点力所能及的事。家兴都这么说了，我也举双手赞同。"贺千岁站起来说道。

"那就这样先定下，支书你看可以不？这个还要请您来圆这个场，亮叔肯定会相信你这个支书说的话。"

"惭愧惭愧，我没想到家兴这伢子这么有气度，自愧不如呀。家兴，你小时就是个'小先生'，现在我看呀，你就是个'大先生'，'大先生'呀。"刘炳坤叹道。

"那是，家兴这伢子不错，称他'大先生'，那是没得一点水分。行，我尽我最大的力瞒住这个事，也莫白费了家兴伢子的一番好心。"彭太安点头说道，头一阵眩晕，连忙往后躺下去。

“太安叔，你也别太累了，好好休息才行呀，别把身体搞垮了。这村里大大小小的事，你老都亲力亲为，真是为难你了。”田东升关心地说道。

“自己屋里一寸长的事都不管，别人的事样样揽着，说得好听，是个支书，不好听,那就是一个跑腿的。跑腿跑腿,把自己给跑病了。”马桂兰从灶屋里出来，边啰唆边往外倒了一盆洗碗水。看得出，女主人心里有意见。

彭太安虚弱得没力骂堂客，只好抱歉地对众人笑笑：“没什么事，一点点脑壳痛，躺一躺就好。家兴，你这个后生子，有气度，跟你爷爷当年有得一比呀。我这个堂客不懂事，她不晓得我的命都是你爷爷救的呢。”

“我爷爷救过你的命？”

“是的哟，我小的时候，爷老子在外湖放排遭了难，丢下我娘老子和兄弟三个。我娘老子是小脚，拌不得禾担不得担，年年都是你爷爷来帮工。有一回，我发烧，烧得浑身滚烫，我娘老子只晓得哭，是你爷爷晓得了，抱着我打着赤脚跑了十多里路，跑出一脚的血泡，送到镇上郎中那。医生讲，不早点送，就烧坏了。那时候，乡里乡亲几多好呀。这花凼村想要向前发展，还是要拧成一股绳，除了天时、地利，最重要的，还得要人和呀。我们年长的就要对家兴这些后生伢子的事要多操些心，我们也干不得几年了，将来的天地是他们的。”

刘炳坤听着，不禁面有羞色。

53

五月，青黄相接的时候，花凼村的土地确权工作已经全部结束，田家兴也顺利地领到了农村土地流转经营权证。按清江县“农信担”贷款政策，田家兴以土地流转经营权证作抵押，贷款两百万，又因县里的贴息政策，贷款利率低了许多，这可真是给种植大户减轻了不少负担。田家兴不用再为全年的流动资金发愁了。同时，烘干机房也顺利竣工。

田家兴和贺千岁走在田塍上，望着花了他们无数心血的稻田。稻子长势很好，长长的稻穗垂挂着，谷粒饱满匀称。他们就像期待崽伢出生一样，信心满满又略有紧张地等候夏收的到来。

两人边走边讨论夏收人工安排等等事宜，这时，刘炳坤迎面而来打断了他们的讨论。

“哟，田总、贺总，在谈事呢。”刘炳坤一脸客气的笑，蛮会来事地打着招呼。

“炳坤叔，别这么叫，叫得生分了。”田家兴回应道。

“您还在村里，没出去呢？”贺千岁接着问。

“唉，现在是没地可去啊，欠了一身账。出师未捷身先死，长使英雄泪满襟啊。”刘炳坤夸张地悲叹道。

“别这么说，炳坤叔，您是个能人，肯定能东山再起的。您现在住哪？你那老房子可住不得人了。”田家兴问。

“住我堂兄家，反正他儿子媳妇都出去打工了，家里空敞得很。嗨，别说我了，我正好找你们说点事呢。”

“什么事？”

“家兴、千岁，我见你们做事义气，我提个建议，帮你们多销点米出去。”

“什么建议？”

“花卤村这些年出去了不少人吧？虽然大部分是农民工，但混得好的那也是有的，有的当了老板，有的当了经理、主管什么的，而且花卤村在外开高档酒店的也有呢。”

“那又何哩？”田家兴和贺千岁问道。

“你们想哦，是个人都要吃大米吧，吃别人的米是吃，吃自己村里的米更好吃的。其实在外头的人，就想吃个家乡的东西，花卤村都凝结着他们的家乡情结呢。那些老板，只要有这个需要，他们多少都会愿意买你的米。而且不仅是花卤村走出去的老板，整个灵官镇、整个清江县这么庞大的群体，你要是抓住了乡土人情这张牌，就能开发好大一片市场。我过去做生意，就是先从熟人做起，我脑子里贮存着一个老板库呢。”

“炳坤叔，我也不白占你的人脉资源，你愿意加入我们花卤农场当销售经理不？我们按底薪加提成的方式给你计薪酬。如果你有合适的人选，也可拉他们加入我们的销售队伍，这个队伍由你领导。当然我也不勉强你，你愿意就愿意，不愿意也没关系。”

“那敢情好啊，我的荷包布贴布，正是想找事做。过去跟我一起吃喝的兄弟都避瘟神一样避开我，没想家兴你还敢用我。做销售正好合我的胃口，你放心，我不是个孬角，保证做好。”

“那行，那就这样说定了。”

等炳坤叔走了，贺千岁说：“你现在就跟个军师一样地用人了。”

“我呀，用人的原则就是用其长，避其短，人尽其才，物尽其用。刘炳坤这个人虽然有点爱吹牛，但毕竟走南闯北，脑瓜子灵泛。在销售这一块，有他独到之处。互利互惠互相成全才是最好的合作关系，他虽然生意败了，那也跟前几年经济大环境有关啊。其实每多一个人加入我们，我心里就高兴几分，人多力量大。”

“你呀，说我是诗人，我看你才是理想主义诗人呢。”

“别，我可不抢你的饭碗。呵呵……”

54

招贤纳士，是田家兴的日常工作，他热衷于以优厚条件把本村外出打工的年轻人召唤回来。目前公司员工日益增多，大部分都是花凼本村返乡人员，花凼留守老人和儿童渐渐减少，热闹了放多。

要说热闹，要数花凼绿色生态农业有限公司的电子商务部最热闹。办公室数十个年轻人每天忙碌得不可开交，但忙归忙，一个面露喜色，典型的“我工作我快乐”。

电子商务部由彭支书的儿子彭志明任经理。磨炼了两年，年轻人学会了思考，他对田家兴说：“我们既要继承自然农耕的‘老思想’，也不能放弃‘互联网+’的风口，我们不仅要入驻国内几大销售平台，还要独创属于自己的销售平台。”

田家兴一向疑人不用，用人不疑，他对彭志明说：“你在这方面有专业特长，放开手脚好好干，这里一定是适合你的大舞台。”

有了田家兴的授权，“归田记”系列农产品天猫店、淘宝店相继上线开张，跟京东等也签订了销售协议。电脑 APP、微信 APP 自营销售软件也成功开发。彭志明激情迸发，跟他爷老子彭太安讲，说他将来要成为花凼村的电子商务总代理，让花凼村一针一线一米一粥都能卖出去。彭太安虽然不太懂电子商务这些东西，但他见崽伢事业心被激发，干劲十足的，心里大为安慰。

当上了电子商务部经理的志明，自己种得梧桐树，引了凤凰来。在田家兴的支持下，彭志明邀请了他两个大学同学来花凼农场工作。一男同学和一女同学，男同学叫陈学义，女同学叫刘园，负责网络销售平台的开拓建设和网络订单处理。这三个同学工作时激烈地各抒己见，有IT人特有的酷。工作之余就在地里种菜种花，又有了另外一种归园田居的平和味道。这些个大学生，离开城市，似乎都找到了一种比城市更宁静更安详的状态。

随后，又有一人加入了他们的圈子，驻村扶贫工作队的李冰儿，一个圆脸的年轻妹子。因为长期驻村，驻村点又与电子商务部办公室没几步远，她便也成了他们的常客。几个人年纪相当，思想也合拍，正是青春萌动，再加上这么朝夕相处，等大人们发现时，已两两配对正正好，当得有月下老人牵红线。

怎么配的？志明和刘园，学义和李冰儿。刘园聪明伶俐，长相好，彭太安、马桂兰本来还愁着细崽这媳妇怎么找，如今一步到位了，喜得眼睛都笑没了。李冰儿家境不错，她父母只有这么一个女儿，舍不得把她放在乡下驻村。但李冰儿是个有思想的女伢，说她喜欢乡村，想到乡下去锻炼锻炼，没想这一锻炼，招了一个远道而来的女婿，收了半个儿。两对的双方父母都找机会见了面，见他们学历相当，志同道合，真是再好不过。想这真是花凼的电子商务做的媒，成就了两对姻缘，大家只等着参加他们的婚礼了。

彭太安这下彻底服了田家兴，连马桂兰都换了腔调，客气得不得了，硬是要请田家兴和贺千岁到家里吃饭。彭太安由衷叹道："家兴你的思路确实开阔，我现在觉得你回乡搞农业真是人尽其才啊。"

"要想成事，人才是关键啊，把合适的人放在合适的位置上，就能产生一加一大于二的效果。"

"读了书的人就是不一样，我佩服你。"彭太安竖起大拇指。

"虽然奉承菜好吃，但我还是不能骄傲，亏得有彭支书大力支持，也亏得有千岁这个最佳搭档啊。哎，说真的，这几年虽是累成了狗，但心里却也越来越踏实。千岁，你呢？"

"我也觉得，顺着自然的节气，洒下谷种，就好像洒下了绿色的希望一样，看着它们出芽，长成禾苗，在阳光雨露里扬花、结穗，最后成为人们餐桌上的绿色主食，心里就特别踏实。再看到这片土地引来了越来越多的喜爱它的人们，村里的人气越来越旺，我就觉得特别有成就感。”

“今天的公众号又可以更新了，说得越来越好，难怪有粉丝鼓动你出书呢。”田家兴笑道。

“出书的话，就叫《归田记》。”

“你们这两个人，脑子里点子真多。”彭太安笑道。

55

“哇，这米的包装好漂亮，蛮雅致的！”展台旁站着好几个参观的客人，对“归田记”大米包装发出了赞叹。

“这是我们‘归田记’系列稻米，包装采用淡绿的色调，视觉清新，图案极简，传递一种绿色、纯天然的品质理念。您可以看看这边透明的部分，真空包装的米晶莹剔透，吃起来更是糯软适中，口有余香。我们这稻米完全无残留无公害的，您可以看这边的 VCR，整个种植过程我们都有记录。”工作人员细致地对“归田记”系列大米进行讲解，引得一群人在驻足观看。

这是田家兴和贺千岁参加华南水稻生产技术交流会和农产品贸易展销会的情况。走出去，打开多渠道销售局面，是他们正在努力的事。像这样的交流和展销会已经参加了好些次了。

田家兴坐在自家产品所在展区，心里估摸这次能有多少收获。忽然，前面似乎有一个熟悉的身影，跟着一帮老总模样的人，挨家考察产品质量。田家兴赶忙上前，仔细辨认之后，拉住了那个身影。那人一回头，惊喜道：“哎呀呀，我这次代表公司出来考察，心里正嘀咕着能不能看到你的展台呢，你我真是心有灵犀啊。”

这人正是范劲斌。

两人热情拥抱了一回，又互相上下打量了一番。

一个说："你怎么胖成这个熊样！"

一个说："你怎么黑得跟块炭似的。"

互损，越损越亲切，两人哈哈大笑。

范劲斌拉着田家兴又向几位同行强行介绍："各位老总，我来介绍一下，这是我兄弟田家兴，花凼绿色生态有限公司的老总，归田记绿色生态有机稻米就是他种出来的。各位都是火眼金睛，去他展台看看，说不定有意想不到的收获哟。"

出于礼貌，一位样子很朴素的长者伸出手来："你好！你们展台在哪？"

田家兴当然不能放过这个机会，握完手，立马邀请众人去他的展台参观。范劲斌那当然也是极力推荐，妙口生花，招呼着一行人呼啦啦地拥了过去。

展台早已在现场熬好了米汤、煮了米饭供人品尝。一打开电饭煲，有机米的清香直往人的鼻孔里钻。浓稠似牛乳的米汤看起来也很诱人。贺千岁招呼村里的妹子麻利地用白瓷碗盛着，送到大家手上。

正是临近午餐时候，大家本来就走累了，肚子也走空了，一碗米汤下肚，尤其觉得醇厚香甜。其中有一位秃顶的老者赞许道："这味道真是地道呀！我出生时，我母亲没奶水，我祖母就是用这种米汤把我喂大的，把我喂得白白胖胖。我小名就叫米汤，说我跟米汤一样的白。好米养人呀！现在好多米都煮不出这种米汤来了。今天又喝到这么好的米汤，真令人感慨，确实是好米！"

田家兴喜滋滋地说道："您尽管吃，管饱。我这还有麻辣稻花鱼，拌饭吃，这都是我们田里养的，自然长大的稻花鱼。稻鱼共养，是绝对不会打任何农药的。"

贺千岁连忙打开一包包精致包装的稻花鱼，递给大家。然后，他又盛出一碗碗米饭，递到大家手上。米饭盛在白瓷碗里，一粒一粒，晶莹剔透，不干不黏，恰到好处。众人就着稻花鱼，在这里吃了一顿极简的中餐。没曾想，一个个吃得津津有味。

"我好像今天才真正品尝到了正宗的米饭味道，不油不腻，唇齿有余香呀。"

"这个叫人间有味是清欢，平常我们的味蕾被各种重口味的调料给蒙蔽了，已经尝不出食物本来的味道了。"

"朴素、本真、天然的东西确实是不一样。"

"哈哈，各位真是内涵深厚，简单的食材尝出了记忆，尝出了感悟，还尝出了文化。"范劲斌恰到好处地点了一下睛，帮田家兴做了一次可遇不可求的推销。

没想到，这样一次特别的参观，还真让那位小时乳名叫“米汤”的长者对田家兴的产品产生了很大的兴趣。别看他装扮朴素，貌不惊人，其真实的身份是一家上市的国际农产品贸易集团的董事长。他专门派人与田家兴作了进一步的洽谈，并到场进行实地考察。

来者一进花凼村，就被花凼村蓝天如洗、绿海平畴、清新灵秀的田园风光所吸引。他们由衷感叹道：“这里远离城市，除了田园没有任何工厂，土壤又肥沃，确实是适合种植生态稻米呀。”

现场实地考察后，田家兴他们的生产方式、经营理念着实打动了来访者，不久之后，田家兴拿到了与这家集团的合作协议。

经营顺畅，合作社两千多亩稻谷顺利收割，加上两千余亩订单稻米，仓库爆满。大米精加工、精包装、批量销售和零售，以及网上销售，每个环节有条不紊。随着市场销售的火爆，“归田记”品牌稻米价格上扬，市场价超出预期。将田亩租金、入股分红、人工工资、农户订单款一一结算到村民手里，看到他们吐着口水数红票子时兴奋的笑脸，田家兴心里涌起不仅是实实在在的快乐，还有虔诚的感恩，这是大自然的恩赐，是土地的恩赐，也是党乡村振兴政策的恩赐啊。

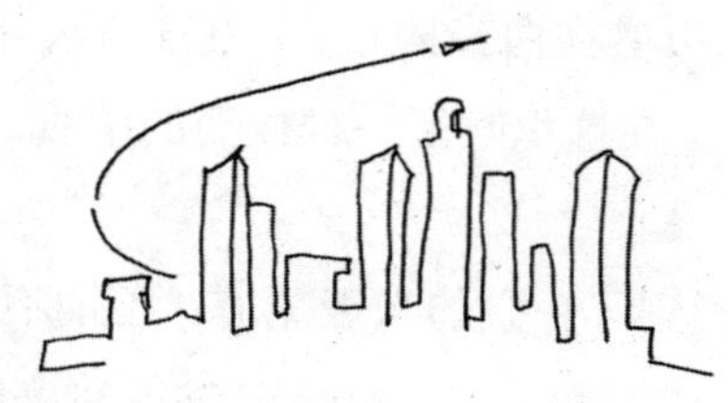

56

又是一年秋来到。秋天是丰收的季节。

由中国绿色食品发展中心、省农业厅和省人民政府共同主办，以绿色理念、绿色生产、绿色消费为主题的中国绿色食品博览会在省城举行。清江县农业局夏永良局长亲自挂帅，精挑细选了具有市场竞争力的几家农产品品牌参加博览会。在夏局长大力推荐下，花凼农场的“归田记”原生态大米作为知名品牌入展。为了参展，田家兴做了十足的准备，田家兴请人专门重新打造了一个VCR，展示了他们这些年来坚持不懈种植纯天然生态有机稻米过程,这一帧帧的剪辑也把花凼农场清新、纯净、唯美的田园风光展露无遗。

但宣布奖项时，田家兴和贺千岁心里没底，捏着一把汗祈祷，至少获个三等奖吧，不，优秀奖也行，千万别榜上无名。但是，优秀奖没有，铜奖没有，银奖也没有。田家兴和贺千岁的心像是掉到了冰水里，没戏了，没戏了！两人垂头丧气地坐着，正准备转身离开时，主持人的声音提高了八度，故意吊人胃口似的，拖长了声音：“获得本次……获得本次绿博会金奖的是——‘归田记’原生态大米！评委一致认定，全票通过，它以其优良的米质、绿色生态的种植方式、打动人心的文化理念获得本次绿博会金奖！”听到金奖结果的那一刹那，他们都还不敢相信自己的耳朵。直到主持人喊田家兴上台领奖，他们才如梦方醒。

田家兴无论如何都要拖着贺千岁一起去领奖。两人这一高一矮，一体态挺拔一驼背残疾的青年组合走上台领奖时，台下观众不由得睁大了眼睛，静默了几分钟，然后骤然间爆发出一阵雷鸣般的掌声。田家兴接过话筒说："自然农业是一个投入大、周期长、收效慢、又需要良心执守的行业，如果被'唯利是图'的理念所控制，很容易走偏。所幸，我有一个志同道合的朋友，我们抱着虔诚的信念种植真正的生态有机大米，为打造老百姓放心的品牌而孜孜追求。过去的几年中，我们受尽挫折，好在我们是打不死的小强，我们坚持下来了，闯到了今天。我们感谢党和政府的三农好政策，感谢夏局长，感谢我的朋友，我的亲人，我的乡亲们！"

说到这里，田家兴心潮澎湃，眼睛突然一阵潮湿，连忙忍住，这么大的场合可不能出丑。他把奖杯双手交给贺千岁，话筒也递给他，叫他接着讲一讲。贺千岁每在重要场合，必然梳着老板头，喷着发胶，穿着特制的西装。虽然驼背，但他丝毫没有怯场和不自信，朗声说道："虽然，我们还没有成为富翁，但我们精神很富裕，很充实，也很踏实。我们追求最纯粹的自然农业，我们愿意成为乡村振兴大军中的一员，扎根农村，成为新一代的职业农民，在实现绿色田园梦的同时创造财富，带领更多的农村人归园田居，实现小康。"

贺千岁的话音未落，就被全场热烈的掌声淹没，久久没有平息。人们拍着手站了起来，向他们投来赞许和钦佩的目光。

田家兴飞快地拿出手机，也顾不得是在领奖台上，录下贺千岁讲话的这珍贵一幕。

展会一结束，便有商家主动前来洽谈。田家兴与他们一一约好时间，真诚地邀请他们去花凼考察，以眼见为实。

57

回到清江县，夏永良笑着说："两位，请你们去我办公室坐坐，如何？还有些事跟你们说呢，刚当着那么多人不好说。"

"那敢情好，我知道夏局长讲的都是好事，我早已经总结过了。"田家兴笑着说。

到了办公室，夏局长就说："你们这一获奖可是给清江县长了脸。今年市里对规模产业的奖补上，你们必定是头等，就等着拿钱吧。"

"果然是好事，谢谢，太谢谢了。现在国家对我们种粮户的政策完全就是保姆式政策呀，我们真没有理由不好好干。"田家兴由衷叹道。

"是啊，确实是这样。"贺千岁连连点头。

"还有一件事，清江县政协要我们局推荐农业产业上的能人增补为政协委员，积极参政议政呢。我准备在你们两位中间推荐一个，你们看推荐谁为好？"

"那肯定是家兴啦，他是我们公司的董事长。夏局这是照顾我的面子呢，我哪有这么不懂事。"贺千岁直白地接口道，惹得三个人都笑了起来。

"谁说一定就是我，你么子时候这样谦虚了？"田家兴笑道。

“先不说这事，你们两个考虑考虑。”夏永良说道。

几个人就将来的发展交流了好一阵，田家兴说明年要在绿色循环种养上下功夫，拓展相关农业产品，进行鱼、虾、蟹与水稻共养，这都可以形成“归田记”系列品牌。

谈了好一会，贺千岁起身去上厕所。田家兴趁着这个机会悄悄跟夏局长讲：“能不能推荐千岁当政协委员？”

“哟，怎么，你看不上政协委员？”

“哪里哪里？我知道您对我们俩都很器重，才会这样毫无保留地帮忙。我之所以特别想要千岁当上政协委员，是因为想让千岁多争点荣誉，也许对他把玲花追回来有用。”

“哦，”夏永良对玲花离开的事是清楚的，心里也很惋惜。田家兴的想法他十分理解，便说道，“我推荐千岁就是了，尤其他的特殊形象，很有励志性，没什么问题的。我很赞赏也很赞同你这么做，你们两个都是很优秀的年轻人啊……”

开车回花凼村的路上，车音箱里放着音乐，不知触动了各自的心事还是怎么，两人竟出奇的静。田家兴想打破这种静，便说道：“千岁，你现在心里想的是玲花吧？一个人高兴的时候，难过的时候，都想跟自己爱的人分享。我猜你是想玲花了。”

“哎，提她做什么，人家家里可能早就给她另觅佳偶了，我这么一个丑八怪驼背，值几毛钱呢，别提她了。”

田家兴叫千岁将车停在路边，递了一支烟给贺千岁，又给他点燃了。贺千岁大口吸着，一个一个烟圈升起又散开，烟笼罩着贺千岁那扁而小的脑壳。在田家兴眼里，他从来都不觉得这个发小丑陋，而只感觉到他的可爱和可敬。他知道他心里的苦闷，他是一个有理想有丰富情感的正常男人，身体的残缺却让他不敢大胆追求爱情和婚姻。

田家兴等贺千岁吸了好一阵烟，才说道：“千岁，如果你爱玲花，你就好好地去把她追回来。经营越来越顺，这阵子事也没那么忙了，暂时不用你管，你去趟玲花的家乡吧。”

“她阿妈始终都不同意她嫁给我，我们连结婚证都没打，她随时可以嫁人的。她已经给我留下了一个孩子，这样就够了，别再拖累她！”

“她连结婚证都没打就愿意跟你生孩子，还能说不爱你么？当初她阿妈以死逼她，她能怎么样？现在也许情况不一样了呢。”

“我没怪她，是我耽误了她。哎，说得你好像很懂女人一样，你也真是的，为什么不找个堂客呢，白浪费了这么大个身胚。难道你就守着娟子的衣冠冢过一生？兄弟，这个我可不要你有福同享，有难同当。”

“别说了！”田家兴抽起了烟。烟雾中，他对贺千岁说，“听我劝，去找找玲花，努力争取一把，不要等到没有机会的时候后悔一辈子。”

贺千岁叹了口气，缓缓说道：“等公司做得更大、更好的时候吧，如果有缘，会在一起的，现在，我不想再强求，我只希望她幸福。”

“你呀——就是心高气傲。”田家兴拿他没办法。

58

花凼村的桃花绽放了，一团又一团粉红的烟雾笼在房前屋后以及田间陌上。田野里大片大片的新绿与明黄相接，清新明媚。紫云英的花期还未到，但花凼农场去年种下的几百亩油菜已经开花了。

今年，花凼农场新增流转土地千余亩，新增订单农户五十户。田家兴安排了几台小型挖掘机，在一些田亩的四周挖沟布渠，这些沟渠是为稻虾、稻蟹共养做准备。田家兴和亚洲、海洋他们都打着赤脚，裤管卷起老高，拿着铁锹修整田塍。这时，亚洲喊道："你看，那是谁？好像是玲花姐。"

所有人都抬起头顺着亚洲指的方向看去。机耕道上，一个身形小巧的女人正拖着行李箱走着。

"是啊，是玲花。她回来了，太好了。千岁呢？"

"千岁去城里开会了呢，他可是我们村的第一个政协委员！"

"玲花姐不会走了吧？"

"千岁都西装配皮鞋开起县里的大会了，这下应该有底气留人了吧？花凼村的农民当上了政协委员，这不管怎么样，是件光荣的事。你没看贺老爷子的嘴都笑歪了么？"

"家兴哥真是个讲义气的人，荣誉先让给千岁，跟着他做

事，心里舒服。”

“你这脑壳里想什么呢，这是我们花凼集体的荣誉，给谁当我都高兴。”田家兴笑着说道。

“你看，玲花姐朝我们这边走过来了。玲花姐，玲花姐……”

玲花大概是看到这边有人干活，把行李箱放在机耕道上，朝田家兴他们走来。

几年时间，玲花苍老了一些，想必这几年过得不是很快活，受了不少苦。只是她脸色很平静，仍旧是一种贤惠淑良的样子。她亲热地和大家打着招呼，眼睛四处瞟着，大概是没看到她想要看到的那个人。

“千岁没在这里呢，玲花姐，我告诉你，千岁现在洋气得不得了，都当上政协委员。”亚洲报喜鸟似的连忙告诉玲花。

“哦，他还没回来么？”

“快了，今天下午就回来了。”田家兴说道，他舒了一口气，这几年压在心里的一块石头算是放下了。

“家兴，谢谢你，谢谢你们这几年对千岁和小豌豆的照顾，也谢谢你这两年把千岁的情况都告诉我。你发给我的照片、视频，我都给我阿妈看了。”

“你阿妈同意了么？”

“同意了。”

“那好，那好。你阿妈身体还好不？”

“我阿妈走了。”

“那千岁当政协委员的照片她没看到，好可惜。”

“没事，上次我阿妈看了千岁在博览会上领奖的视频，她就已经原谅了我们，心里开始认可千岁了。阿妈是放放心心走的，临走前她叫我回这里来找我的男人，她说她可以瞑目了。我阿妈也不容易，到死都是想给我找个好点的人家。我这几年心里苦，两头挂着，阿妈逼我，千岁赶我，但我想，这些都当是我给阿妈尽孝吧，算我瞒着她嫁给千岁的补偿。现在我把阿妈送上山了，以后千岁再赶我，我也不走了。这两年，村里的人都在说我玩弄千岁吧？”

“那哪会，你走了，千岁从来没讲过你的一句不是。我们都骂他死倔呢，其实他心里挂着你，在等着你回来呢，不晓得他做么子要这么倔。”

“我知道，他人长得丑，心里要强呢，受不得我阿妈看不起他，想做出样子给我们看呢。”

“这么远回来，累了吧，你先回家去，千岁下午就回来了。今天我们就不去打扰你们了。”

“家兴哥，你蛮懂味嘛。”亚洲他们笑道。

“家兴懂什么味，你们才懂味呢！你现在蛮晓得韵味了吧，一脸的骚痘痘都治好了，哈哈哈哈。”田建国接口道。

亚洲本来想开田家兴的玩笑，结果把玩笑引到了自己身上。他新婚燕尔，正是如胶似漆的时候。堂客是本村的，一直在外边打工。因为亚洲买了收割机、插秧机在花凼农场入股，又当片区经理，农忙时当农机手，收入比在外打工还要多。他那新婚堂客没再出去了，安安心心在农村过日子。堂客脑筋活，还准备搞大棚蔬菜呢。千岁见着亚洲就好玩笑说：“这下安心了吧。”亚洲直点头：“安心了，安心了，安心的感觉太幸福了。”田家兴便说：“此心安处是吾乡嘛，安心的感觉就是家的感觉。”亮叔呢，大概是人逢喜事精神爽，气色好了许多，不再逢人就哭地球，也没再提过上访的事了。

玲花听说亚洲结了婚，替他高兴，连忙从包里拿出一块苗绣送给他，说是给他们的结婚礼物。

“我们也等着喝你和千岁的喜酒呢。”大家都笑道。

59

第二天，贺千岁带着玲花提着些东西来田家看田东升和陈爱莲。他们一人一只手牵着豌豆，一家子其乐融融。他们一来，周围邻居一个两个地就都过来了。田东升和陈爱莲把凳子搬到禾堂里，又进屋去泡豆子芝麻茶招呼大家。大家围成一团高声谈笑，由衷地为千岁和玲花的复合而高兴。

“千岁，你昨天下午到屋，就没看见你再出过门，厉害呀。”

“嘿嘿。”贺千岁只管眉开眼笑，玲花不好意思地红了脸。贺千岁仍旧梳着大背头，穿着开会时的着装，人直挺了许多。玲花像刚进门的新媳妇，偎着贺千岁，豌豆则生怕这娘走了似的，紧紧偎着娘，一家子和好如初。大家又问千岁开会的情景，贺千岁说：“农民的话语权越来越大，跟他一样去参加会议的作田佬有好几个，个个都在小组会上提提案呢，洋气了，洋气了。”

“千岁，你提了么子提案？”

“我啊，提了请求政府持续助力扶持绿色生态农业的提案，分管农业的市长还表扬了我，说我提得好呢。”

“千岁，那你可出风头了，哈哈……”

田家兴望着谈笑风生的乡邻，欣赏着这幅久违的融融乡情图，内心充实而又满足。

尽了谈兴，乡邻陆续散去。贺千岁把田家兴扯到一边，想了一想，欲言又止。

“做么子？堂客回来了，说话都不利索了么？”田家兴笑道。

“我在这次政协会议上看到一个名字——沈涓然。叫涓然也就算了，同名多了，再说姓也不同。但奇怪的是，那个女人眉眼也像。”

“像谁？像娟子？”田家兴一把抓住贺千岁，把贺千岁的手抓得生疼。

“看，就不该告诉你，白让你难受。我想也不可能，但名字像，相貌也像，还蛮年轻，害得我这两天老追着看。闭幕那天，我想不管三七二十一跟人打个招呼，套个近乎，满足一下好奇心也好。哪想，她没来参加闭幕式。我向搞会务的打听，说她有事请了假。我又问她职业，人家说她是清江县地花鼓艺术协会的会长。我一听，不禁想，这天下无巧不成书，她竟然也唱地花鼓。”

田家兴抓着贺千岁的手抖起老高。贺千岁反过来紧紧抓住田家兴的手，又啪啪打了自己嘴巴两下，说道：“真不该告诉你的，不该告诉你的。”

良久，田家兴说：“你把那个协会名字再告诉我，我有空去县里打听一下。我就看看那个像娟子的人也好呀。”

60

这些年，娟子在田家兴心里从未离去，只要清闲下来，过去与娟子的点点滴滴就如同放电影一样反复放映。

田家兴把花凼农场的事安排好，抽空开车去了清江县城。田家兴怀里揣着写有娟子生辰的那条手绢，这条手绢伴了他多少日夜呀，如今他都快奔四了。经过这么多年，上面绣着的那只孤独的鸳鸯还是那么鲜活，关于娟子生辰八字的字迹也还清晰可见。田家兴不知道，去找到那个酷似娟子的女人又能怎么样，仅仅为了看一眼吗？还是心里隐隐抱着那希望，希望像电视剧里的剧情一样，出现不可思议的一幕。田家兴心里一片茫然，看这一眼有什么用呢？可他就是想去看一眼，哪怕就一眼。

如今，要找一个知道名字和身份的人并不难。田家兴在百度上查了一下，就查出了有关清江县地花鼓艺术协会的专门词条，电话和地址都写得清清楚楚。田家兴来到清江县，没有费多大力气，就在一栋写字楼上找到了清江县地花鼓艺术协会的会址。

会址门口挂着牌子，旁边还加挂了一块，上面写着“中国非物质文化遗产传承基地”的字样。没想到，小时候大家都唱的地花鼓，被列入了国家级非物质文化遗产。再往里，转角墙壁上有幅书法，写着：一周二岁打花鼓，打到九州十三府。

进入里面，有一个大的空场地，场地一边是巨大的镜子，一边挂着戏服，大概这是平时用来练功的。练功场靠里边有道门，田家兴走过去探头一看，是间办公室，里头有两个四五十岁左右的女人在说话。她们看到田家兴，有些诧异，问道："你找谁？有什么事吗？"

田家兴稳了稳心绪，说道："我找沈涓然会长，请问她在吗？"

"她刚刚回家去了。"

"哦。那她还会来吗？"

"下午，她还会来的。你有急事吗？有事可打电话。"

"哦，好。"田家兴走出去，站在场馆门口，走也不是，不走也不是。打电话，还是上人家家里去找？怎么向人家说呢？因为她像逝去的一个人？这显然唐突……田家兴想，等她下午来，看一眼，就看一眼。

田家兴寻到一家饭馆，靠窗坐着，点了两个菜，准备填填肚子，也是打发时间。饭菜上来，田家兴吃了几口，却毫无食欲，磨磨蹭蹭霸蛮吃了一顿饭。坐了一会，坐不住，田家兴又往协会会馆走去。

会馆还是没开门。门口旁边有一条长椅，田家兴一屁股坐下，心内茫然，好像整个人就是随着两条腿在走。田家兴拿出娟子留下的那条手绢，又一次摊开来抚摸着。

那一年，田家兴经历了一场风波的起起落落，忽然间深沉了许多，意识到自己肩上的担子有千钧重。他背着被褥，坚持不要爷娘送，自己去镇上搭车去省城，再搭火车奔往他梦寐已久的大学。在去镇上的田间小道上，他见到了在路边等他的娟子。这样的默契，是从小就养成了的。娟子抢下田家兴的一个包背在背上，默默地一同走着。

田家兴注意到娟子像是在想心事，便站定问道："娟子，你不高兴么？没有话要跟我说？"

"兴哥哥去上大学，我怎么会不高兴？我比谁都高兴，就是想着你一走不知要多久才能见面了。"娟子眼睛汪着一潭又深又亮的水，田家兴心里充满着不舍和怜爱。他伸出手来，抚摸着娟子的脸，定定地看着娟子说："娟，好好等着我，将来我一定要让你过好日子。"

"嗯。"娟子抓住田家兴的手，拿到嘴边吻了一下，田家兴的心瞬间就被融化

了。田家兴再也抑制不住，把娟子揽过来，轻轻吻上了娟子的脸、娟子的眼睛、娟子的唇。

那一天，他们是怎样分开的呢？谁也不想走，但最后还是娟子催促他离开。两个人在汽车站依依不舍，娟子拉着他的手，说："去吧，别耽误了车子。"田家兴捏着她的手，半天才松开。一只脚刚踏上汽车，娟子喊住他："兴哥哥，等下。"田家兴连忙转身。娟子把亲生父母留给她的手绢放到田家兴手里，说："兴哥哥，你带着这条手绢，就跟带着我一样。"田家兴把手绢折好放在胸口的口袋里，按了按，然后轻轻地摸了摸娟子的头，转身走上汽车。汽车发动了，娟子哭了起来，她在后面挥着手，追着跑着，直到再也跟不上。田家兴坐在汽车上，不知道为什么，胸口突然撕裂了一般地疼。

田家兴久久地凝视着娟子的手绢，手绢上绣的那只雌鸳鸯扭着头，眼神温柔，好像含情脉脉望着该和她成双结伴的雄鸳鸯，然而它眼神所望之处却是一片空白。那只雄鸳鸯去哪儿了呢？娟子的父母到底怎么了？为什么要把她送人呢？娟子的命运为什么那么苦，她唯一想要依靠的人却根本没能力保护她，还害了她，害了她呀。泪涌了上来，田家兴眼前一片模糊，他紧紧闭上眼睛，垂下头去。

"你怎么有这样一幅手绢？"声音急切而颤抖。

田家兴这才抬起头睁开眼睛，一个女子站在他跟前。田家兴摊开在腿上的手绢已经在她的手上，同样颤抖着。

眼前的这个女子体态优雅、面容姣好，乍一看过去，娟子的眉眼似乎附在了那张脸上。田家兴仿佛没听见女子说话，缓缓站了起来，就那样直勾勾地看着女子。他想在这张脸上找出娟子来，那娇俏的眉眼，那一颦一笑。然而，即使真的很像，但他知道，这不是娟子，这不是的。只是因为这像，田家兴不愿挪开眼睛，一下也不愿意。

"你为什么有这样的手绢？！"女子的声音提高了许多，也更急切。田家兴这才从一种迷眩中醒过来。他知道，这不是娟子。所以，他清醒过来后第一件事就是去拿回娟子的手绢。可女子却不给他，田家兴感到诧异又恼火。

"请你给我，这手绢是我的。"

"对不起，我冒昧了。这手绢真是你的？"

"是的。"

“可以请教一下尊姓大名吗？”

“田家兴。”

“我叫沈涓然。”

“哦，我知道，你好。”

“我看你比我大，我就叫你田大哥吧。田大哥，你能随我去一趟我家吗？我家就在这不远处。”

“这，有什么事吗？”

“这样可能有些冒昧，但一定一定请你去一趟我家，好吗？”

“好。”田家兴答应了。他本来就是来看她的，有什么不能答应的呢。即使不是娟子，和一个像娟子的人多待一会也好。

女子在前边带路，几弯几拐就到了一栋家属楼的楼梯间。走到二楼，女子打开门走进去，田家兴也跟着走进去。这是一个装修简单，但很干净整洁的套间房。客厅沙发上坐着有一个头发花白戴着金边眼镜的妇人，年纪看起来和娘老子陈爱莲差不多，很有气质。在她身上，田家兴又看到了娟子的影子，即使年龄相差很远，田家兴还是能捕捉到一种相似的气息。她本来在看报，见沈涓然领着田家兴进来，连忙微笑着打招呼，请田家兴坐。

沈涓然走过去，将那方手绢递给老妇人，说：“妈妈，你看！”

那妇人展开手绢，微笑着的脸瞬间凝固了，嘴角抖得厉害，那双布满细纹的眼睛渐渐涌满泪水。

61

天色渐晚，若明若暗的光线里，房间里的一切都像是素描般的静物，蒙着一层久远的光影。

整整一个下午，沈涓然的母亲沈竹筠和田家兴面对面，讲了一个遥远的关于下乡知青的故事。

沈竹筠当年是下放到西湖村的知青，西湖村与花凼村相邻。那时的知青一个个跟着了火似的，喊着："知识青年到农村去，接受贫下中农再教育！读毛主席的书，听毛主席的话，做毛主席的接班人！农村是一片广阔的天地，到那里去一定会大有作为！"他们就是这样唱着跳着下了乡。

下放到农村后，干农活之余，知青们会组织一些文娱活动，表演给当地的老百姓看。每每举办此种类型活动，沈竹筠必然要唱一曲地花鼓戏。下乡插队之前，她是清江县剧团的演员，颇有文艺才能，而且她们家称得上地花鼓世家，在县里很有名气。地花鼓戏本身在这里流传了数百年,特别受老百姓的欢迎。那时老乡们都很朴实，很爱护他们，好像他们的出现，给村里带来了不一样的热闹和新鲜，许多孩子都把他们当偶像一样喜欢。虽然因为家庭成分不好，受到过歧视，而且天天辛苦劳累，但现在想起来，那段在西湖下放的日子却是她一生中最美好的回忆。

知青队伍中，有一个人来自南京，叫戈简。他戴着眼镜，文质彬彬，写得一手好字，村里的字报全都出自他的手。不仅字写得好，还拉得一手好手风琴。沈竹筠和他在日复一日的艰苦劳作里，彼此惺惺相惜，互相吸引着，心灵上越走越近。虽然，他们没有挑明，但他们对视时眼睛里那种特殊的光彩，连旁人都能看出。只是旁人越开玩笑，他们就越发羞涩躲闪。那时候的人谈恋爱没有现在这么直接，只是偷偷地关心和关注着，两人只要互相望上一眼，就能让心里滚烫很久。也许是矜持，也许是因为前途茫然，也许是家庭原因，两个人虽然互相爱慕却一直没捅破那层窗户纸。

后来，知青开始陆陆续续地返乡了。沈竹筠和戈简两人的回城之路都不顺利，名额总是被别人抢去，回城遥遥无期。沈竹筠却没觉得很难受，因为她心里想要留下陪着戈简。戈简想回城更艰难，他家里是南京的，不知为什么父母一直没有得到平反，没有人管他的事。为了争取表现，他在队里拼命劳动，喂猪、犁田、挑粪……哪里最累，哪里就会有他。

知青几乎都返城了，到1979年时，仅留下沈竹筠和戈简还守在农村。这时候，也许是互相间再也无法割舍的依赖，他们慢慢地偷偷地真正走到了一起。后来，沈竹筠不小心有了身孕，但还没显形。就在那年，外河涨水时，戈简很积极地报名参加防汛。洪峰到来时，华丰垸大堤出现缺口，戈简一马当先潜入水中用沙袋堵漏，筋疲力尽的他被忽然卷来的大浪冲走。就那样，戈简永远都回不了南京，也永远抛下了沈竹筠和她腹中的孩子。

一个下乡女知青没结婚有了孩子，孩子的父亲也没了，将来的路怎么走啊。沈竹筠当时一心想死，想娘俩跟随戈简去算了。就在她在河边徘徊寻思着跳河时，被村里一个好心娭毑发现。最初插队时，沈竹筠就是住在这个娭毑家里。娭毑善良得很，对沈竹筠就跟自己家的女伢一样。娭毑把沈竹筠带回家，细细地问她的苦处。沈竹筠没有瞒她。知道了原委的娭毑把沈竹筠留在自己家里，好生服侍着，直到沈竹筠生下一个女伢来。娭毑替她打听了一户愿意收养女伢的人家，在一个夜里，按当地送子的习俗把女伢送了出去。沈竹筠虽然心如刀绞，但她想不出更好的办法。送出去之前，她把一方手绢放在女伢的襁褓里。手绢是她在孕中绣的，绣着一只失去了伴侣的雌鸳鸯，然后还写上了给女伢取的名字和生辰八字。

送子的事都是娭毑一手操办，一是为了免去沈竹筠的牵挂，二也是约定俗成的规矩，她什么也没有向沈竹筠透露。娭毑身体硬朗，为了这个城里姑娘，她费力巴巴地打探好人家，冒着风雪跑夜路送走女伢。

后来，沈竹筠终于回到清江县城，等她安顿好自己，心里开始格外思念送出去的女儿，便想把女儿找回来。她再次回到西湖村，绝望地知晓，原来身体硬朗的娭毑因为得了大肚子病而离世。再没有谁知道送子的事，沈竹筠找寻多次，没得到任何消息。后来，沈竹筠结了婚，又生一个女儿，但她还是忘不了那个被她遗弃的大女儿。为解思念，她把小女儿的名字取得和大女儿一样，还绣了同样一方手绢。

沈竹筠讲完，三个人都在夜幕的阴影里木然不动。良久，沈竹筠压抑着激动的心情，尽量平静地对田家兴说："你能给我讲讲你手上那条手绢的故事吗？"

田家兴不知是怎样一层一层把那尘封的伤痛剥裂开来，怎样才把他和娟子的故事讲完的。

他们的故事一合拢来，娟子的身世和遭遇得到了完整。然而这种完整却成了永远无法弥补的残缺和憾恨。沈竹筠的心被撕裂了，房间里三个人都陷入无尽的悲伤中。

与沈竹筠和沈涓然相遇后，田家兴似乎寻找到了一种寄托。他想着，这也许是娟子冥冥中的指引，使娟子的爱人和亲人得以相遇。

田家兴在清江县开了几家花卤特色农产品直销店，有一家正好就在沈竹筠家附近，由姐姐田钰慧和姐夫谭红兵管理。田家兴总是有时间就亲自送货到店里来，顺便送些农村的土特产给沈竹筠她们。在他心里，因娟子的缘故，他已经把沈竹筠当娘一样地看待，把沈涓然当妹妹了。

她们也逐渐接纳了田家兴，毕竟这是跟娟子最亲近的一个人，而且他为娟子守候了这么久，不管怎么样，也是一个重感情的人。沈竹筠每每看到他，也就像看到了自己的孩子一样高兴。

交谈中，田家兴知晓，沈竹筠的丈夫曾是县文物局的局长，前几年得肺癌已经去世。沈竹筠退休前是县文化馆的馆长。女儿沈涓然结过婚，因与丈夫性情不合又离了婚。她现在是县地花鼓艺术协会的会长。沈竹筠地花鼓艺术造诣很深，沈涓然又完全继承了她的艺术天分，青出于蓝胜于蓝，所以母女俩成为两代清江县地花鼓戏的传承人。田家兴想，要是娟子那时候没有被送人，要是娟子在的话，她也丝毫不会逊色的。可是，命运弄人！

沈竹筠对田家兴说：“孩子，好好把你的公司、合作社经营好，把花凼建设好。时机到了，我去那里看看。”

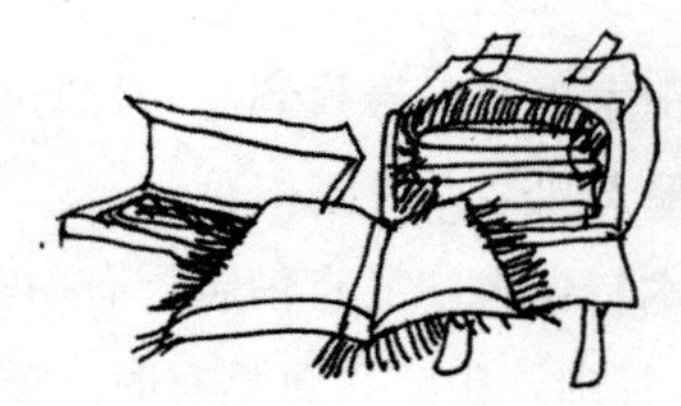

62

花凼村的广播在沉寂多年后，最近又被修复重新启用了。久违的广播声在村庄上空激昂地响起，花凼村的人们都感受到了一种亲切,一个个支着耳朵听着。虽然如今每家都有了电视，但电视都用来看各种神剧，这会子全村人一同听广播，仿佛把大家的距离给拉近了。

这天，村支书彭太安在广播里向大家通报：“全村厕所革命和垃圾革命已经完成，所有人家均已完成无害三层化粪池式厕所改造，大家夏天上厕所也不怕蚊子咬屁股了。全村建成规范统一的垃圾箱四十个，每户人家屋前面的粪凼都消失了，垃圾进了箱。如今的花凼村春天飘在花海里、夏天稻浪连天、秋天谷果飘香，冬天虽然空了些，但下起雪来，那就跟林海雪原一样的。那些城里人图新鲜，越来越爱跑到我们这种天远地远的农村来，这两年，到花凼村来玩的城里人越来越多，说明我们花凼的环境更好了……”

接着，广播又播放了一段国家最新的方针政策：

“乡村振兴战略提出了乡村振兴总体要求，就是坚持农村优先发展，按照实现产业兴旺、生态宜居、乡风文明、治理有效、生活富裕的总要求，推动城乡一体、融合发展，推进农业农村现代化。乡村的发展必然要有兴旺发达的产业支撑，因地制宜、突出特色，依托种养业、田园风光和乡土文化等，发展优势明显、特色鲜明的乡村产业，更好彰显地域特色、承载乡村价值、体现乡土气息……”

花凼农场的办公室门口，田家兴和贺千岁也侧耳听着，两个人的脸上都不由自主地浮上笑意。这两年，花凼绿色生态农业有限公司一切都走上正轨，经营利润一年比一年高。尤其“归田记”大米获得省绿博会金奖之后，外商的订单也飞到了花凼村。花凼村所有农户以入股或以订单生产的形式，进行统一又分散的管理，统一进行品牌包装进行销售。这些农户中包括种植面积几十亩或上百亩的小型种植户，既灵活分散，又统一协作，形成了独特的花凼经营模式。

广播放完，田家兴将公司的办公室和竹篱围成的院子打扫了一下。当初为了节省经费，办公室建得并不豪华，只建了一层平房，但田家兴还是好好设计了一番，白墙黑瓦翘檐，打造得古朴而具有田园风味。之后，他和贺千岁有事没事就栽花种树，把乡邻随便弃置的一些石磨、石臼、条石之类的搬来装点，渐渐弄出了一个不费钱却着实养眼的院子，与周围的稻田融为一体，别具风格。

有农户开玩笑：“家兴还爱摆弄这些花花草草，跟个女人家似的。”

贺千岁便笑：“家兴真是下得了地，绣得了花，到哪里去找这样的郎巴公，抓紧机会，过期就作废了哪。”

田家兴往往就会岔开话题，正儿八经地说：“要让花凼村一步一景，得从自己做起，将来有贵宾来考察，我们也不怕，丝毫不掉价嘛。”

今天，田家兴打扫一遍，左看右看，又打扫一遍。贺千岁就问：“你今天准备当卫生模范还是何哩呢？”

“有两个客人要来花凼。”田家兴回答道。

“哦。”贺千岁猜到了是哪两个客人，也知道田家兴心里的激动和那说不出的忐忑不安。

上午十点的样子，一辆轿车停在了花凼农场办公室前坪，从车里下来的是沈竹筠和沈涓然。

田家兴领着母女俩参观花凼农场车间仓库等，聊了聊这些年来作田的辛酸曲折。母女俩四处看着，听着，微笑着，赞叹着，发自内心地为他高兴。田家兴知道，参观完这些，他就该带着她们去娟子的衣冠冢了。

母女俩从车里拿出一束花，跟着田家兴默默地往田野中间走。经过稻香亭、

刻有《别田赋税》的石碑，再到尾上，便看到娟子的衣冠冢又被梦花给包围着。三人默立着，谁都有满腹的感伤，然而都只是沉默。沈竹筠将取下了的墨镜又戴上，对沈涓然说："你和家兴到处去看看，难得的田园风光。"

墨镜下她的神态看不真切，但田家兴知道，她想一个人静静地陪娟子一阵，这些年来，他也经常这样。

田家兴和沈涓然离开，两人走在田埂上，田野里碧波荡漾。田家兴望着前头走的涓然，眼前一片恍惚，他似乎看到娟子在前面袅袅娜娜地走着，唱着：

一件红衣莲湖里媚啊，
小妹妹采莲把船催。
鲜红的太阳篙尖子上挂咧，
悠悠哟南风衣角子上牵；
篙尖子上一点莲湖里的水呀，
满天哟云霞湖面堆。
满湖的美景装也装不下哟，
放倒那篙子美景里偎……

娟子唱着地花鼓，清亮婉转的唱腔在田野上空飘荡，浸润着这片土地温厚又灵秀的气息。

涓然回过头来，说："兴哥，这里真美啊。"田家兴这才从恍然中醒过来，走在前面的是娟子的妹妹涓然，刚刚唱地花鼓的也是她吗？两姐妹的声音也真像啊。

"娟子，哦，不，涓然，你唱得真好听。"

"谢谢！我妈说，那时西河村的知青听说花凼村有很多花凼，很好看，她们还专门骑单车来看过呢。还说你们这里原来就是一个地花鼓村呢，逢年过节都要唱地花鼓，还有耍龙灯，民俗很有特色。其实上次我来过一次呢？"

"来过？什么时候？"

"搞送文化下乡活动时，我在你们这表演过节目。"

"哦，这样，我记起来了，就是我们公司成立的那天。难怪，难怪，那天唱《拖板凳》的就是你。"田家兴一下子又恍惚了，分不清眼前的是娟子还是涓然。

“你们这其实有很深厚的文化底蕴，有机会到你们这来采风，说不定能搜集到一些我们所没有的资料呢。”涓然的说话唤醒了田家兴。

“是啊，可现在都听不到了，年轻人把老班子的那一套全弄丢了。”

“我们努力把过去那些美好的东西找回来啊，我们应该有这种责任意识。”

“是吗？怎么找？”

“传承、发扬。”

“那敢情好。”田家兴笑道。

“其实这次我和我妈到你这来，除了看娟子，还有一个目的。我妈对这里很有感情，虽然她下乡插队在你们隔壁村，但并没多远，反正都在这片土地上。加之我的姐姐在这里，她想把她的一个愿望放到你这儿来实现。”

“什么愿望？”

“她想建一个知青之家，资金已经筹集得差不多了。过去那些知青中，当了大老板的有好些个，这点钱他们舍得出。她们那代人，就爱怀个旧，说起她们的芳华岁月，连饭都不要吃了，真的是念念不忘，好像不做点什么，就不能安心地过剩下的日子一样。”

“这也是人之常情，阿姨对这片土地有着难以割舍的东西，我会尽力帮忙促成这个事的。正好我近期也在酝酿一个想法，或许能使阿姨的愿望和我的想法完美融合起来。”

“哦，是么？那好，等你的想法成熟了，记得告诉我，我也来参与，让我妈的愿望得到实现。”

“涓然，这一辈子，我能替娟子找到你们真的很高兴。也谢谢你们对我完全没有恨意，愿意把我当家人一样地对待。”

“其实，我的身上一直活着两个人。有时候，我妈看我，并不是在看我，而是看我的姐姐，我身上寄托了她对我姐的思念，我活着，似乎有一半是替我姐活着。所以你叫我娟子，我也不会介意。小时候，我妈也唤我涓子，不晓得是不是冥冥中的天意。哦，对了，我姐姐后来怎么又叫娟子了呢？”

“姜翠花嫌这个‘涓’太陌生了，改成了她熟悉些的‘娟’。平常她都是粗鲁地直呼名字，但村里人都喜欢亲切地喊‘娟子’。”

“哦，难怪。”

返回到娟子的坟冢，沈竹�正用梦花编织着一个花环，还点缀了一些蓝的红的各色小花朵，都是在田间陌上采摘来的。花环编好了，沈竹筠将它放在娟子的坟头顶上，就好像给她的女儿戴上花环，把她装扮成小公主一样。田家兴记得小时候，娟子最爱编花篮花环这些物什了，田家兴把花环戴在娟子的头上，衬得那张脸比花儿更好看。也许，亲人之间冥冥中有着什么默契，她妈怎么会知道她爱这个呢？

“我们走吧。”沈竹筠的声音有了一些嘶哑，只是她戴着墨镜，谁也看不到她眼中的悲哀。

“妈，我刚跟兴哥讲了你的愿望，他说会想办法成全你。”沈涓然打破了沉默，把沈竹筠的心暂时转移开来。

“那太好了，家兴还是很有想法的，我相信他。”

田家兴郑重地点头，对沈竹筠说：“阿姨，你放心，我一定会尽力的。最近，我正考虑在花凼发展田园风光和文化风俗相结合的美丽乡村休闲旅游，我想这不仅是为您实现愿望，也是为实现我的愿望。”

“哦，是么？那我做这事就更有意义了！？”

“那是，您是谁？”沈涓然笑道。

“哦，对了，家兴，我记得你们村子里有个比较漂亮的青砖飞檐的院落，还在不？”

“在，都还在，但有些破败了。”

“带我去看看吧。”

田家兴带母女两人看了田家老屋，又看了孝义桥、文星阁和惜字炉。沈竹筠啧啧赞叹：“这都是祖宗留下来的好东西啊，还有田里那个稻香亭，田园风光里点缀着历史的痕迹，这就好像让美景有了灵魂。这都可以作为你们将来打造美丽乡村旅游的闪亮名片啊。”

“呵呵，是啊，老祖宗留下的东西都是宝贝，我们要用好，也要发扬光大。”

沈竹筠在参观的时候，有意无意地总在张望着什么。田家兴隐隐觉得，沈竹筠是想看娟子成长的地方。田家兴便带她们走到牛家附近，指着牛家的屋告诉她们：“那是牛家，院子里坐着的两个老人，一个是姜翠花，一个是牛罗锅。”牛罗锅愈发地不清白了，整天抱着个酒瓶子不撒手。姜翠花眼睛起了些白内障，看东西模糊了。

沈竹筠远远看了一阵，叹了口气，说："走吧，一切都只能怪我呀。"

田家兴带两母女去家里吃午饭。陈爱莲把她的拿手菜全拿了出来，坛子米粉肉、坛子豆豉、坛子酸豆角等等，最有特色是红曲鱼，这是这里的特色农家菜。红曲鱼是用自制的红曲、稻花酒腌制铺到坛子里，铺上半年，揭开坛子，鱼肉通红，香味扑鼻，吃起来有一种特别的鲜美。

沈竹筠吃着这道菜，连连说："就是这个味儿，当年在老乡家里吃的就是这种味道，几十年了，一直想再尝尝，可无论如何就是吃不出当年的味来，今天终于吃到了！"

"妈，你这也太细伢子气了，几十年了天天念着这些吃食，吃到好东西，喜得眼泪都出来了。"沈涓然打趣道，"不过这鱼确实好吃，田妈妈的手艺要不发扬光大的话，那真是地方美食文化的一大损失。呃，你们要振兴乡村，发展美丽乡村休闲旅游，这个美食完全可以打造成一张大名片。"

"你说对了，现在我们爱莲伯娘是我们花凼农产品加工厂的首席工艺师呢，工厂生产各类坛子菜,叫爱莲牌坛子菜——来自妈妈的味道。"贺千岁笑着介绍道。

"什么首席工艺师，不就是带徒弟么？今天我这奉承菜可是吃饱了。你们想吃我的坛子菜啊，只管来，就当屋里亲戚一样。"陈爱莲看大家爱吃，高兴得合不拢嘴，之前家兴叫她只管多炒些坛子菜，她心里还担心待客不周呢。

"嗨，小产品大效益，爱莲婶婶，你这双手可是一双摇钱手。"

沈竹筠沉吟了一会，又说道："我还记得这里有一样东西，坛子腌的桃肉。我记得下乡时，到老乡家里去串门，娭毑婶婶们总满满地给我塞一口袋腌桃肉，那桃肉味道我也想了几十年了。"

陈爱莲听了，不声不响地就从里屋端出一碟坛子腌的桃肉来。那桃肉色泽嫣红，一股清香扑鼻。"看是这个不？本来我想等你们吃完饭，再端出来消食的。"

沈竹筠摘下金边眼镜，几乎是颤抖着拿起碟子里的桃肉送进嘴里。她细细地嚼着，嚼出了里面的甘草、紫苏等天然配料的香味，那双已经老去的眼睛似乎又聚满年轻时的光辉。没有谁知道，当年，每有老乡塞桃肉给她吃，她都要用纸包着，偷偷地放到戈简的饭钵里。

"是这个味，是这个味呀。"沈竹筠的脸上浮过一阵恍惚的神气，也许她的心

已经回到了那个遥远的年代。

“之前这些老食品只有我娘会做了，如今，她带了一工厂的徒弟，把这些特色美食都发扬光大了。”田家兴笑道。

“嘿嘿嘿，她嫁到我家后才得的真传，都是我的娘老子手把手教出来的。这做坛子菜，也要悟性，有些堂客们就是做不好，选坛子啊、放水啊样样都有好多名堂。”田东升眯着酒，得意地细说起了田家坛子菜的家学渊源。

“他只会嘴巴子说，不会做，专门纸上谈兵。莫听他讲，搞不好又要做两个小时报告。”陈爱莲嗔道。

大家都被逗笑了。

63

六月杨树开花，花絮满天飞，使人呼吸困难，身上发痒。又因无人管理，虫害严重，特别是那种俗称“洋辣子”的褐边绿刺蛾，特别可恶，被它挨一下，就跟火烧一样痛，大人细伢子一般都尝过它的厉害。

田家兴惦记花凼村这片六九杨树林，已经许久了，而今，终于等来了机会。政府下了一道“禁杨令”，在禁止种植六九杨等速生杨的同时，责令各地尽快处理一些危害居民生产生活的速生杨，尤其占用了农用地的速生杨树林必须尽快处理。政府之所以下这道命令，是意识到了速生杨泛滥生长对生态造成了非常严重的影响。前些年，在地方政府支持下，一大批造纸企业推行“林纸一体化”模式,成为杨树盲目扩张的直接诱因，单一树种的大面积栽培危及生态平衡，使原有的群落生态系统改变。另外，越来越多的农民上访反映速生杨的种种“劣行”。总之，这种杨树价值不高，村民还深受其害。

一幅蓝图已在田家兴的脑子里徐徐展开，他想流转这块占地二十亩的林地，仍旧以村民合作的方式将之建成农业园，打造一个集田园风光、民俗文化、特色农产品于一体的田园休闲旅游项目，取名就叫梦花农苑。他跟贺千岁商量了几个晚上，又连夜在电脑上制作了初步项目策划书，然后向村支书彭太安、

第一书记李国华进行汇报沟通。

田家兴的想法受到彭支书和李书记的支持，他们都鼓励他放手去干。向彭支书和李书记汇报完，田家兴又趁夏局长下乡回访时，将设想跟夏局长做了汇报。夏局长听了很兴奋，说道："振兴乡村就得放开思路，而且你们这思路与国家政策完全吻合。前年的中共中央一号文件就提出，要支持有条件的乡村建设，以农民合作社为主要载体、让农民充分参与和受益，集循环农业、创业农业、农事体验于一体的田园综合体，实现'村庄美、产业兴、农民富、环境优'的农家梦。"

"真的么？"田家兴听了更兴奋。

"是的，国家在这方面的扶持政策力度也是非常大的，在贷款、贴息、税收、项目奖励资金方面，都有具体的政策和措施。你们要把项目规划做细做好，不仅要争取政策扶持，也要通过产业项目使整个花凼村的人们都有参与感，整合优势资源，实现共同推动乡村振兴的局面。"夏局长再三叮嘱，叫田家兴既要大胆又要谨慎，要把田园休闲旅游做起来，最好是一炮打响，要不然很容易就凉凉了。

田家兴连连点头："夏局长这都是肺腑之言啊。"

支书彭太安一如既往地出力劳神，他向灵官镇政府报告，说当初是镇里出面，花凼村才将土地租给商业造林公司的，现在要求镇里再次出面，帮助花凼村将土地收回，处理掉那些六九杨。灵官镇政府也知道，当初的决定对花凼村没有产生任何效益，彭支书的要求合情合理。现任镇长亲自出面协调，将占用的二十亩土地退还给花凼村，现有六九杨卖给清江县的一家大型纸厂，作抵一部分土地租金。

64

风吹稻浪，花凼村荡漾在稻海里，期待着新一年的丰收和喜悦。田家兴他们筹划着一桩大事，只等双抢搞定，就要着手大干了。万事俱备，只欠东风。

彭支书召集村民代表大会。田家兴将田园休闲旅游的项目规划在会上作了详细的解说，征求村民意见，请大家支持，鼓励大家入股合作，并且欢迎在外发展的花凼人回乡投资合作经营。

村民代表大会一开，好比五月的田里，蛙声一片。

“这里除了田还是田，哪个城里老壳会到我们这里来旅游，没得么子看嘛。”

“那除非是吃饱了冇事做，腰子都要落了的人才会跑哒来耍。”

“是啊，没得什么耍，哪个到这凼坑里来，天远地远的。”

“家兴，你这些年作田累得要死，这两年才赚了钱，要正经讨个堂客，让你爷娘抱上孙伢子。”

“是呀，家兴，你喜欢么子样的，我们四处给你寻去，几多好的后生子，莫耽误了呀……”

老班子们对旅游的事不太相信，也没什么想法，没几句话，就把节奏给带偏了。

“这，这，怎么又讲我的事了。支书，你看，只能靠你老来撑场面了。”田家兴哭笑不得，连忙把彭支书给拉出来。

“莫只扯淡了，讲正事，大家都说说意见。这两年参加村民大会的年轻人是越来越多了，这是好事，要不这样，年轻人先讲，我们老家伙听。”

彭支书的崽伢彭志明率先站起来，说道：“我觉得家兴哥的想法很好，我们大家常年四季住在这里，不觉得稀奇，但外边的人还是觉得很新鲜呢，说是难得的田园风光、平原风情。每次发朋友圈，我那些大学同学都说漂亮，说要来玩呢。尤其，家兴哥说要依托电子商务平台和乡村旅游拓展特色农产品产业链，我就觉得这个想法太妙了。小产品大效益大市场，我们这里的婆婆、妈妈守在凼里也能赚到大钱呢。”

彭志明这两年在花凼农场负责电子商务，薪资加提成，收入并不比在外打工差，而且田家兴放开手让他发挥专业特长，这两年得到了很大的锻炼。如今，彭太安看在眼里，喜在心里，两父子对田家兴的事业都由衷地佩服和支持。花凼村搞得越好，他这个支书也就越有成就感，到镇上县里说话也说得起，与县里的各项政策对接也来得快。

志明讲完，海洋、亚洲、刘园、陈学义等年轻人也都站起来，话不多，只是很坚定地表态：“我们坚决跟着村委、跟着家兴哥的路子走。”现在开会，不再是大伯、大妈的专场，年轻人已经占领了“半壁江山”。

田家兴说道：“过去呢，从花凼到清江县需过三个大渡一个小渡，来回打个转得一天时间，要城里人到我们这个地方来，当得请神仙。如今，政府桥也架了，草砂路也修了，从清江县到这里一个小时都不要。但人们反而不愿开车了，骑行的、徒步的、搭着小船逛芦苇荡的越来越多，不少人对这里的湖乡景色非常感兴趣。近几年，‘归田记’公众号、抖音号在花凼田园风光方面也作了不少宣传，全国各地的游人纷纷到我们这儿来游玩打卡。这就是商机啊！但我们没做这方面的详尽规划，硬件设施没有跟上来，白白浪费了大好的资源。我相信只要科学地规划打造，一定能打开局面。所以，我们想号召大家一起来努力，打造一个美丽的农业园，还望父老乡亲们多多支持。”

“农业园？蛮新鲜。准备在哪里搞嘛？”村民们都问道。

“就在六九杨树林那里。”田家兴连忙接口道。

“那里只剩下树蔸喽。一片树蔸能造出什么来？家兴，你不要出宝气，烧钱呢！”

“所以嘛，我们要让这块地更好地发挥效益。现在那里尽是树蔸，若重新改造成农田的话，成本高，也难搞，土壤板结了，三五年种不出好谷，还不如做其他项目，合力把它打造成一个农业园。和花凼农场一样，土地可以作价入股，欢迎大家都来成为股东，我们一起合作经营，共同致富。”

田家兴和贺千岁虚心地跟村里人交流项目规划的每个环节。大家七嘴八舌地讨论着，有将信将疑的，有替田家兴他们担心的。担心的老一辈人居多，感兴趣的年轻人居多。但这次开大会，大家又有了一个新发现，田牛两姓人的恩怨在这些年逐渐化解，再也不像以前一样针锋相对了，会场上一片和谐团结。

见大家该讲的讲得差不多了，彭太安站起来说道：“家兴回村里搞农业也有好些年了，他的为人怎么样，对村里人怎么样，干事的能力怎么样，大家心里也应该有杆秤，不用我多讲。自从他回乡，不少年轻人学样，也回村里搞农业，这几年村里人气旺了不少，常年四季打牌的也少了许多。我作为支书，在这里表态，一如既往支持家兴，支持大家搞事业。要不干脆这样，我摸摸底，支持搞的举个手。”

支书的话音刚落，花凼村民们的手一只接一只有力地举了起来，像托起一艘乘风破浪的航船！

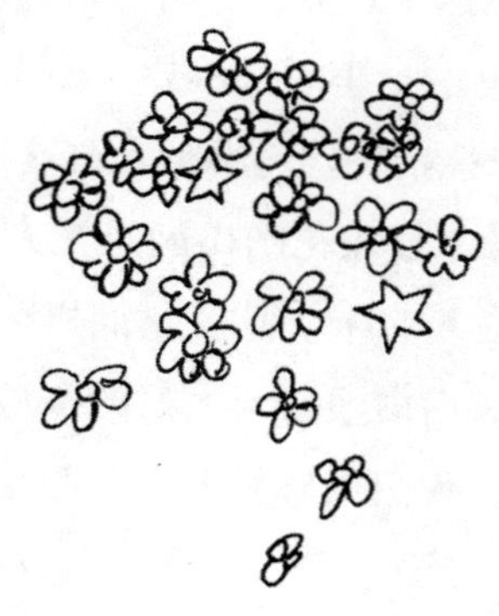

65

梦花农苑建成开放时，又是一年春暖花开。

花凼村房前屋后的杏花开过了，桃花接力绽放，农苑的十亩毛桃林如缀满天上的红霞。油菜花开了，紫云英也开了。这样辽阔的绽放，是壮观的，也是振奋人心的。紧接着，梦花农苑内，湖畔的梦花开放得如梦似幻，吸引了许多寻梦的人。

这一天，花凼村迎来了一波特殊的游客。领头的是清江县县委书记，随行的有农业局、水利局、文广新局等等部门的领导，足有几十人的队伍。

县委书记笑道："听说花凼的花开了一波又一波，都成了网红打卡地。我是借调研农业生产的名义来看花的，不知道花凼的花到底开得怎么样？"

众人都被县委书记的幽默逗笑了。彭支书兴奋得额头上冒起了汗，清江县县委书记特地来花凼村调研，这是多大的肯定和荣誉啊。他不由得又激动又有一点小紧张，吩咐田家兴说："家兴，今天就看你这个导游的了，得好好表现啊。"

田家兴笑道："那各位游客，请跟本导游走吧。"

一行人走在田间陌上，田野一碧千里，空气清新干净，吸一口空气，就如同喝了一口琼浆玉液。县委书记由衷地感叹："在城市待久了，到这田间走上一趟，整个人都清爽了！"

田家兴向书记一行介绍："这些年，我们一步一步改良了花凼的土壤，地力不断恢复和增加，土质越来越好。"他详细介绍了这些年他们所采用的环保生态种植技术，以及对传统自然农耕理念的传承和坚守。

这时，田野中间，几只白鹭正腾空而起，县委书记惊喜道："真个是鹤鹭丰年，这里环境好呀！做绿色有机生态农业，从当前来看，是适应市场的高级需求，从长远来看，是造福子孙后代，你们的种植理念值得所有人点赞，我希望你们一如既往地坚持下去。"

县委书记一行到花凼绿色生态农业有限公司的办公室，仔细倾听了田家兴关于公司的机构设置、村民合作章程、管理制度、用工制度等等情况的介绍。

"他们这采用的是农民合作的形式，大家都有股份，做工的都是村里人，老、少都能参与。这几年，我们的扶贫对象都是在花凼农场入股或者入职而脱了贫。"夏永良补充道。

"扶贫先扶志，带领大家劳动致富这才是根本呀。"书记说道。一行人边看边点头，一一参观了育秧车间、农机具车间、烘干机房、大米加工车间、仓储、电商大数据平台。

田家兴又领着大家参观了公司的特色车间：特色坛子菜加工车间。进车间前，每个人都穿上白大褂。车间里一尘不染，陈爱莲和田东升知道书记要来参观，已经带领花凼村老少堂客们穿着白大褂，戴着口罩，齐齐整整地等在那里。他们还准备了特色小吃，有坛子果脯、红曲鱼、稻花鱼干等几十种特色产品，等候客人们的品尝。市委书记带头拿起竹签，招呼大家品尝。书记品尝完，又问："谁是这些食品的工艺师傅，这个味很地道，很有花凼特色啊，一吃就知道用了心，食品用没用心，吃得出的。"

田家兴把娘老子陈爱莲推到前面，要她把口罩摘了，给书记介绍道："总工艺师就是我娘老子，这一帮巧妇们都是我娘老子带出来的。所有选材都产自我们花凼村，没有任何添加和残留，就跟每家自己娘老子做的一样。"

"好呀，就这么宣传，这是妈妈的味道，是家的味道。小手艺，大市场，这既是将传统地方美食发扬光大，又是给花凼村带出一条致富路。老姐姐，做得好呀。"

陈爱莲搓着手，从未想过自己做的坛子菜还能被县委书记夸赞，激动得只会

讲“多吃点”三个字了。

这时田东升也走了过来，摘下口罩，对着书记很响亮地说：“这是我堂客，我是他老倌。这是我崽伢，我是他的爷老子！”

田东升的介绍让县委书记笑得更响，他连连说道：“好福气，好福气呀。”

田东升又说：“书记，你还记得我不？我喝过你泡的茶呢？”

书记愣了愣，拍了下脑门，再次大声笑道：“哎哟，真没看出来，没看出来，你就是那个老田呀，脑壳都被你搞痛了的老田。”

“嘿嘿……没想到我一个上访钉子户也有现在这好日子吧？！”田东升红光满面，笑得有些老小孩的样子。

“老田呀老田，真替你高兴，真替你高兴呀！”县委书记握着田东升的手，感叹道。

“搭帮党的好政策，搭帮党的好政策，过去，给您添麻烦了，赖在你办公室，茶也没少喝你的。”田东升嘿嘿笑道。

“真是难得，老田你会这么说，真是太好了，欢迎你再来喝茶，哈哈……”

66

梦花农苑是开放式的，与花凼广袤的田野自然融合在一起。在进园入口，高大的青石牌楼上刻着四个大字：梦花农苑。入园，首先便一面碧湖，湖里鹅鸭嬉戏，红掌拨清波，别有生趣。湖畔，繁花丛绕，黄的明媚，白的清纯，挤挤密密，如火如荼地开放。

田家兴郑重地向县委书记介绍："这就是花凼村传说中的梦花。"不管别人相不相信，田家兴始终认定，这就是梦花，这一定就是梦花，娟子曾为他开放过的梦花。在打造农苑的时候，他亲手在湖畔培植了大片的梦花。

"这梦花的名字好特别，定有什么来头吧？"县委书记好奇了，驻足问道。

"梦花跟我们花凼的来历有关，您看，这边的石碑。"田家兴引书记一行到湖畔一块大青石旁，青石上刻着数行文字，众人你一句我一句地辨认道：

相传田氏先祖茂公因山土贫瘠，食难果腹，遂携五子迁徙。梦中有仙人授记："循低处而行，笼破鸡飞，见梦花即止。"茂公行至此处，见水凼无数，草丰茂，上生花，其茎如藤，其花黄白。一时，所携鸡禽均啄笼而出，茂公始认定此花为仙人所

授梦花，遂就地定居。又见水凼生花，实如花凼，始名花凼。又传，此处梦花，有梦失记者，纽之即晤。

“妙，妙，看了这石碑上的文字，顿觉‘梦花’两字妙不可言。这不仅让人明白了花凼的由来，也让人想起那悠悠的农耕历史长河。而且，还有新的寓意。”县委书记拍手赞道。

“什么寓意？”众人连忙问。

“这是一个圆梦的时代，国有复兴梦，乡村有振兴梦，我想将来有更多的像家兴他们这样的青壮年将青春之花、梦想之花绽放在田间地头。难怪取名‘梦花农苑’，这帮年轻人不简单，有想法呀。”县委书记颇感慨地讲道。

“哪里，哪里，是书记讲得太好了，把我们讲不出的都讲出来了。”田家兴和贺千岁连忙谦虚道。

“走，还有什么宝地，带我们去见识见识。”书记哈哈大笑，催促田家兴引路前往。

笑语声中，谁也没看到田家兴的目光投向了湖畔梦花丛中的一个小土包，他仿佛看到娟子站在梦花丛中向他盈盈地笑着。谁也不知道，这片梦花也是为一个女孩儿栽的。

绕湖而行，至湖对面，便是一片桃林。桃花已谢，正是枝繁叶茂。

“桃林迎客，沿青石板路入林，与一条小溪相遇，小溪内大大小小的鹅卵石清晰可见，十分可爱。游人可入溪濯足嬉戏，也可在溪旁流连赏花。溪旁点缀有青艾、水仙等各种植物，与野花野草相映成趣。清溪、曲径、桃林，一路鸟语花香，将游人引入到一片世外桃源。”田家兴当真学着导游的口气，给大解说着。

市委书记笑道：“哈哈，田总这导游当的，可以打九十分了。当然，不仅导游得好，这园子的打造也颇有美学思维，处处见心思，但又非常自然，不错不错。这个桃林是什么桃？”

“毛桃。刚我们在农产品车间吃的坛子果脯就是这种毛桃深加工而成，是花凼特有的民间食品。”

“嗯，好，既可观赏，又可利用，这个办法好。”

“嗨，现在是好看了，当初家兴和千岁仅是为了这些个小玩意，真个是脱了几身皮。这些桃树苗，是家兴找他一个做苗圃的同学进的，作死地压人家的价，害得他同学要跟他绝交！为了省钱，这些鹅卵石，全是他们开车从外河河滩上一块一块去捡回来的。”田东升透露道。陈爱莲听着，想起崽伢子这些年为了农场和这个农苑，没睡过一个安生觉，眼圈都红了。

“爷老子，你这真是，什么都讲！嘿嘿，拿来主义，拿来主义……”田家兴不好意思地说道。这几年确实艰辛，现在的繁花似锦，背后是寂寞的坚守和血泪的付出。

过了桃林，出现一片绿地。一行人踩着柔软如绒的绿地，迎面走向一白墙黑瓦的展馆，那是花凼美食馆。

“这里陈列着花凼农场生产的各种精包装的大米，以及食品加工厂出产的特色坛子菜，统一品牌为‘归田记’。无论是大米还是坛子菜，包装清新精美，均附有绿色食品检测证书。花凼美食的销售采用线上和线下多渠道进行，尤其这几年，大学生彭志明等人依托花凼农场，建立的‘花凼美食馆’的电商销售平台，组织村民进行自主生产，再统一进行线上线下销售，解决了销售无门、变现困难的问题。”田家兴如数家珍地介绍道。

“既坚持自然农耕的基本法则，又利用现代先进的科学技术，这路子走得稳健，也不死板，不错不错。”众人叹道。

沿一条青石板路往农苑深处走去，溪水弯弯曲曲一路流淌，入一片荷塘。小荷才露尖尖角，水里映着一塘蓝天白云。荷塘边上，柳树林中，散落着几座茅亭。曲径通幽，柳林深处，几处古色古香的翘檐画壁若隐若现。

田家兴介绍：“那边是精巧古朴具有田园风味的住宿区。我们农场还有农事体验区，有开心农场。有田园情怀的人们愿意到这里种菜或种田的，我们可以提供住宿和体验。今年，春耕时分，我们举办了一个农耕文化节，策划了插秧比赛、犁田比赛的活动，那些没做过农耕的城里人，简直是乐翻了天。”

“嗯，不错，确实不错，建得好呀。”书记又是好一阵点头。

“这都离不开党和政府的扶持呀，在您那我可没少哭，书记您大笔一挥，送给农民的都是实惠啊。要不，我们举步难行呢。”彭太安连忙说道。

“你呀，脑壳都被你哭痛了。好在你们是为乡村振兴做大实事，上面又有政策对接，我这大笔才敢挥呀。”书记笑道。

彭太安想起当初在书记办公室，死缠硬磨的样子，不由得“嘿嘿”地自我解嘲：“该化缘的还得厚着脸皮去化缘啊，要建好一个村子，得大家一起出力是不？”

“为了搞到资金，彭支书和家兴、千岁，那是脚巴子都走断了，嘴巴子都磨破了。这梦花农苑除了政府的支持和他们自己的努力，也争取到了不少花凼村在外的能人投资。在一个村里建这么大的农苑，不容易呀。”夏永良补充道，这几年，花凼的发展，他是一清二楚，这当中也有他的一份心血。

“在村里建农苑，在清江县还是头一个。就这一点来看，借着乡村振兴的东风，你们花凼村已经走在别村的前头了，你这个村支书领导得好呀。”县委书记又对彭太安说道。

彭太安喜滋滋地：“都是他们读了书的人主意多，点子多，我就是多听意见，多信任支持他们。”

“不摆架子，信任支持想干事的人，就是最大的难得，哈哈……”

县委书记站定，招呼道：“来，主播同志，过来。”

“书记，您什么吩咐？”应声过来的是专门直播带货的经视女主播。

“来，来，主播同志，我来配合你，咱们来为花凼代言，给花凼直播带货！”

“真的吗？”田家兴等人简直不敢相信。

“今天游得高兴，要是你们又不嫌弃我长得丑的话，我自告奋勇，来给你们花凼的乡村旅游做代言，给特色农产品直播带货。怎么样，不嫌弃吧？”县委书记再次笑道。

彭太安搓着一双大手，连声说道：“这敢情好，这敢情好。家兴、千岁，快点准备起来，快点快点。”

“好嘞，好嘞。”大家只差没飞起来。

夏永良笑着说：“书记，您这代言、直播太珍贵了，怕花凼村付不起代言费啊。”

“今天游得高兴哇，推动乡村振兴，我们责无旁贷，费用嘛，水平太差，不太好意思要。而且我这大姑娘上轿头一回，效果怎么样，还不知道呀，哈哈……”

“那肯定是杠杠的。”

大家在经视女主播的指导下，以花凼农苑为背景，安排布置好直播场地。女主播驾轻就熟，引着县委书记一一将花凼的归田记系列农产品进行介绍，现场品尝，与网友对话。粉丝直线上升，网友们的点赞和鲜花迅速霸屏。仅仅一个小时的直播，给花凼带来了七十余万元的销售额。

县委书记在感谢网友们的支持时，感慨地说道：“乡村实现全面小康了，中国社会才能真正全面实现小康；乡村振兴了，我们的祖国才真正振兴了！我们花凼村正是走在这样一条道路上，路还很长，也很远，但前景一定无限光明。”

"来，来，主播同志，我来配合你，咱们来为花凼代言，给花凼直播带货！"

梦花农苑

67

转眼又是秋收的季节，花凼鸡犬人声隐隐，若在金秋画卷之中。稻子顺利收割后，田东升新酿了一锅稻花酒。《诗经》云：十月获稻，为此春酒，以介眉寿。

稻花酒是为谷清嗲嗲九十大寿准备的，田家兴准备借谷清嗲嗲寿辰，在村里办一个福寿宴，请村里的老人都来吃席面，好好热闹热闹。席面就摆在幸福河两岸，以村中孝义桥为中心，两面延伸开去。这场面，当得那苗人的长桌宴。全村的老人，眉眼弯弯，脸上绽开了花。

谷清嗲嗲坐在长席正中，耄耋之年，精神犹健旺。彭太安、田东升、陈爱莲、贺国立、田家兴、贺千岁他们陪着他坐一桌。大家引导谷清嗲嗲的蠢子崽敬酒，这个永远长不大的蠢子崽拿着酒杯，不喊爷老子，和田家兴他们一样喊："嗲嗲，喝酒酒。"

大家便笑了，齐声说："喝酒酒，喝酒酒，福寿长久，福寿长久。"谷清嗲嗲起身来，回敬大家，神情欢喜，但又平静似水。谷清嗲嗲这些年醉心于研究村志，身材越来越清瘦，长寿眉又长又白，戴着副老花眼镜，手里拿着线装黄书，仙风道骨，真是花凼村一代长者的风范。谷清嗲嗲在花凼老村志的基础上，编撰了新的《花凼村志》。旧村志放在村史馆进门处的玻璃展柜内保存和展览。新村志则由村里出钱，印了上千册，置于村史馆书架，游人和本村人都可以自由翻阅。

村史馆在哪？在梦花农苑。上次县委书记代言之后，留下一句忠言："花凼的经济已经富裕了，但文化上还要跟上来呀。花凼本身农耕文化深厚，传承和弘扬乡土文化，带动乡村文化振兴，是你们接下来要做的事。"

书记的忠言促成了村史馆的建设，就建在梦花农苑竹林掩映之处。游人拿起村志，首先就可看到花凼祖上留下来的村训：敬天拜地，亲邻为善；天地人和，谷畜兴旺。

再往里翻，便是花凼村的村史沿革。村史记载琐碎，事无巨细，然生活气息扑面而来，农耕文明在岁月的更迭里，如一条河流源远流长。观者往往都会被花凼村的村志给吸引，一个个赞叹道："这是多么鲜活的历史呀！这就是一个农村社会发展的缩影呀！"

谷清嗲嗲笑着说："只要我活着，就要把花凼村大大小小的事全记下来，这叫敝帚自珍，敝帚自珍呀。家兴他们建农场，搞新型农民合作社，办公司，如今又搞这么大个农苑，这都是时新事、好事，也是前所未有的事，我全都写进村志里面了。用句时髦的话说，他们可是为花凼村添上了浓墨重彩的一笔。"

谷清嗲嗲做的事，当不得吃，当不得穿，但花凼人似乎在这一点上颇有默契，都格外地尊敬谷清嗲嗲，没有谁不是见面低头，面露谦恭之色。这会，田家兴又领着年轻人，给谷清嗲嗲拜寿，祝这个可爱的老人健康长寿。给谷清嗲嗲拜完，他们又一一给所有参宴的老人敬酒，送上福寿祝词。

孝义桥石柱上所刻的对联被仔细上了一遍红漆，秋阳照耀下，格外耀眼且庄重。老者们摇头晃脑地念："富贵出心田，伦常多乐地。"田家兴想，近年来，返乡青壮年越来越多，空巢老人、留守儿童自然也就少了许多。花凼村还会是那个伦常多乐地的，一定会是的！

福寿宴上，有一个生面孔。是谁呢？是一位网友，曾经在公众号平台留言中讲到吃了"归田记"大米后念念不忘的老人。这位老人是当年下放到花凼的知青。老人计划故地重游已经多年，如今终于成行，没想赶得早不如赶得巧，恰好赶上花凼村的福寿宴。有当年下乡知青沈竹筠和她女儿的陪同，老人坐上这福寿宴，吃一顿花凼特色的席面，也就自然而然了。

吃了福寿面，田家兴和沈竹筠母女俩陪同老知青一同参观梦花农苑。老知青啧啧赞叹，百感交集，说道:“时代的前进真是风驰电掣，花凼的变化真是太大了。世界是你们年轻人的，想当年，我们也是激情燃烧呀，现在我们这些老家伙就不中用喽。”

“谁说不中用，‘知青之家’的建设你可是出了大力，老朋友。”沈竹筠说道。

“这个不算什么，我不愁吃穿，儿女也不靠我，退休金用不完，拿来做这有意义的事，也算这把老骨头没浪费粮食。当年的知青都联系得差不多了吧？搞个‘知青之家’，不是难事。再说，有你这当年的知青之花号召，那是一呼百应呀。”

“瞧你，一把年纪了，还说笑。不是我号召力强，是大家齐心，对过去的岁月满腔情怀。这次借家兴他们建梦花农苑的契机，在这里建我们的‘知青之家’，也算是对大家的一番慰藉。现在已经基本建成,只等开馆之日,大家齐聚一堂了。”

老人和沈竹筠边走边聊，田家兴和沈涓然在后面亦步亦趋，有时也一搭没一搭地聊上几句。

“兴哥，等会儿要给你一个惊喜。”

“什么惊喜？”

“等会儿再告诉你。”

“还这么神秘，沈大会长。”

“嘻嘻……”

几个人聊着聊着，就到了村史馆旁的一所黑瓦白墙花窗的房子。房子正门进去就是一个大厅,四壁悬挂着当年知青们的老照片,上面展示着知青们劳动、修堤、挖渠以及进行文艺活动的场景，每张照片下面都有时间、人物和情景描述。整个大厅墙壁上展示着一部知青下乡史，一部实实在在的历史影像纪录片。

大厅的左侧小厅，是知青们当年用过的物件陈列室，笔记本、钢笔、手电筒、马灯、印花被褥等等。右侧小厅是个活动室，放置着长条茶桌之类。

“大家已经约定好了，起码每年都要到这儿相聚一次。大家都对这儿很满意，说能把‘知青之家’建在这儿，实在是太适宜了。回到这儿，就像回到了第二故乡一样。”沈竹筠说起知青们，满脸都是激情涌动。

“谢谢你呀，年轻人，让我们把知青之家建在这么好的地方。”老人由衷地感谢道。

“知青们来自全国各地，这也是给我们花凼增加人气呀。再说，在这里建这么一个‘知青之家’，整个文化氛围都不一样了，我应该感谢你们无偿的付出呀。”田家兴连忙说道。

随后，沈竹筠领着游兴大发的老知青四处参观，田家兴便与沈涓然在农苑内边走边聊天。

“兴哥，去村史馆那边看看吧。”沈涓然提议道。

“好呀，你说去哪便去哪。”田家兴对沈涓然有求必应。

村史馆里面摆着犁、耙、铁牛、扮桶、风车、水车、石磨、纺车等等，墙上挂着蓑衣、草鞋、撮箕、筛子、楠竹盘、抖笠、木屐等，都是花凼村实实在在用过的农具或者家用物什。沈涓然喜欢这些民俗风情的物品，看过了又再来看看。

这时，外面传来一阵地花鼓戏的唱腔，声音稚嫩，唱腔却是有板有眼，田家兴连忙走出去一看究竟。村史馆外的戏台上，两个细伢子正扮成一旦一丑欢快地唱着：

男：正月里看姐是啊新年，姐在绣房绣云肩。

女：哥哥你来了，忙把云肩放，奴叫一声哥，板凳拖两拖，哥哥你请坐。

男：来哒是要坐啊，坐哒又如何？

女：为何咯久咯久不到姐家坐，不到姐家行，为呀为何因，讲给姐家听。

男：妹子你听清，听我来说原因。

正月里来正月正，郎在家中闹呀闹花灯。我实实没得空，没到贵府行。

男：二月看姐是呀花朝，姐在绣房绣荷包。

女：哥哥你来了，忙把荷包放，奴叫一声哥，板凳拖两拖，哥哥你请坐。

男：来哒是要坐啊，坐哒又如何？

……

田家兴走近一看，这两个细伢子竟是自己两个外甥，丹丹和盼盼。

“这就是你要给我的惊喜？”

“这不惊喜吗？”

“惊喜惊喜，没想到我两个外甥能唱地花鼓。他们什么时候学的，我怎么不

知道。”田家兴诧异道。

“你姐和姐夫不是在我们家附近经营花凼农产品直销店吗？你两个外甥不都在清江县读书吗？”

“是啊。”

“这两个小家伙跟我混熟了后，常到我们地花鼓艺术协会会馆看我们唱戏。我看他们蛮感兴趣，就同你姐讲了，让他们跟我学地花鼓，当好玩。没想，他们学得很快，已然是个小戏骨了。刚刚我打电话给他们，叫他们过来表演给你这个舅舅看看，不错吧，还不惊喜？”

“惊喜惊喜，更要祝贺你呀，收了两个小徒弟。”

沈涓然笑着道：“地花鼓已有200多年历史，它是在山歌、湖歌、小调和劳动号子的基础上演化而来，朴实粗犷的动作、明快高亢的旋律、活泼自如的表演，让老百姓特别钟爱。唱上几句地花鼓戏，日子都能变得更甜一些。只是，近年来大家都往城里跑，唱地花鼓戏的就少了，这么好的地域文化都快被大家给忘记了，所以作为地花鼓艺术的传承人，培养小戏骨，我责无旁贷。”

丹丹和盼盼唱完，走下戏台，连忙喊：“沈老师、舅舅，我们唱得怎么样？”

“唱得好，唱得好。”田家兴连忙夸赞。

“你们也去唱一个。”

“舅舅好久没唱过了，生疏了。”

“叫沈老师教嘛。”

“好，好，以后沈老师教。”

丹丹和盼盼闹了一阵，就跑开自己玩去了，留下田家兴和沈涓然。两人并肩走着，互相之间像亲人一般，备感亲切。信步而行，两人走向了田野。

“兴哥，我准备到你们这里收更多的小徒弟。你不是说马上要着手花凼小学的重建么？建好了，我来你们花凼小学当老师，办一个小戏骨班，把花凼的特色文化发扬光大，怎么样？欢迎不？”

“真的，求之不得呀，那当然好，当然欢迎……”田家兴连声说道。

涓然清澈的眼眸瞧着他，满脸笑意盈盈。田家兴的内心滚烫起来，竟是无比期待这一天的到来。

两人并肩站立着，久久无言，只听得到两颗心互相碰撞的声音。天空高远，一只雄健的大鸟正展翅翱翔。大地辽阔，海一般宽广无边，承载着历史的变迁，人们的悲喜离合。田家兴想，再也没有什么，可以让他与这片土地分开了。这里是他的家园，也是他生命的归宿，爱的归宿。田家兴的眼睛忽然湿润了，恍然中有谁拉住了他的手，是涓然，也是娟子。他忽然想起了一句诗：

为什么我的眼里常含泪水？
因为我对这土地爱得深沉……

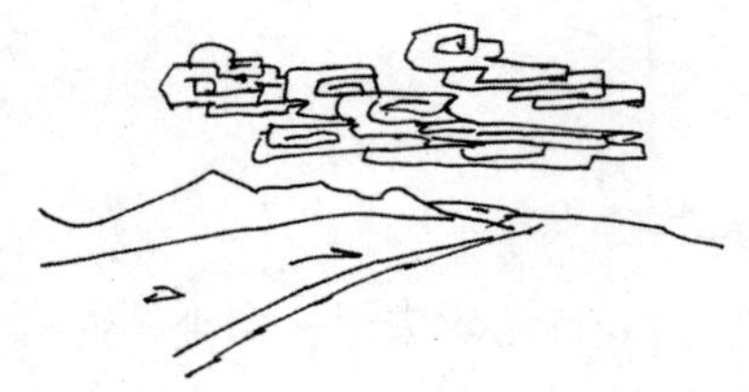

后记

《振兴，振兴》在江西人民出版社的大力支持下，即将出版面世。很荣幸我能用两年时间完成这样一个乡村振兴题材的小说，成为一个时代的书写者，将视野从眼前的营营生活拓展到时空的宏阔处。

时代，是我们置身其中的现实，是我们每个人身上都刻着的深深印痕。我出生在八十年代的农村，祖辈父辈都是地地道道的农民，种田刨地，看天吃饭。贫穷、辛劳、生老病死、人情的美与恶、农村社会的日殊月异……伴随着我们这代农村孩子的成长轨迹，烙进了许多农村家庭的命运之中。

书写当代，我并不刻意回避过去，在小说中，我用了一些篇幅叙述了二十世纪九十年代的水乡农村，连年遭遇洪灾，村民的生活举步维艰，就连口粮都不能保证。创作的时候，我的眼前经常会浮现这样的情景：蒙蒙的月光下，或者漫天风雨中，无边无际的稻田里，微小如尘的父母们为了抢收、抢种，不分白昼、无视风雨地劳作着，为着那份口粮、那微薄的生计，他们的腰似乎永远都直不起来。想起这些，我常会忍不住泪流满面。

只有在对过去的参照中，才更能感知现在。农民虽然平凡，但其实他们最能感受到中国社会的脉搏，也最懂得感恩和知足。因为日子摆在那里，日子好了才是硬道理。这个朴素的硬道理，也让我们每一个人在社会的变迁中认识到，祖国是怎样一步一步积蓄力量，从减轻农民负担到打赢脱贫攻坚战，继而吹响乡村振兴的号角。这些，都是顺应民心的伟大举措。

新时代农村享受到了改革的红利，也受到了各种冲击。温饱解决了，裤兜里有余钱了，小洋房一栋栋崛起，小轿车再不是稀罕物，相比过去，这算是好日子了。但光鲜体面的同时，荒田村、老弱留守村、打牌村甚至无人村的出现，显示着农村社会内里的空虚与衰落。

乡村是具有自然、社会、经济特征的地域综合体，兼具生产、生活、生态、文化等多重功能。乡村兴则国兴，乡村衰则国衰。“产业兴旺、生态宜居、乡风文明、治理有效、生活富裕”，是党中央给乡村社会绘制的崭新蓝图。对农民而言，好日子的新定义是：农民要富、乡村要美、乡情要浓、当农民是让人羡慕的职业。

乡村振兴的征途中，涌现出了一大批优秀人物，他们是不同于以往的新型职业农民。他们有文化、有理想、有情怀、接地气、有使命感，小说主人公田家兴就是这样一个人物。他不是叱咤风云的大人物，不是样板戏中的面孔，他有眷恋，有憾恨，有局限，但更多的是爱，对生他养他的那方土地和父老乡亲的爱。正是这种爱，最终化解憾恨，支撑着他跨过一道又一道难关，矢志不渝地走在振兴乡村的前沿。他是一个普通的并不甘于平凡的具有突出时代感的人物，他的命运和情感轨迹与时代同行。

爱是始终贯穿于我的写作当中的，笔随心走，墨随情浓。父母亲情无私之爱、青梅竹马纯美之爱、兄弟发小相携之爱、土地乡情宽广之爱……情感为每一个人注入饱满的血肉，他们的哭笑也成了我的哭笑，他们似乎陌生，又似乎都是我生活中熟悉的人物。在这一点上，我是有点私心的。笔下的花凼村并不特指某个村庄，它是昂首走在振兴之路上千万个村庄的先进代表。但它的自然背景放在了我的故乡，那片广袤的平原。在写作中我呼吸着故乡的空气，吹着故乡的风、行走在故乡的田野上，深情地回望着，恣意地对她进行书写。小说主人公的母亲，勤

劳能干贤惠温和，为了儿女操劳一辈子，无私无畏无悔。我多么希望，我的母亲也能像主人公的母亲一样，战胜病魔，看到自己的儿子在村里办起合作社、成立公司、发展乡村旅游，在越来越红火、越来越热闹的日子里安享晚年。可是，我的母亲没有等到这一天，她早早地就走了，没有享受过一天如今的好日子。书中主人公的母亲，或能为我和家人心中的憾痛做一些造梦般的情感弥补。

完成这部长篇小说，我要感谢很多人。在此，我特别要感谢的是本书责任编辑吴艺文先生，感谢他精心的策划以及创作当中悉心的指导。我要感谢冷水江市文联段志东先生、冷水江市作家协会刘道云先生的大力支持和持续不断鼓励，感谢朋友、领导、同事对我的理解和支持，感谢我挚爱的亲人对我的包容和鼓励。感恩世间所有美好的遇见！

冯剑鸣

2021 年 5 月 23 日